KB044037

패밀리 트리

ファミリーツリー

패밀리 트리

오가와 이토 장편소설

권영주 옮김

RHK
알에이치코리아

차 례

일러두기

1. 모든 각주는 옮긴이 주입니다.
2. 내용 특성상 일본어 표현을 일부 살렸습니다.

릴리는 하늘과 수다 떨기를 아주 좋아하는 여자애였다.

잠깐 한눈을 팔면 금세 나래를 펴고 '하늘 나라'로 여행을 떠나 버린다. 내 귀에는 릴리의 마음이 날아오르는 순간의 파닥파닥하는 세찬 날갯짓 소리마저 들리는 듯했다.

'하늘 나라' 여행을 떠나면 릴리의 마음은 어지간해서는 돌아오지 않는다. 내가 아무리 발돋움을 해도 닿지 않는 곳에서 릴리는 날개를 좌우로 활짝 펴고 유유히 비행한다. 내겐 아무리 올려다봐도 눈곱만큼도 재미가 없는 하늘인데, 릴리의 눈에는 다른 풍경이 보이나 보다. 릴리가 하늘을 바라다볼 때면 몸은 여기에 있는데 마음은 새나 구름이 노니는 세계를 방황하는 사람 같았다.

나는 방금 전까지 같이 흙장난을 하고 벌레를 잡던 릴리가 갑자기 다른 세계로 가 버리는 게 쓸쓸했다. 그래서 처음에는 릴리의 어깨를 잡아 흔들고 눈앞에서 손을 팔랑팔랑 흔들어 보곤 했다. 릴리는 내가 그러든 말든 '하늘 나라' 여행을 계속했다. 나 혼자 힘으로는 릴리를 되불러 올 수 없음을 깨달은 뒤로는, 나도 릴리가 여행을 마치고 돌아올 때까지 그냥 내버려 두었다.

그렇기에 릴리라는 단어를 떠올리면 내 뇌리에는 맨 먼저 툇마루에 무릎을 끌어안고 앉아 하늘을 올려다보던 조그맣고 포동포동한 그녀의 실루엣이 무지개처럼 아련히 나타나곤 한다.

릴리를 처음 만났을 때 일은 이미 잊어버렸다.

그도 그럴 게, 나는 그때 겨우 세 살이었다.

나는 그날 헐렁헐렁한 감색 양복을 입고 있었다. 주머니 사정이 넉넉지 않았던 부모님이 다섯 살 시치고산 때까지 입히려 일부러 큰 옷을 산 게 틀림없다. 재킷이고 반바지고 명백히 너무 컸다. 목에 맨 빨간 나비넥타이와 새로 산 긴 흰색 양말, 그리고 신발만 사이즈가 딱 맞았다. 신발은 평소 신고 다니던 캐릭터가 그려진 하늘색 캔버스 운동화였지만, 어쨌든 어머니는 분명 아들을 한껏 멋지게 차려 입히고 싶었을 것이다.

이날은 부모님의 결혼식에 참석한 것이었다.

내게는 한 살 터울인 누나 쓰타코가 있다. 쓰타코가 생긴 것을 안 부모님은 황급히 혼인신고만 하고 신접살림을 시작했는데, 어머니가 쓰타코를 낳은 직후에 또 나를 배는 바람에 결혼식을 미루었다고 한다. 시골이다 보니 친척과의 교류도 많거니와, 뭣보다도 세간의 시선을 신경 쓰는 부모님의 성격상 확실하게 해 두고 싶었을 것이다. 그래서 아이 둘을 데리고 식을 올리게 됐다.

그때 마쓰모토에서 열린 피로연에 릴리도 왔다. 쓰타코와 릴리의 언니 라라로 보이는 아이와 나란히 앉아 식사를 하는 사진이 내 앨범에 남아 있다.

또래 아이들이 한 줄로 늘어앉은 가운데 릴리만 빛이 나 보인다. 아직 어린애인데도 화려한 모자나 새빨간 립스틱이 묘하게 어울렸던 탓인지도 모른다. 그 나이에 이미 인생의 희로애락을 모조리 알아 버린 듯한 빛, 깊은 곳에서부터 은근하고 흐릿하게 발하는 듯한 빛이다. 그래, 릴리에게는 어렸을 때부터 당당함과 박력이 있었다.

이때 릴리는 갓 네 살이 된 참이었다. 부모님의 결혼식은 헤이세이 원년(1989년) 3월, 다 같이 찍은 단체 사진 밑에 날짜가 있다.

나는 릴리보다 삼 주 늦게 태어났다. 다만 릴리는 쇼와 60년, 서기로 따지면 1985년 3월에 태어났기 때문에 아슬아슬하게 쓰타코와 같은 학년이 됐고, 나는 4월생이라 두 사람보다 한 학년 아래다.

태어난 날짜는 삼 주밖에 차이가 안 나도 학년이 하나 다르다는 현실은 나와 릴리의 관계에 큰 영향을 미쳤다고 생각한다. 내가 조금만 더 일찍 어머니 배 속을 떠났으면 릴리와 대등해질 수 있었을지도 모르는데. 하지만 이것만은 어떻게 할 도리가 없다.

릴리의 몸속에는 스페인 사람의 피가 4분의 1 정도 흐른다. 그와 관계가 있는지 없는지, 그녀에게는 어렸을 때부터 다른 사람을 매료하는 이국적인 분위기가 있었다. 하지만 그녀와 똑같은 피가 흐를 라라 씨는 외모가 주는 인상이 전혀 딴판이니 아마 릴리가 특별한 것이리라. 그리고 릴리가 특별한 것은 마음속에 비밀이 있기 때문이라고 생각한다.

이렇게 말하는 나 역시 조금뿐이기는 하지만 릴리와 같은 피가 흐른다. 나와 쓰타코가 태어나기 전에 세상을 떠난 우리 할아버지와 릴리의 어머니 미도리 씨가 나이 차가 많이 나는 남매간이고, 그 자식인 우리 아버지와 릴리가 사촌이다. 만약 릴리에게 아이가 생기면 그 아이와 나는 육촌이 된다.

아무튼 나와 릴리는 사촌 정도로 가깝지는 않아도 혈연관계로 맺어진 친척이다. 그리고 이 이야기는 나와 릴리를 둘러싼, 같은 피가 흐르는 가족의 이야기이기도 하다.

이야기는 신슈에서 시작된다.

나는 호타카에서 나서 자랐다. 호타카는 주위가 산으로 둘러싸인 작은 농촌이다. 일반적으로는 아즈미노라는 지명이 더 잘 알려졌으니 그렇게 설명하는 편이 더 빠를지도 모른다. 그러나 이 지역 주민들에게 호타카는 어디까지나 호타카지, 아즈미노와 하나로 묶여 취급되는 것은 영 석연치 않다. 호타카를 아즈미노로 부르는 이들은 관광객과 타지에서 온 사람뿐이다.

정확히는 아즈미노의 중심부가 호타카고, 호타카는

지금도 농업과 임업이 중심인 조용한 곳이다.

호타카에서 내 증조할머니, 기쿠 할머니는 여관을 경영했다. 옛 가도 변에 있는 낡고 큰 여관이었는데, 여관 담벼락에 '고이지(戀路) 여관'이라는 간판이 큼직하게 붙어 있었다. 고이지 여관에서 오이토선(線) 호타카역까지는 호타카 신사를 통과해 걸어서 갈 수 있는 거리였다.

릴리는 해마다 여름이면 도쿄에서 특급 '아즈사'를 타고 찾아왔다. 어린 나에게 여름은 곧 릴리고, 릴리는 곧 여름이었다.

그녀는 고무줄을 단 밀짚모자를 푹 눌러쓰고, 옷가지 따위가 든 새빨간 책가방을 메고서, 늘 약간 성난 얼굴로 마쓰모토역 플랫폼에 서 있었다. 이목구비가 또렷한데다 행동거지도 세련된 그녀를 누구나 놀란 표정으로 빤히 쳐다보곤 했다. 나는 매우 으쓱했지만 릴리 자신은 주위의 호기심 어린 시선을 조금도 신경 쓰지 않는 눈치였다.

나는 매년 그날만 손꼽아 기다렸다. 막상 만나면 울보라느니 코흘리개라느니 뽈록 배꼽이라느니, 아무리 어린애고 또 전부 사실이라도 들으면 기분 좋지 않을 말을 거침없이 해 대는 탓에 속상했지만, 그래도 릴리를 만난다고 생각하면 가슴이 설렜다.

기쿠 할머니는 릴리가 타고 올 아즈사의 도착 시간에 맞춰 나와 쓰타코의 손을 잡고 마쓰모토까지 마중 나가곤 했다. 호타카 신사에 참배 드리기를 게을리하지 않는 할머니는 가는 길에 꼭 신사에 들러 합장하고 기도를 드렸다.

내 기억이 틀리지 않는다면, 릴리는 초등학교에 들어가기도 전부터 혼자 도쿄에서 마쓰모토까지 찾아왔다는 이야기다. 당시만 해도 나는 우리 관계를 정확히 파악하지 못했다. 그저 릴리를 도회지에서 오는, 귀엽기는 하지만 살짝 심술쟁이고 그러다가도 금세 마음이 어디론가 날아가 버리는 여자애라고만 생각했다.

내 기억 속에 남아 있는 고이지 여관은 어딘지 모르게 어두침침하고 색 바랜 붉은 양탄자가 깔려 있었다. 로비에 커다란 샹들리에가 있고, 현관에는 투숙객이 외출할 때 신을 게다가 주르르 놓여 있고, 희미하게 먼지내가 났다. 복도를 뛰어갈 때마다 바닥이 삐걱거리던 게 지금도 똑똑히 기억난다. 등산객과 스키 타러 온 사람들로 봄, 여름, 가을, 겨울 언제나 북적거렸다. 그 한구석에 세 든 형태로 부모님과 쓰타코, 나, 이렇게 네 식구가 살았다. 좁은 통로로 연결되는 별채에 기쿠 할머니와 스바루 아저씨도 살았다. 그 밖에도 당시 고이지 여관에는 더부살이하는 사람이 많았다. 부모님 두 분 다 일을 하러 나가서 집에 있을 때가 드물었지만, 그런데도 그리 외롭지 않았던 것은 늘 누군가 챙겨 주는 사람이 있었기 때문일 것이다.

고이지 여관에서 나오는 음식은 모두 기쿠 할머니가 준비했다. 언제 가도 늘 김이 모락모락 피어오르는 주방에서는 항상 여러 명이 일하고 있었던 기억이 있다. 할머니의 요리를 먹으려고 멀리서부터 일부러 찾아오는 손님의 발길이 끊이지 않았다.

앨범을 보면 누가 가족이고 누가 더부살이인지 구분하기 쉽지 않다. 할머니에게는 혈연관계든 아니든 넓은 의미에서 모두가 가족이었을 것이다. 한동안은 고이지 여관에 도둑질하러 들어온 노인까지 고용해 잡일을 시켰다. 곤경에 처한 사람을 보면 가만있지 못하는 성격이었다.

여름 동안 나와 릴리와 쓰타코는 늘 함께 지냈다. 그 기간 동안만은 특별히 애들끼리 쓰는 방이 마련되어 매일 셋이 함께 잤다. 문간에 단 낡은 나무판자에는 붓글

씨로 '드림'이라 쓰여 있었다.

푹신푹신하고 커다란 침대에 셋이 나란히 누워 자는 게 즐거웠다. 평소에는 부모님과 다다미방에서 자는지라 침대에서 잔다는 게 어린 마음에 무척 특별하게 느껴졌다. 릴리와 지내는 여름은 그 방의 이름처럼 하루하루가 꿈만 같았다. 친해진 투숙객의 아이나 유치원 동급생이 낄 때도 간혹 있었지만, 기본적으로는 나와 릴리, 쓰타코, 이렇게 셋이 드림의 주민이었다. 릴리의 자매들이 릴리와 같이 호타카에 오는 일은 거의 없었다.

릴리와 보내는 여름은 매 순간이 반짝임의 연속이고, 하루하루가 모험이었다.

릴리는 자연 속에서 놀 거리를 찾아내는 천재였다. 시골에서 나고 자란 나나 쓰타코 쪽이 훨씬 허약했고 오히려 실내에서 도구나 게임에 의존하는 놀이밖에 몰랐다. 옛날부터 호타카에 살던 사람에게 자연은 특별한 것이 아니었다. 우리 부모님도 굳이 따지자면 그런 식으로 생각하는 사람이라, 풍부한 자연에 감사하기보다는 조금이라도 더 개발해 도시에 가까워지고 싶어 했다.

연못에 돌멩이를 던지며 노는 것, 갯물에 들어가 송사

리를 잡는 것, 꽃에 든 꿀을 빨아먹고 해바라기 씨를 먹는 것도 모두 처음에 릴리가 시범을 보였다. 나와 쓰타코는 조심조심 그 뒤를 따르는 게 보통이었다.

고이지 여관 입구에는 거대한 녹나무가 우뚝 서 있다. 그 나무에 가장 높이 올라간 사람도 릴리였다. 나무를 타고 곤충을 잡는 것도 전부 릴리가 앞장섰다.

나는 어땠느냐 하면 릴리가 맨손으로 잡은 물고기를 팬티 속에 쑥 집어넣는 바람에 비명을 질렀다. 나무를 탈 때도 가지에 발을 얹은 것까지는 좋았으나 그러고 내려오지 못해 울먹거리다가 결국 스바루 아저씨에게 구조됐다. 달음질을 해도 늘 릴리의 등을 보며 뛰었다.

릴리, 같이 가.

나는 언제나 그렇게 말하며 릴리를 쫓아다녔던 것 같다. 그런 우리를 쓰타코는 온화한 눈초리로 차분하게 바라보곤 했다. 개구쟁이 릴리도 쓰타코를 표적으로 삼는 일은 좀처럼 없었다. 장난의 대상은 늘 굼뜨고 미련한 나였다.

그래도 내가 항상 당하기만 했느냐 하면 그렇지는 않다. 반기를 드는 일도 물론 있었다. 그런 때는 들러붙어 싸웠다. 나도 릴리가 여자애라고 봐주지 않았다. 싸움을 싫어하는 쓰타코는 우리 둘 사이에 끼어들어 중재를 하곤 했다. 그러면 나와 릴리가 양쪽에서 대들기 때문에 결국 울음을 터뜨리는 사람은 언제나 쓰타코였다.

그래도.

아무리 릴리에게 고약한 장난을 당해도 나는 릴리가 밉기는커녕 내가 곁에 있어 줘야겠다는 생각이 점점 더 강해졌다. 그것은 '하늘 나라'를 여행하는 릴리의 옆얼굴을 알기 때문일지도 모른다.

해가 뉘엿뉘엿 저물어 갈 무렵, 홀로 동그마니 툇마루에 앉아 하늘을 올려다보는 릴리는 두 번 다시 이쪽 세상으로 돌아오지 않는 게 아닐까 걱정될 만큼 금세라도 꺼질 듯 보였다. 나는 나도 모르게 달려가 릴리의 조그만 등을 왈칵 부둥켜안고 싶어지곤 했다. 초등학교도 아직 들어가지 않은 내가 릴리를 위로할 수는 없었지만, 홀로 있는 릴리는 보다 보면 눈물이 쏟아질 것처럼 쓸쓸한 분위기가 감돌았다.

나와 릴리, 쓰타코 모두 아직 유치원에 다닐 때다.

어느 비 갠 오후, 낮잠을 자고 일어나 보니 멀리 하늘에 무지개가 걸려 있었다.

"와, 굉장하다! 저거 봐!"

릴리는 잠이 덜 깬 눈으로 흥분해서 무지개를 가리키며 말했다. 눈두덩이 부어 있었다.

"예쁘다."

쓰타코가 멍한 목소리로 대답했다.

"저걸 잡고 다 같이 타잔 놀이 하자! 류, 할머니한테 가서 로프를 빌려 와."

릴리는 눈을 반짝이며 말했다.

"무리야."

나는 말했다. 과학 그림책을 즐겨 읽던 나는 그 무렵 이미 무지개가 나비나 장수풍뎅이, 사슴벌레처럼 잡을 수 있는 것이 아님을 알고 있었다. 그래도 릴리는 수긍하지 않았다.

"난 갈 거야."

그렇게 말하고는 곧바로 뒷문으로 뛰쳐나가더니 자전거에 올라타 맹속력으로 달려갔다. 나와 쓰타코도 하는 수 없이 허둥지둥 릴리의 뒤를 쫓았다. 나만 보조 바퀴 달린 자전거였다.

릴리는 산 쪽으로 자전거를 내달렸다. 분지인 호타카는 사발처럼 주위가 높은 산으로 둘러싸여 있다. 그래서 고이지 여관이 있는 중심지에서는 기본적으로 어느 방향으로 가건 도중부터 길이 비탈졌다. 산으로 가는 길목에는 어른들 눈이 미치지 못하는 곳이 많다. 변태가 출몰한다는 정보가 끊이지 않았다. 아이들끼리 갈 수 있는 곳은 기껏해야 호타카 신사까지였다. 그러나 릴리는 당연한 듯 호타카 신사의 도리이 옆을 지나치더니 그대로 철도 건널목을 건너 자전거를 달렸다.

하지만 전망이 탁 트인 곳에 이르렀을 때, 릴리가 로프를 걸어 타잔 놀이를 할 무지개는 이미 어디에도 보이지 않았다.

"무지개는 바람에 날려 간 거야."

나는 어떻게든 릴리를 위로하고 싶어서 적당히 둘러댔다. 쓰타코가 릴리 옆에서 어째선지 눈물을 글썽였다. 릴리는 꼼짝 않고 하늘을 노려봤다.

시간이 지나서도 그때 일이 몇 번이고 생각났다. 드림의 널찍한 침대에서 셋이 뒤섞여 낮잠을 잘 때 약간 축축한 타월 담요의 느낌, 천장에 번진 얼룩, 비 그친 뒤 활짝 갠 하늘의 파란색, 컴퍼스로 크고 선명하게 호를 그린 듯한 무지개. 오르막길에서 자전거 페달을 밟을 때 허벅지가 땅겨 오는 느낌, 릴리가 입은 노란 블라우스.

산 중턱에 불던 상쾌한 바람 냄새, 푸릇푸릇한 논밭, 비디오의 빨리 감기 버튼을 누를 때처럼 순식간에 모습을 바꾸는 새하얀 구름.

그때 나는 살아 있음을 실감했다. 운동한 뒤라 심장은 빠르게 뛰고, 숨도 가쁘고, 공기가 허파 구석구석까지 고루 퍼지는 게 느껴졌다. 릴리의 볼이 빨갛게 물들고 목덜미가 땀에 젖었다. 머리 양옆으로 땋은 머리는 아직 머리숱이 많지 않아 돼지 꼬리 같았다.

어린 릴리의 바람도 헛되이 무지개는 순식간에 어디론가 사라져 버렸지만, 그런 모든 것을 나는 필사적으로 조그만 팔다리를 한껏 벌려 받아들였다.

선명하게 기억나는 일이 하나 더 있다.

내가 다섯 살 때였다. 그러니 아마 무지개를 찾아 멀리까지 갔던 그다음 해였을 것이다. 스바루 아저씨가 오토바이를 샀다. 갑자기 밖에서 부우우우우우우웅, 부우우우우우우웅, 하고 엄청난 폭음이 들려오기에 우리 셋은 부리나케 여관 뒷문을 통해 밖으로 뛰쳐나갔다.

"류, 어때, 멋지지 않냐?"

스바루 아저씨는 검은 헬멧을 벗으며 뽐내듯 말했다.

늘 입고 다녀 아저씨의 트레이드 마크가 된 알로하셔츠
가 전에 없이 화려하게 빛나 보였다. 스바루 아저씨는
너도 같은 남자라면 알겠지, 하는 눈으로 나만을 꼼짝
않고 응시했다. 그게 어린 나에게는 매우 자랑스럽게 느
껴졌다.

"이거 비싼 거다."

"얼만데요?"

나는 물었다.

"음, 너희 셋 세뱃돈을 백 년 동안 모아도 모자랄 만큼."

스바루 아저씨는 오토바이 표면에 흠이 나지 않았는
지 꼼꼼하게 살펴보며 황홀한 목소리로 말했다. 그러더
니 주머니에서 담배를 꺼내서는 천천히 라이터로 불을
붙여 피웠다. 평소에는 대개 청바지를 입는 아저씨가
허벅지에 딱 붙는 검은 가죽 바지를 입은 게 인상적이
었다.

"할리가 드디어 내 게 된 거라고."

아저씨가 말했다. 매미 울음소리가 시끄러운 가운데,
고이지 여관에서 기르던 오리도 요란하게 울어 댔다. 기
쿠 할머니와 종업원들도 일하다 말고 구경하러 나왔다.

"이게 뭐냐?"

할머니는 당연하다고도 할 수 있을 질문을 했다.

"할리 데이비슨이야. 오토바이의 왕. 앞으론 내가 이걸로 어디든 태워다 줄게."

할머니는 스바루 아저씨의 말에는 대꾸하지 않고 그저 의아스러운 표정을 짓고 있었다. 종업원들은 무슨 말을 해야 할지 모르겠다는 곤혹스러운 표정으로 멀찍이 떨어져서 스바루 아저씨와 오토바이를 바라봤다.

"스바루 아저씨, 멋져요!"

나는 어떻게든 분위기를 누그러뜨리려고 허둥지둥 말했다.

"그렇지?"

내 말 한마디로 스바루 아저씨의 얼굴이 안개가 걷힌 듯 활짝 밝아졌다.

"그럼 너희들, 드라이브 한번 할래?"

"와아!"

나는 정말 신이 나서 두 손을 만세 부르듯 쳐들고 말했다.

"자, 여기 태워 주마."

스바루 아저씨는 우리가 서 있는 쪽의 반대편을 가리켰다. 릴리는 무표정한 얼굴로, 쓰타코는 괴수 보듯 겁에 질린 눈으로 오토바이를 응시하고 있었다. 나는 그제야 오토바이 옆에 붙은 장난감 자동차 같은 것을 발견했다. 부모님에게 아무리 졸라도 사 주지 않았던 지붕이 없는 스포츠카다.

"이게 뭐예요?"

"사이드카야."

"사이드카?"

"오토바이 옆에 붙은 차를 말하는 거야."

"탈 수 있어요?"

"물론이지. 오토바이를 따라 같이 달린단다."

"굉장하다."

나는 감격했다. 평소 릴리와 쓰타코와만 같이 지내던 터라 스바루 아저씨와 남자들만의 대화를 할 수 있다는 게 기뻤다. 정신이 들었을 때는 아저씨가 나를 훌쩍 안아 올려 사이드카에 태우는 중이었다.

"쓰타코는?"

스바루 아저씨가 쓰타코를 돌아보며 묻자, 쓰타코는 겁먹은 표정으로 고개를 흔들며 완강히 거부했다.

"안 무섭다니까."

스바루 아저씨는 싱글싱글 웃으며 말했지만 그래도

쓰타코의 의지는 변함없었다.

"그럼 쓰타코는 응원단이다."

스바루 아저씨는 약간 아쉬운 듯 말했다. 그러더니 "릴리, 넌?" 하고 이번에는 릴리 쪽을 돌아보며 물었다.

"릴리는 말괄량이니까 아저씨 뒤에 타겠니?"

스바루 아저씨가 우쭐한 표정으로 말하자 기쿠 할머니가 스바루 아저씨를 노려봤다.

"류랑 같이 사이드카에 탈 거야."

릴리는 샐쭉해서 말했다.

"오케이, 너희 둘은 사이드카에 타라."

스바루 아저씨는 헬멧을 도로 쓰고 물안경 같은 고글도 썼다.

"화끈하게 즐기는 거다!"

아저씨가 기세 좋게 말하고 페달을 밟았다.

그 순간, 굵직한 바람이 몸속을 휙 불어 지나갔다. 그때까지 살면서 한 번도 맛보지 못한 엄청난 충격이었다. 소리라기보다는 돌풍 같았다.

어찌나 소리가 큰지 순간 세상에서 소리란 소리는 전부 사라져 버린 듯한 착각이 들었다. 어느새 귓속에서 고막이 불룩하게 부풀어 있었다.

나는 순간적으로 내리고 싶어졌다. 하지만 일은 이미 벌어진 뒤라 중간에서 멈추고 내가 땅에 발을 딛는 일은 허용되지 않았다.

우리를 태운 할리 데이비슨은 기세 좋게 달려 나갔다. 속도가 부쩍부쩍 올라가면서, 시야는 온갖 색채가 뒤섞여 급기야 세상이 하나의 색으로 폭 싸였다. 어쩐지 지면을 직접 미끄러져 가는 듯했다.

나는 꺅, 으악, 하고 소리를 질렀다. 아무리 소리를 질러도 엔진 소리에 파묻히다 보니 어느새 내가 비명을 지르는 것조차 알 수 없게 됐다.

할리 데이비슨은 얼마 동안 고이지 여관 주위를 달린 다음 다이오 고추냉이 농장 쪽으로 향했다. 스바루 아저씨는 다른 차가 다니지 않는 외길을 일부러 지그재그로 달렸다. 그때마다 논도랑에 빠질 것 같고 반동으로 릴리가 사이드카 밖으로 튕겨 나갈 것 같아 불안했다. 나는 무의식중에 릴리의 팔을 꽉 붙들었다. 포장이 잘된 도로가 아닌 탓에 바퀴가 돌맹이나 잔가지를 밟을 때마다 사이드카 전체가 펄쩍 뛰어올랐다.

나는 솔직히 이대로 죽는 줄 알았다. 공포에 질려 하늘을 올려다보니 태양이 강렬하게 타오르고 있었다. 기온이 높은 날이었는데도 더위조차 느끼지 못할 만큼 나는 벌벌 떨고 있었다.

간신히 고추냉이 농장 주차장에 도착했다. 오토바이의 속력이 차츰 떨어지면서 귓속에 평소처럼 웅성거림과 말소리가 흘러들었다. 우주에서 지상으로 돌아온 우주 비행사의 기분이 이럴까. 나는 살았다고 진심으로 안도했다. 그러나 그도 잠깐뿐이었다.

무슨 냄새가 났다.

틀림없는 똥내였다.

혹시 릴리가?

너무 무서워서 쌌나?

멍청한 나는 태평하게 그런 생각을 했다. 그러나 변명의 여지없이 범인은 나였다.

"역시 할리는 최고라니까!"

스바루 아저씨는 고글과 헬멧을 벗으며 흥분이 채 가시지 않은 얼굴로 오토바이에서 내려 다가왔다.

"나도 내가 운전하는 할리의 사이드카에 타고 싶다, 야."

스바루 아저씨는 얼굴이 상기되어 평소보다 큰 목소리로 말했다.

나는 이제 틀렸다고 생각했다. 정직하게 고백하려고

했는데 눈물이 돌풍처럼 왈칵 쏟아져 한마디도 할 수 없었다.

나는 갓난아기처럼 큰 소리로 엉엉 울었다. 다섯 살씩이나 돼서, 그것도 하필이면 릴리 옆에서 똥을 쌌다는 게 너무나 한심했다. 무서워서 릴리의 표정을 볼 수도 없었다. 이대로 어디론가 꺼져 버리고 싶었다.

사태를 짐작했는지 스바루 아저씨는 나를 두 팔로 번쩍 들어 올리더니 인적이 없는 수풀 속으로 데려가 주었다. 나는 몸에서 불을 뿜을 것처럼 창피해서 스바루 아저씨의 상반신에 코알라처럼 들러붙어 도로 갓난아기로 돌아간 것처럼 큰 소리로 울었다. 우는 것밖에 아무것도 할 수 없었다. 스바루 아저씨는 나를 야단치지 않았지만, 그래도 나는 아저씨의 표정을 보기가 무서워 같이 남자 화장실에 들어가서도 시선을 맞추지 못했다.

나는 팬티를 벗고 반바지만 입은 차림으로 화장실에서 나왔다. 평소에는 그런 적이 없던 아저씨가 화장실에서 나올 때 내 손을 잡아 주었다. 온몸에서 똥내가 나고 반바지는 미묘하게 축축했다.

독설가인 릴리가 분명히 똥싸개라느니 뭐니 하며 놀릴 것이라 생각했다. 하지만 스바루 아저씨를 따라 주차장으로 돌아왔을 때 릴리는 아무 말도 하지 않았다. 그게 되레 무서웠다. 태양이 끈적끈적 불쾌한 열기를 뿜을 때마다 내 몸에서 짐승 비린내 같은 게 물씬 풍겼다.

그 뒤 집까지 어떻게 돌아왔는지 기억이 전혀 없다. 돌아오는 길에도 릴리와 같이 사이드카에 탔는데 혹시 울다 지쳐 잠이 들었던 걸까.

고이지 여관으로 돌아오니 쓰타코가 포치 앞에 서서 손을 흔들며 우리를 맞아 주었다.

"타 보니까 어땠어? 재미있었어?"

아무것도 모르고 천진하게 묻는 쓰타코를 나는 확 밀쳐 냈다. 쓰타코는 균형을 잃고 하마터면 넘어질 뻔했다.

"미안."

그렇게 말하고 나니 또다시 허탈감이 밀려들었다. 게다가 하필이면 여느 때는 그 시간에 집에 없을 어머니가 뒷문에서 샌들을 끌고 웃으며 나왔다.

이게 내가 인생에 처음으로 절망한 순간이다.

결국 그 뒤로는 한 번도 사이드카에 타지 않았다. 스바루 아저씨도 두 번 다시 같이 드라이브 가자고 하지 않았다. 주말이면 스바루 아저씨는 혼자 할리 데이비슨에 올라타 전국 각지에서 벌어지는 '집회'라는 것에 갔다.

나는 고이지 여관 차고에서 할리의 굵직한 엔진 소리를 들을 때마다 두 손으로 귀를 틀어막고 싶어지곤 했다. 기쿠 할머니가 사이드카를 타고 병원이나 슈퍼마켓에 가는 일은 끝내 없었다. 사이드카에 실리는 것은 고이지 여관에서 쓰는 주방 세제나 화장실 휴지, 식료품뿐이었다. 이윽고 스바루 아저씨가 할리 데이비슨을 타는 횟수도 점차 줄었다. 내가 새 차에 똥을 싼 일과 관련이 있는지 없는지는 알 수 없다.

몇 년 뒤에 보니 사이드카가 붙은 할리 데이비슨은 닭장 옆 헛간에 트랙터와 함께 고요히 놓여 있었다. 이미 먼지가 뽀얬다.

이런 일도 있었다.

내가 초등학생이 되고 처음 맞는 여름 방학이었으니 할리 똥 사건이 있었던 다음다음 해다. 릴리가 호타카로 오면서 스케이트보드를 가져왔다. 수입 가구를 판매하는 회사 사장인 릴리의 아버지가 미국에서 선물로 사왔다고 했다. 릴리와 쓰타코는 그때 초등학교 2학년이었다. 호타카에서 스케이트보드는 쉽게 볼 수 있는 물건이 아니었다. 나는 자랑하려고 일부러 학교 친구에게 전화까지 했다.

처음에는 우리도 그냥 평지에서 놀았다. 그러다가 점점 평평한 길에 싫증 나 비탈진 곳에서 타기 시작했다. 방식도 점점 과격해져, 처음에는 보드 위에 서거나 지그재그로 나아가는 게 목표였는데, 이윽고 보드에 상반신을 얹고 팔다리를 일직선으로 뻗어 비탈을 내려갔다.

쓰타코는 무서워서 싫다고 한 번도 하지 않았지만, 나는 여자애인 릴리에게 질 수 없다는 얄팍한 자존심 때문에 릴리와 교대로 보드 위에 엎드렸다. 그래도 처음에는 아주 짤막한 비탈길을 내려갔을 뿐이고 속력도 어린애가 감당할 수 있는 정도였다.

그러나 이내 보드를 타고 비탈길을 내려가는 거리가 점차 길어졌고, 그에 따라 나와 릴리의 환호성도 커졌다. 땅 위에서 그냥 죽 미끄러져 내려가는 게, 흡사 자유자재로 날아다니는 슈퍼맨이 된 기분이었다. 이마를 스치는 바람이 기분 좋았다. 나는 탈 때마다 소리를 마구 지르며 한순간의 스릴을 만끽했다.

평소에는 알아차리지 못했던 풀꽃과 돌멩이가 시야에 확확 뛰어들었다. 정말 눈 속으로 들어올 것만 같았다. 한 덩어리로 뭉치는 색채에 순간 사이드카 생각이 났다.

한 번 타고 나니 한 번만 더, 한 번만 더, 하고 그만둘 수 없었다.

슬슬 돌아가지 않으면 스바루 아저씨가 걱정해 찾으러 올 시간이었다. 릴리는 정말 이번이 마지막이라며 보드를 들고 꽤 높은 곳까지 올라갔다. 그것을 나와 쓰타코는 비탈 중간에서 올려다보고 있었다. 저물녘이었다. 주위 경치가 온통 연분홍으로 아련히 물들어 있었다.

릴리는 비탈 위에 멈춰 서더니 보드가 멋대로 미끄러지지 않게 손으로 잡으며 보드 위에 누웠다. 지금까지와는 방향이 반대였다. 등을 보드에 대고 하늘을 바라보는 자세였다. 그날은 일 년에 한 번 볼 수 있을까 말까 싶게 저녁노을이 근사했다.

호타카는 워낙 높은 산들로 둘러싸여 있는 탓에 저물녘에도 붉게 물든 하늘을 보는 일이 거의 없다. 그 대신 늦가을부터 초봄까지는 산에 눈이 쌓이기 때문에 산등성이가 연분홍색으로 물든다. 릴리가 와서 지내는 여름 동안에는 산 너머로 저무는 석양의 여운을 맛보는 것이 고작이었다. 그러나 그날은 하늘도 이제부터 무슨 일인가 일어날 것을 알고 있었는지 모른다.

정신이 들었을 때 릴리는 이미 비탈길을 내려오기 시

작한 뒤였다. 팔다리를 좌우로 활짝 벌려 그야말로 대자로 누운 채 우리 눈앞을 스쳐 지나갔다. 정말 순식간이었다.

옆에서 쓰타코가 "앗!" 하고 조그맣게 비명을 지르는 게 들렸다. 나는 순간적으로 무슨 일이 일어났는지 이해하지 못했다. 평소 차가 다니는 일이 좀처럼 없는 농도에 대형 트랙터가 나타난 것이다. 릴리와 트랙터 운전사 모두 상대방의 존재를 알아차리지 못했다.

위험해! 속으로 부르짖은 말은 소리가 되어 나오지 않았다. 눈 깜짝할 새에 거대한 트랙터 바퀴가 눈앞에 들이닥쳤다. 나는 공포에 질린 나머지 반사적으로 눈을 질끈 감았다. 아마 쓰타코도 비슷한 심정이었을 것이다. 트랙터와 릴리의 거리가 부쩍부쩍 줄어들었다. 우리는 저도 모르게 손을 꽉 맞잡았다. 평소에는 그런 일을 해본 적이 없었다. 그 한순간이 우리에게는 몇 시간처럼 느껴졌다. 흡사 영원 같았다.

그러나 실제로는 몇 초가 될까 말까 하는 짧은 시간이었다. 나는 각오하고 질끈 감고 있던 눈을 억지로 눈꺼풀을 잡아떼듯 떴다.

"꼭 코끼리 콧속을 미끄러져 가는 것 같았어."

역광이라 목소리 임자의 표정은 알 수 없었다. 하지만 분명히 릴리 목소리였다.

"릴리."

나와 쓰타코는 동시에 소리를 지르며 릴리에게 달려갔다.

쓰타코는 눈물을 글썽거렸다. 릴리는 정말 기적적인 타이밍으로 트랙터 앞바퀴와 뒷바퀴 사이를 빠져나갔다. 생채기 하나 나지 않았다. 릴리가 태연한 얼굴이기에 나도 아무렇지도 않은 척했다. 그러나 갈비뼈 안쪽에서는 심장이 터져 버릴 것처럼 세차게 쿵쿵 뛰었다. 진동으로 뼈에 금이 가지 않을까 걱정스러웠다.

"안전한지 아닌지 잘 확인하고 출발해야지!"

쓰타코가 전에 없이 강한 말투로 릴리에게 말했다. 화가 났다는 것을 누구라도 알아차릴 수 있는 어조였다.

트랙터와 교차하는 타이밍이 조금만 어긋났다면 릴리는 납작하게 짜부라지든 피투성이가 되든 둘 중 하나였을 것이다. 쓰타코가 화내는 것도 당연했다.

"미안."

웬일로 릴리가 조그만 목소리로 중얼거리듯 사과했다.

"바보."

릴리에게 하고 싶은 말은 산같이 많았는데도 실제로 내가 선택한 말은 그런 단어였다. 말해 놓고 내가 놀라 허겁지겁 발 앞에 있던 작은 돌멩이를 걷어찼다. 돌멩이는 뜻밖에 멀리 날아갔다. 땅을 스치듯 날아가서는 앞치마를 한 지장보살 석상 앞에서 멈추었다. 돌멩이는 흡사 조금 전의 릴리 같았다.

그날 기쿠 할머니가 차려 준 저녁 식사의 내용을 지금도 선명하게 기억하는 것은 직전에 릴리가 그런 당찮은 일을 했기 때문인지도 모른다.

나는 생각했다.

만약 보드에 탄 사람이 나였다면…… 트랙터 바퀴에 깔렸을 게 99.99999퍼센트 확실하다.

그날 저녁, 할머니가 만든 카레라이스는 평소보다 더 걸쭉하고 부드러운 맛이 났다. 주사위 크기로 깍둑썰기한 감자와 당근, 양파는 카레 맛이 잘 배어 있었으며, 돼지고기의 풍미도 살아 있었다. 카레에 곁들여 먹는 채소 장아찌도 할머니가 손수 담근 것이었다.

나는 카레라이스를 몇 번 더 먹었다. 그러면 여름이 영원히 계속될 것 같았다. 하지만 릴리가 호타카에 온다는 것은 곧 릴리가 호타카를 떠난다는 뜻이기도 했다.

시작이 있으면 끝도 있다. 기쿠 할머니가 만들어 준 카레라이스에서는 여름의 끝 맛이 났다.

신슈의 여름은 정말 눈 깜짝할 새에 끝난다.

가을부터 봄까지는 기가 막힐 만큼 느릿느릿, 천천히 가면서. 그렇기에 나는 삽시간에 끝나 버리는 여름을 한순간도 놓치지 않으려고 작은 눈을 필사적으로 크게 뜨고 지냈다.

당시 여름만이 내게 살아갈 힘을 주었다. 가을도, 겨울도, 봄도 아무 인상을 남기지 못하고 그저 여름의 기억만이 태양처럼 환하고 선명하게 빛났다. 산 전체가 울긋불긋 단풍으로 물드는 가을도, 모든 죄를 덮어 가려 줄 듯한 눈 덮인 겨울도, 신록이 움트며 생동하는 봄도, 내게는 그저 여름이 오기를 기다리는 지루한 시간에 불과했다.

릴리가 올 때마다 하던 놀이가 있다. 유령 놀이다. 우리는 대개 밖에서 놀았지만, 비가 와 밖에 나갈 수 없을 때는 곧잘 유령 놀이를 하며 시간을 보냈다.

고이지 여관 삼층 안쪽에 있는 다다미방 중에 아이들

이 들어가면 안 되는 방이 있었다. 그곳을 우리는 어른들 몰래 '유령 저택'이라 불렀다.

우리 방이 '드림'이었던 것처럼 유령 저택에도 과거에는 객실 이름이 있었을 것이다. 그러나 문설주에는 과거에 이 방에도 이름이 있었음을 알려 주는 네모난 자국만 어렴풋이 남아 있었다. 누군가 유령 저택 이상으로 어울리는 이름은 없겠다고 판단한 걸까.

처음에는 유령 저택에 가까이 가는 것 자체가 놀이였다. 우리는 밀치락달치락하며 문 앞에 달라붙어 셋이 나란히 필사적으로 귀를 기울였다. 문에 귀를 갖다 대면 이따금 신음 소리가 들렸다. 우리는 마른침을 삼키고 신경을 집중해서 들었다.

매일 밤 우리는 침대에 누워 유령 저택에 사는 이에 관해 이것저것 상상하곤 했다. 평소 별로 말수가 많지 않은 쓰타코도 그때만은 수다스러웠다.

어느 날, 어쩌다 보니 유령 저택의 문이 열렸다. 여느 때는 잠겨 있었는데도 그날은 자연스럽게 슥 열렸다. 릴리가 어지간히 놀랐는지 내 등에 매달렸다.

셋이 딱 붙어 가슴을 두근거리며 방 안을 둘러보는데 빛이 거의 들지 않는 어둑어둑한 방 중앙에 외딴섬처럼 일그러진 형태로 부푼 형체가 있었다. 그곳이 유령이 거하는 곳이었다.

"방금 움직였어!"

쓰타코가 흥분해서 작은 목소리로 소곤거렸다.

"어떻게 생겼어?"

릴리가 냉정하게 까치발을 하고 방 안을 살폈다. 그 무렵, 나와 릴리는 키 차이가 뚜렷했다. 얼렁뚱땅 릴리의 어깨에 손을 얹고 나도 한껏 발돋움을 해서 안을 들여다보았다. 릴리의 목덜미에서 엉뚱하게도 달콤한 복숭아 같은 냄새가 났다.

좀 더 자세히 보고 싶은 마음은 있어도 유령 저택 안에 발을 들여놓을 용기는 아무도 없었다. 커튼 사이로 바깥의 빛이 비쳐들어 스포트라이트처럼 비추는 곳에 먼지가 반짝반짝 왈츠를 추듯 날아다녔다. 축축하고 퀴퀴한 냄새가 나기에 되도록 불결한 공기를 마시지 않으려고 숨을 얕게 쉬었다.

"봐, 움직여!"

릴리가 큰 눈을 더 크게 뜨고 유령을 응시하며 말했다. 기분 탓인지도 모르지만, 창문도 꽉 닫혀 있고 에어컨도 선풍기도 없는 방 안쪽에서 미지근한 바람이 끊임

없이 불어왔다.

"가자."

나는 어느새 릴리의 블라우스 자락을 꽉 쥐고 있었다.
그때였다.

우오, 하는 엄청난 고함 소리가 나더니 뭔가 거대한
물체가 우리 쪽으로 휙 날아왔다. 순간 무슨 일이 벌어
졌는지 알 수 없었다. 우리는 뒤도 돌아보지 않고 달아
났다. 부서질 것 같은 나무 계단을 쿵쾅쿵쾅 달려 내려
와 뒷문을 통해 태양 아래로 뛰쳐나왔다. 그러고도 유령
이 쫓아오지 않을까 걱정되어 몇 번씩 뒤를 돌아보며
죽을힘을 다해 달렸다. 오로지 멀리 도망쳐야겠다는 생
각뿐이었다. 정신이 들어 보니 평소에는 달리기가 꼴찌
인 내가 쓰타코뿐 아니라 릴리까지 제치고 맨 앞에서
달리고 있었다.

우리는 호타카 신사 경내까지 와서 간신히 멈춰 섰다.
악령은 신이 지켜 주는 영역에 들어오지 못한다고 언젠
가 기쿠 할머니가 가르쳐 준 적이 있었다. 어찌나 열심
히 뛰었는지 숨이 차서 목이 아플 지경이었다.

"유령이……."

릴리가 숨찬 가슴을 들먹이며 말했다.

"진짜 있었어."

쓰타코 역시 숨을 헐떡이며 뒷말을 이어받았다.

우리는 별안간 웃음이 났다. 대체 뭐가 그렇게 우스웠는지 일제히 웃음을 터뜨렸다. 거품이 일듯 웃음이 끊임없이 치밀어 올라 그치지 않았다. 꼭 셋이서 미치광이 버섯을 먹은 것 같았다. 길 가는 어른들이 별 해괴한 애들이 다 있다는 눈으로 바라보며 약간 멀찍이 떨어져지나갔다. 웃다 못해 배가 아파 오고 눈물이 쏟아졌지만, 손등으로 눈물을 훔쳐 가며 계속 웃었다. 태양, 나뭇가지 끝, 신사 지붕, 무엇을 봐도 우스웠다.

이렇게 무서운 경험을 했으니 당연히 유령 놀이를 그만둘 것 같은데, 우리는 왜 그런지 점점 깊이 빠져들었다. 대개 쓰타코가 앞장섰고 릴리도 그에 동조했다. 나는 마지못해 두 사람과 행동을 같이했다.

솔직히 초등학교 3, 4학년쯤 되고 나니 학교 친구도 늘었고 남자들끼리 놀고 싶은 마음도 없지 않았다. 릴리와 쓰타코는 같은 여자이니 아마 내가 없어도 똑같이 재미있게 놀 것이다. 그러나 그 장면을 상상하면 어쩐지 나 혼자 따돌림 당하는 것 같아 싫었다. 게다가 학교 친구들과는 여름 방학이 끝나면 또 얼마든지 같이 놀 수 있었고.

하지만 막연히 릴리나 쓰타코와 거리를 두고 싶어진 데는 쓰타코가 초등학교 5학년에 이미 생리를 시작한 탓도 있었다.

누나 남동생이라고는 해도 연년생이라 그런지 심정적으로는 쌍둥이 같은 기분이었다. 그런데 별안간 쓰타코가 다른 사람이 된 것 같아 당황스러웠다. 아니, 그 이전에 예비지식이 아무것도 없었던 나는 좌우지간 소스라치게 놀랐다. 그도 그럴 것이 맨 처음 발견한 사람이 나였다.

그날도 우리는 드림의 침대에서 뒹굴면서 내키는 대로 자고 있었다. 그 무렵 다들 자기 전에 내 만화책을 읽곤 했던 터라 침대 위에 읽던 만화책이 펼쳐진 상태로 굴러다녔다.

그날은 내가 한가운데서 잤다. 맨 처음 깬 나는 침대 밖으로 나가려고 무심코 타월 담요를 들췄다. 그러자 새빨간 색채가 눈에 확 들어왔다.

쓰타코가 살해됐다!

전율이 등줄기를 훑었다. 잠옷에 피가 묻어 있었다. 쓰타코는 꼼짝도 하지 않았다. 나는 머릿속이 새하얘졌다. 반대쪽에서 자는 릴리의 어깨를 잡고 귓가에 대고 소곤거렸다.

"릴리, 릴리."

릴리를 차츰 의식하기 시작했을 무렵이라, 그렇게 가까이서 릴리의 얼굴을 보는 것은 오랜만이었다. 하지만 그때는 느긋하게 그런 감개에 젖어 있을 때가 아니었다. 쓰타코가 살해된 것이다. 누군가에게. 퍼뜩 유령이 복수하러 왔다는 생각이 들었다. 쓰타코가 유령에게 가장 관심이 많지 않았나. 누나가 살해되는 것도 모르고 잠만 처잔 나 자신이 진심으로 한심하게 느껴졌다.

"릴리, 릴리."

원래 잠을 쉽게 깨지 못하던 릴리는, 내가 조금 세게 몸을 흔들자 그제야 겨우 실눈을 뜨고 어리둥절한 표정으로 나를 멍하니 쳐다보았다.

"릴리, 내 말 놀라지 말고 들어야 해?"

나는 어린아이에게 찬찬히 설명하듯 말했다.

"응."

릴리가 꿈에서 덜 깬 듯한 졸린 얼굴로 고개를 끄덕했다. 나와 똑같은 샴푸를 쓰는데도 릴리의 윤기 흐르는 긴 머리에서는 달착지근한 냄새가 짙게 풍겼다.

"쓰타코가 말이지……."

거기까지 말하는데 눈물이 왈칵 쏟아졌다.

"쓰타코가 왜?"

릴리의 말투가 하도 태평해서 나는 순간 발끈했다.

"쓰타코 누나가 죽었어."

나는 감정을 억누르고 억양이 없는 목소리로 단숨에 말했다.

어?

릴리의 빨간 입술 사이로 그런 말소리가 나온 것 같다. 하지만 그 뒤는 별로 기억나지 않는다.

"류, 넌 나가 있어!"

릴리의 호통에 흠칫 정신이 들었다.

"얼른! 쓰타코는 죽은 거 아니니까 괜찮아."

릴리도 울먹이는 목소리였다.

나는 드림에서 쫓겨났다. 아닌 게 아니라 쓰타코는 죽지 않았다. 문을 닫으려는 순간, 팔다리가 움직이는 게 보였다. 하지만 심하게 다쳤을지도 모른다는 생각이 들었다. 중상이면 얼른 구급차를 불러야 하는데.

"아빠 엄마한테는?"

나는 문을 닫기 전에 릴리의 등을 향해 물었다.

"넌 아무 말 안 해도 돼. 내가 말할게."

릴리는 시원시원한 어조로 말했다. 그러고는 "오늘은 우리 몫까지 달걀 부탁해."라고 덧붙였다.

나는 드림의 문을 닫고 릴리가 시킨 대로 여느 때처럼 달걀을 모으러 가기로 했다. 고이지 여관에서 닭을 길렀는데, 아침마다 달걀을 모아 갖다주면 기쿠 할머니가 개당 5엔에 사 준다. 그것이 여름 방학 중에 우리가 하는 아르바이트였다.

착잡한 기분으로 바깥에 나오자, 오싹하리만큼 깊고 푸른 하늘이 호타카 상공 가득 펼쳐져 있었다. 나는 쓰타코가 죽지 않고 살아 있다는 사실에 안도하며 가슴을 쓸어내렸다.

그날 저녁 기쿠 할머니가 팥밥을 지어 주었다. 팥이 담뿍 들어 있었다. 호타카에서는 매년 칠석을 음력으로 한 달 늦게 지내는데, 마침 칠석을 지낸 직후였으므로 나는 팥밥을 본 순간 또 팥이냐고 불평했던 기억이 있다. 호타카에서는 칠석에 팥이 든 만주를 만들어 공양하기 때문이다. 그 만주를 겨우 다 먹었을 무렵이었다.

"그런 소리 말고 류도 먹어라. 누나를 축하해 주는 거니까."

기쿠 할머니는 팥밥에 깨소금을 고루 뿌리며 말했다.

"뭘 축하하는 건데요?"

아무것도 몰랐던 나는 태평하게 물었다.

"너랑은 상관없어."

릴리가 매섭게 말하고는 나를 노려봤다. 하지만 축하를 받는 당사자인 쓰타코가 조금도 기뻐하는 것 같지 않고 내내 얼굴을 들지 않는다는 게 마음에 걸렸다.

또 팥이냐고 투덜대기는 했지만 기쿠 할머니의 팥밥은 팥이 잘 물러 맛있었다. 반찬은 우리가 좋아해 마지않는 크로켓이었다. 탁구공만 한 크기로 동글동글 빚어 튀긴 기쿠 할머니의 특제 크로켓은 카레나 햄버그스테이크 같은 쟁쟁한 호적수들을 모두 물리치고 우리 아이들에게 가장 인기 있는 반찬이었다. 입안에 넣으면 튀김옷이 바삭하게 부서지고 속에서 푹 무른 감자가 얼굴을 내밀었다. 기쿠 할머니가 만든 크로켓은 식어도 여전히 바삭바삭했다.

나와 릴리도 아주 좋아했지만 누구보다도 이 크로켓을 사랑했던 사람은 쓰타코다. 그런데도 쓰타코는 크로켓에도 손을 대지 않았다.

"크로켓, 누나가 안 먹으면 내가 먹어야지."

나는 얼렁뚱땅 쓰타코 몫의 크로켓에도 손을 뻗었다. 불도그소스를 듬뿍 찍어 입에 넣자, 입안에서 마치 오케스트라 연주가 시작된 기분이었다. 그렇지만 솔직한 심정으로는 크로켓에는 역시 하얀 쌀밥이 어울린다고 생각했다.

그나저나 여름은 짧다.

삼바 카니발이 시작되듯 별안간 찾아오나 싶으면 끝나는 것도 갑작스러웠다. 그해 여름 방학도 정말로 바람이 휙 불듯 순식간에 지나가 버렸다. 어느새 릴리가 도쿄로 돌아갈 날이 며칠 뒤로 다가와 있었다.

릴리와 쓰타코는 그 사건 이래로 묘하게 가까워졌다. 화장실도 같이 가고, 눈짓을 주고받으며 둘이서만 무언의 대화를 하는 일도 잦아졌다. 내게는 아무렇지도 않게 호된 말을 하는 릴리도 쓰타코는 부드럽게 대했다. 게다가 셋이서 여름 방학 숙제를 할 때도 그 둘은 초등학교 5학년 문제집을 푸는데 나만 아직 4학년 문제집이었다. 영원히 따라잡을 수 없다는 초조함에 애가 바작바작 탔다. 그리고 어쩐지 늘 쓰타코 편만 드는 릴리를 무의식중에 차갑게 대하기 시작했다. 릴리는 나의 그런 유치한 심술도 가볍게 받아넘겼다. 릴리가 어른스럽게 굴수록 나는 더욱 화가 나고 비굴해졌다.

릴리 따위 얼른 도쿄로 돌아가 버리라지.

아무리 그래도 입 밖에 내어 말하지는 못했지만 속으로는 그렇게 욕했다. 심지어 점점 릴리를 성가시게 생각하기 시작했다. 말을 주고받는 일조차 거의 없어졌다.

작년 이맘때는 서운해서 밤잠을 설칠 정도였는데. 릴리가 도쿄로 돌아가 버릴 생각만 해도 눈물이 뚝뚝 떨어졌는데. 그러나 올해는 이제 절대로 릴리 때문에 울지 않겠노라고 속으로 다짐했다.

백중이 지나고 여름 산행을 즐기는 등산객도 줄어들어 고이지 여관도 조용해졌을 무렵이었다. 저녁을 먹고 뒷정리를 마친 기쿠 할머니가 불현듯 생각난 것처럼 말했다. 일요일 밤이었다.

"야경이라도 보러 가련?"

그 말이 주는 느낌이 딱딱하게 굳어 있던 마음을 조금이나마 움직였다.

"가요, 가요!"

맨 먼저 반응한 사람은 릴리였다. 그 옆에서 쓰타코도 생긋 웃었다.

"류, 넌?"

기쿠 할머니가 묻기에 나도 작은 목소리로 "갈래요."
라고 대답했다.

스바루 아저씨가 여관 주차장에서 왜건을 꺼냈다. 그
무렵에는 할리 데이비슨을 못 보게 된 지 이미 오래였
다. 그 밖에 종업원 세 명도 같이 야경을 보러 가기로
했다.

스바루 아저씨가 운전하고 기쿠 할머니가 조수석에
앉아 야경을 보러 출발했다. 우리가 가는 곳은 이웃 마
을인 이케다정(町)이었다. 호타카와 선로를 사이에 두고
반대편에 위치한 그곳에서는 높은 곳에 올라가면 야경
이 한눈에 보인다. 나와 쓰타코는 부모님과 몇 번 온 적
이 있었지만 릴리는 처음이었다. 도중에 슈퍼에 들러 캔
주스와 스낵을 샀다. 그로부터 한 십 분 뒤에 목적지에
도착했다.

주차장에 차를 세우고 내리니 찬 공기가 코를 찔렀다.
고이지 여관 주변보다 공기가 더 찼다. 나는 좋든 싫든
여름이 곧 끝나리라는 것을 실감했다. 가로등이 거의 없
는 그곳에서는 머리 위에 별이 총총한 하늘이 펼쳐져
있었다.

"맛있겠다!"

릴리가 소리쳤다. 내가 잘못 들었나 하고 귀를 쫑긋 세우자, 그녀는 "별사탕처럼 반짝거리네." 하고 혼잣말을 하듯 중얼거렸다.

차를 세운 곳을 조금 벗어나니 느닷없이 주변이 캄캄해졌다. 잘 보지 않으면 가까이에 사람이 있는지 없는지조차 알 수 없었다.

나는 릴리가 입은 흰색 블라우스의 잔상을 눈으로 좇았다. 호기심 왕성한 릴리는 어둠 속으로 빨려들듯 자꾸만 앞으로 나아갔다. 그쪽으로 가면 안 되는데. 릴리, 그쪽은 무덤이야. 하지만 아무리 애써도 말이 나오지 않았다. 꼭 말이 응고제로 딱딱하게 굳어 버린 것만 같았다. 쓰타코가 조용히 릴리 뒤를 따라갔다.

그나저나.

'아름답다'는 단어는 초등학교 4학년인 나의 일상에서 쓰려야 쓸 데가 없었지만, 그날 밤 올려다본 밤하늘은 정말 아름다웠다. 나는 어른들이 어디에 있는지 주의 깊게 확인한 뒤 옆에 있던 벤치에 누웠다. 아마 릴리라면 풀밭에 팔다리를 뻗고 드러누웠으리라.

거대한 우산에 수놓은 특별한 무늬를 보는 것만 같았

다. 어둠에 눈이 익자 별똥별이 획획 떨어지는 게 보였다. 나는 릴리에게 별똥별이 보인다고 가르쳐 주고 싶었다. 그러나 이상한 오기가 그것을 가로막았다. 나는 또 태양은 정말 대단하다고 감탄했다. 태양이 모습을 감춘 것만으로 온 세상이 캄캄한 암흑에 싸이지 않나.

그때 유난히 큰 별똥별이 떨어졌다. 한순간 주위가 어렴풋이 훤해 보일 정도였다. 나는 로켓 같은 게 추락한 것이 아닐까 걱정됐다. 어둠을 바직바직 태우는 듯한 강렬한 빛이었다. 눈을 감으니 조금 전 본 빛의 잔상이 몇 번이고 재생됐다. 넋 놓고 보느라 소원을 빌지 않은 게 후회됐다.

"류, 어디 있니? 이리 와."

릴리가 나를 부르는 목소리가 들렸다. 릴리가 오랜만에 '류'라고 부르는 소리에 배 속 구석구석까지 벌겋게 달아오르는 것 같았다. 그래도 나는 무시하고 대답하지 않았다. 나만 따돌렸으니 조금쯤 걱정시켜도 된다고 생각했다. 나는 자는 척하기로 했다.

"류, 어디 있어?"

쓰타코의 목소리도 들렸다. 찬바람이 얼굴을 스쳤다. 어쩐지 공기에서 계피 냄새가 났다. 어느 비 오는 날에 셋이 쿠키를 구운 적이 있어서 계피 냄새를 알고 있었다. 첫. 나는 생각했다. 여자 둘에게 둘러싸여 있으니 언제까지고 계집애 같은 놀이밖에 못 하지 않나.

"뭐야, 류, 여기 있었구나. 찾았잖아."

릴리가 얼굴을 가까이 들이밀고 말했다.

"쓰타코가 유령 놀이 하재."

가까이서 보는 릴리의 눈동자는 별이 총총한 밤하늘의 일부 같았다. 이렇게 가까이서 마주 보는 일은 최근 별로 없었다. 나는 이제 와서 무슨 유령 놀이냐고 투덜거렸다. 하지만 릴리는 아무렇지도 않게 "가자."라며 두 손을 잡고 확 끌어당겼다. 릴리의 손은 아이스크림처럼 차가웠다. 아무리 강할 것 같아도 릴리는 역시 여자애라는 생각이 들었다. 가느다란 손가락이 꼭 작은 새를 연상시켰다. 하지만 마음과는 달리 나는 릴리의 손을 뿌리쳤다. 그러고는 일부러 운동화를 찍찍 끌며 쓰타코가 기다리는 쪽으로 갔다. 어른들은 밤하늘 아래서 술자리를 벌인 모양이었다.

어둠 속에 줄줄이 늘어선 네모난 비석들이 어렴풋이 빛났다. 우리는 가위바위보로 순서를 정했다. 왜 맨날 이렇게 되는 건지, 결국 내가 맨 처음 타자가 됐다.

멀리서 어른들의 말소리와 웃음소리가 들려오기는 했어도 내가 걷는 곳은 쥐 죽은 듯 조용했다. 나는 발밑을 조심하며 한 걸음 한 걸음 신중하게 나아갔다. 그때 유령 생각이 났다. 전에 유령 놀이를 하다가 본, 고이지 여관에 사는 유령이다. 또 어디서 느닷없이 뭐가 날아오는 게 아닐까 걱정됐다. 술렁술렁 흔들리는 나뭇가지의 움직임에 민감해지고, 돌멩이를 밟는 소리에 소름이 돋았다. 어느새 한 치 앞이 보이지 않을 만큼 깊어진 어둠에 손을 앞으로 내밀고 더듬으며 걸어야 했다.

그때.

저, 하는 목소리가 들렸다.

처음에는 착각이라 생각하고 싶어서 일부러 무시했다. 그러나 묘지 안쪽에서 또다시 여자 목소리 같은 것이 들려오는 게 아닌가. 나를 어둠 속으로 유혹하는 듯한 느낌이었다. 긴장이 최고조에 달했다. 이 이상 여기 있으면 큰일 날 것 같았다.

나는 발길을 돌려 온 길로 급히 돌아갔다. 뛰면 땅을 차는 소리가 날 테고 그러면 유령이 내가 달아나는 것을 알아차리고 쫓아올 것 같아서, 되도록 소리 나지 않게 경보하듯 총총걸음을 쳤다. 중간에 풀뿌리에 발이 걸려 운동화 한 짝이 벗겨졌지만 아랑곳없이 계속해서 걸었다. 되도록 숨소리도 죽였다. 나는 내 기척을 유령에게 들키지 않으려고 필사적이었다. 게다가 얼굴에서 피가 줄줄 흐르는 여자 유령이 말없이 나를 쫓아오는 모습을 상상하는 바람에 그 이미지가 뇌리에서 지워지지 않았다.

"유, 유, 유령이 있어."

간신히 두 사람이 있는 곳에 당도한 나는 맥없이 주저앉아 소곤거렸다. 이대로 셋 다 유령에게 저주라도 받는다면. 그런 생각을 하자 무릎이 와들와들 떨려 서 있을 수 없었다. 어두워서 두 사람은 알아채지 못했겠지만 나는 핏기를 잃어 얼굴이 창백했다. 갑자기 한기가 들어 몸을 움츠리고 두 손에 입김을 후후 불어넣었다. 온기가 느껴지지 않으면 나까지 그쪽 세계로 끌려갈 것만 같았다.

"유령?"

쓰타코가 사태를 파악하지 못하고 오히려 흥분한 표정으로 물었다.

"저 안쪽에 분명히 있었어. 내가 직접 봤단 말이야."

조금 과장되게 말하지 않으면 두 사람에게 내 공포가

전달되지 않을 것 같아 나는 약간 각색해서 이야기했다. 아무튼 절박한 분위기를 일 초라도 빨리 두 사람에게 전하고 싶었다. 두 사람의 얼굴이 내 머리 위에 멍하니 풍선처럼 떠 있었다.

"잘 들어 봐. 들린다니까."

나는 더욱 필사적으로 호소했다.

팔다리의 떨림은 가라앉을 줄 모르고 오히려 더 심해졌다. 몸을 꽉 끌어안지 않으면 뼈와 뼈가 관절에서 빠져 뿔뿔이 흩어질 것 같았다.

"쉿!"

릴리가 말했다.

우리는 동시에 입을 다물고 묘지 안쪽에 의식을 집중했다. 고이지 여관에서 우리가 했던 유령 놀이와는 명백히 차원이 달랐다. 바람이 또다시 섬뜩하게 울었다.

"들리는데."

맨 처음 말한 사람은 릴리였다.

"어, 진짜?"

쓰타코가 기뻐했다.

"저쪽이야."

릴리가 소리가 들리는 쪽을 가리켰다. 아닌 게 아니라

그쪽은 내가 유령의 목소리를 들은 방향이었다. 릴리의 새하얀 팔이 어둠 속으로 스윽 뻗었다.

그러자 내 귀에도 들렸다. 이번엔 아까보다 뚜렷하게. ㅇㅇㅇㅇ, ㅇㅇㅇㅇ, 괴로워하며 흐느끼는 소리였다.

"아."

보아하니 쓰타코에게도 들린 모양이었다.

"가 보자."

릴리가 말했다.

"어째서."

내 입에서 반사적으로 한심한 목소리가 흘러나왔다.

"무슨 문제가 있는 거라면 도와줘야지."

"상대는 유령이라고."

나는 릴리의 멍청함에 진력나서 말했다.

"류, 너도 언젠가 유령이 될지도 모르는데."

그렇게 말하는 릴리의 목소리는 당장이라도 바람에 날려 갈 듯 가냘팠다.

지금까지의 경험으로 릴리가 한번 한다 하면 절대 물러날 사람이 아니라는 것은 알고 있었다. 그럼 쓰타코도 당연히 릴리를 따라갈 것이다. 그렇게 되면 이번에는 나홀로 여기에 남게 된다. 상상만 해도 몸서리가 났다.

"가자."

릴리가 이번에는 의연한 어조로 말했다. 릴리는 정말 막판에 가서 강한 녀석이다. 이렇게 된 이상 나도 릴리의 뜻에 따를 수밖에 없다.

"응."

나와 쓰타코는 거의 동시에 그렇게 대답했다.

셋이 스크럼을 짜고 나란히 걸었다. 릴리를 가운데 두고 나와 쓰타코가 양옆에서 지키는 식이었다. 나는 릴리가 있는 세계에서 떨어지지 않도록 릴리와 팔짱을 단단히 끼고 전진했다. 무슨 일이 생기면 셋이 운명 공동체라고 속으로 되뇌었다. 죽을 때는 셋이 함께 죽는다. 나혼자 살아남는 것도, 나만 죽는 것도 싫었다. 내 팔꿈치가 릴리의 가슴을 꽉 눌렀다.

한 발짝 나아갈 때마다 심장이 세차게 뛰는 것을 느낄 수 있었다. 꼭 난로에 등유를 넣을 때 쓰는 빨간 펌프처럼 펄떡거렸다. 그 소리가 릴리나 쓰타코에게까지 들리는 게 아닐까 싶어 조마조마했다. 진정하려고 몇 번씩 숨을 깊이 들이쉬었지만 효과가 전혀 없었다. 심장은 울안에서 날뛰는 맹수 같았다. 꼭 그런 때에 오줌이 마려우니 스스로 생각해도 한심했다. 나는 또 추태를 보이는 일이 없도록 방광에 힘을 주었다.

우리가 앞으로 나아가면 나아갈수록 목소리가 더욱 뚜렷하게 들렸다. 내 착각이 아니었다는 게 명백해졌다. 환청이면 좋겠다고 마음 한구석으로 기대했던 나는 심정이 착잡했다.

다른 생각을 하려고 하늘을 올려다보니 조금 전까지 별이 총총하던 하늘은 두꺼운 구름으로 뒤덮여 있었다. 심상치 않은 예감이 들었다. 좋지 않은 일이 벌어질 게 틀림없었다. 나는 입술을 꽉 깨물었다.

누가 울며 코를 훌쩍거리는 듯한 소리였다. 소리의 임자는 이제 바로 저 앞에 있었다.

나는 눈을 뜰 수 없었다. 여기서 자살하려고 목을 맸다가 죽지 못한 여자가 목에 엉킨 줄을 풀어 달라고 호소하는 게 틀림없다. 아니면 여자는 이미 죽었는데 자기가 죽었다는 것을 아직 모르고 흐느껴 울고 있다든지. 상상은 끝 간 데 없이 뻗어 나갔다.

릴리, 우리 그냥 가자.

목구멍까지 그런 말이 치밀었다. 고이지 여관 현관 앞에 달린 둥근 등이 생각나 갑자기 불안해졌다. 실제로 눈물이 눈꼬리를 적시고 있었다. 릴리가 겁쟁이라 하든 못난이라 하든, 무슨 욕을 해도 상관없었다. 나는 지금 당장 드림으로 달려가 우리 냄새가 밴 이불 속에 머리부터 파고들고 싶었다. 하지만 거기까지 혼자 돌아갈 용기는 눈곱만큼도 없었다.

"여기서 들리는데."

릴리가 침착한 목소리로 말했다.

나는 중간부터 눈을 감았던 탓에 어디를 어떻게 걸어왔는지 짐작도 되지 않았다. 하기야 눈을 뜨고 있어도 캄캄한 어둠 속이라 주위가 보이지 않기는 마찬가지였다. 릴리가 내 왼팔에서 팔짱을 풀었다. 나도 각오를 굳히고 천천히 눈을 떴다. 소리는 우리 바로 발밑에서 들려오고 있었다.

릴리는 잠자코 쭈그리고 앉았다. 나와 쓰타코도 그에 따랐다. 발밑에 네모난 물체가 어렴풋이 보였다. 릴리가 천천히 손을 뻗었다. 눈앞에 있는 것은 큼직한 상자였다.

"좀만 더 기다리렴."

릴리가 나직이 소곤거렸다.

상자는 접착테이프로 겹겹이 봉해져 있었다. 아무리 머리 회전이 느린 나라도 이쯤 되니 이제 그 안에 있는 게 얼굴에서 피를 흘리는 여자 유령이라고 생각하지는 않았다. 살아 있는 동물이다. 고양이 아니면 새, 햄스터, 너구리, 아니면 여우. 아무리 그래도 곰이 들어 있을 것 같지는 않았다.

릴리는 어둠 속에서 기를 쓰고 테이프를 뜯었다. 테이프가 투명한 것이라 어둠 속에서 떼는 데 애를 먹는 모양이었다. 나와 쓰타코도 상자를 붙들어 거들었다. 울음소리로 판단하건대 파충류가 나올 것 같지는 않았지만, 그래도 흉포한 악어나 늑대거북이면 일이 성가시겠다는 생각이 들었다.

"금방 구해 줄게."

상자에 말을 걸며 필사적으로 테이프와 씨름하던 릴리는, 드디어 테이프를 전부 벗겨 내고 천천히 상자를 열었다.

"낑, 낑."

가냘픈 울음소리가 들렸다.

"아직 조그만 새끼야."

릴리가 중얼거렸다.

"개야? 고양이?"

쓰타코가 더는 못 기다리겠다는 듯 물었다.

"강아지."

릴리가 대답했다. 개라는 것을 안 순간, 나는 방금 전까지 겁에 질려 있던 것도 까맣게 잊고 속으로 만세를 불렀다. 늘 개를 키우고 싶었다. 그리고 동시에 최악의 경우도 상상했다. 문제는 기쿠 할머니였다. 할머니는 개라면 질색이었기 때문이다.

릴리는 강아지를 상자에서 꺼내 품에 안았다. 그 순간 풀과 설탕을 섞은 듯한, 어렴풋이 달콤한 새끼 특유의 냄새가 났다. 강아지는 끅끅 딸꾹질하듯 숨을 들이쉬고 있었다. 얼굴을 바짝 갖다 대니 그제야 강아지의 얼굴이 어느 쪽에 있는지 알 수 있었다. 강아지가 내 콧등을 날름 핥았다. 찰싹 달라붙는, 고무 같은 감촉의 혀였다.

"간지러워."

나는 말했다.

"류, 너도, 자."

릴리는 그렇게 말하며 내 무릎 위에 강아지를 내려놓았다. 강아지는 조금 전의 나와 마찬가지로 다리를 바들바들 떨고 있었다. 무서웠나 보다. 나는 강아지를 안심시키려고 두 팔로 꼭 안아 주었다. 가슴에 뭐라 말할 수 없이 보드랍고 따스한 감촉이 퍼졌다.

나는 순식간에 강아지가 좋아졌다. 그리고 두 번 다시

강아지가 고통을 겪지 않게 하겠다고 맹세했다. 맹세는 내 안에서 힘차게 싹을 틔워 잎이 무성해지고 굳은 결의로 성장했다. 내 품에 안긴 강아지는 따스하고 동글동글하고 작은 존재였다.

"나도 안아 볼래."

쓰타코의 목소리에 나는 별안간 꿈에서 깬 듯 퍼뜩 정신이 들었다. 그렇구나, 릴리가 '하늘 나라'를 여행할 때도 이런 기분이 아니었을까. 나도 그때 눈앞의 강아지와 여행을 하는 기분이었다. 공중에 두둥실 떠서 어쩐지 아주 기분 좋은 곳으로 날아가는 것 같았다.

쓰타코에게 넘기기 전에 나는 한 번 더 강아지를 두 팔로 꼭 안고 얼굴에 볼을 갖다 댔다. 그때는 이미 강아지가 하얀색이라는 것을 파악하고 있었다. 무척 귀엽게 생겼다는 것도.

"누나한테도 안아 달라고 해."

나는 꼭 어린 동생을 타이르는 투로 말했다. 드디어 만났다는, 그런 운명 같은 것조차 느꼈다. 터무니없는 운명의 신비 앞에 넙죽 엎드려 감사를 드리고 싶은 기분이었다.

"우리 애 이름 지어 주자."

얼마 뒤 쓰타코가 말했다.

"이름을 지어 주면 우리 친구인걸. 아무도 우리를 떼어 놓지 못해."

쓰타코는 강아지의 등을 사랑스러운 듯 쓸어 주며 중얼거렸다. 내 누나이긴 하지만 명안이었다. 그리고 우리 모두가 이 강아지를 집에서 키우기 결코 쉽지 않으리라고 생각한다는 것도 알았다. 나는 또 두 사람과 팔짱을 끼고 강력한 스크럼을 짠 듯한 기분이었다.

"우리 하나 둘 셋 하면 각자 좋아하는 이름을 말하지 않을래?"

릴리가 그런 말을 꺼냈다.

"그래."

"좋아."

나와 쓰타코도 동의했다.

"그럼 잠깐 생각 타임."

릴리가 말했다. 우리는 얼마 동안 입을 다물고 각자 강아지의 이름을 생각했다. 나는 쓰타코의 품에 안겨 얌전해진 강아지를 보며 이것저것 이름을 궁리했다. 그러다가 매우 중대한 사실을 깨달았다.

"그런데 얜 수컷이야, 암컷이야?"

"그러게."

릴리가 말했다.

"귀여우니까 여자애 아냐?"

쓰타코가 느긋하게 끼어들었다.

더할 나위 없이 어린애다운 발상이었지만 나도 어쩐지 그럴 것 같았다. 그러나 불현듯 다시 생각하고 말했다.

"아냐, 수컷이야."

스스로도 놀랄 만큼 단호한 목소리가 나왔다. 강아지가 암컷이면 나는 또 유일한 남자로 고립된다. 하지만 만약 수컷이라면 2 대 2로 대등해질 수 있다. 꼭 수컷이면 좋겠다고 생각했다. 하지만 우리 중 누구도 정확하게 판별할 수 없었다.

"어느 쪽으로든 통용되는 이름으로 지으면 되잖아?"

릴리가 나와 쓰타코를 중재하듯 말했다. 나는 그러면 되겠다고 납득했다. 그리고 수컷이든 암컷이든 상관없을 이름을 다시 궁리하기 시작했다. 하지만 아까 본 별똥별처럼 몇몇 이름이 빠른 속도로 뇌리를 스쳐 어둠 속으로 사라질 뿐이었다.

"그럼 이제……."

릴리가 자세를 바로 하며 말했다.

"그래."

쓰타코가 고개를 끄덕했다.

나는 아직 딱 이거다 싶은 이름이 떠오르지 않았다. 그럴싸한 후보는 몇 개 있었지만 최종 결단을 내리지 못한 상태였다. 어쩐지 싫었지만 두 여자의 뜻을 따를 수밖에 없었다.

"됐어."

나는 자못 결심이 섰다는 투로 말했다.

"그럼 하나 둘 셋 하면 말하는 거야."

릴리가 나와 쓰타코의 눈을 보며 다짐을 두었다. 그러고는 숨을 크게 한 번 들이쉬었다가 "하나 둘 셋!" 하고 또렷한 목소리로 말했다.

"바다."

"리코."

"성게."

세 사람의 목소리가 동시에 나왔다. 한순간 침묵이 흘렀다.

침묵을 깬 사람은 쓰타코였다.

"바다. 바다 좋다! 2 대 1이니까 다수결로 정하는 거야(일본어로 '바다'는 '우미', '성게'는 '우니'로 둘의 발음이 비슷하다).”

이미 밤이 이슥한데도 그곳만 양지 바른 것처럼 포근
하고 밝은 목소리였다.

'바다'라는 이름을 말한 사람은 릴리였다. 나는 이 이
름 저 이름 망설이다가 정말 마지막까지 결론이 나지
않아 순간적으로 '성게'라고 대답했다. 부모님과 회전초
밥을 먹으러 갔을 때 딱 한 번 성게초밥을 먹은 적이 있
다. 그때의 맛이 생각난 것이다. 걸쭉하고 보드라운 게,
몸속에 스며드는 듯했다. 게다가 성게는 고급 음식이다.
회전초밥 집에서도 한 개만 먹는다는 조건으로 간신히
허락받았다. 나는 이 강아지에게 그런, 내가 좋아하는
것의 이름을 붙이고 싶었다. 하지만 이제 와서 그런 말
을 꺼내기에는 창피했다.

“류, 너도 '바다'라고 했어?”

릴리의 물음에 나는 어쩔 줄 몰라 하면서도 고개를
끄덕였다.

“왜?”

“어, 음, 구체적인 이유가 있었던 건 아닌데.”

나도 처음부터 '바다'라고 한 척 시치미를 떼고 대답
했다.

"그 왜, 나가노엔 바다가 없잖아. 그래서."

"그래?"

릴리가 말했다. 내가 사실은 '성게'라고 말한 것을 다 안다는 듯한 투였다.

"내가 말한 리코보다 훨씬, 훨씬 좋다. 리코는 너무 평범하니까. 게다가 끝에 '코'가 붙으면 역시 여자애 같은 느낌이 들지."

자기 의견을 그렇게 선선히 버릴 수 있다는 게 쓰타코의 미덕이라고 생각한다. 내 경우는 버렸다기보다 얼버무린 데 불과하다.

"바다."

쓰타코가 부르자 강아지는 처음으로 또렷한 목소리로 낑 하고 울었다.

"바다."

릴리도 부르자 역시 대답하듯 낑 하고 울었다.

"바다야. 넌 오늘부터 바다가 된 거야, 알았지?"

이제 다시는 어둠 속에 혼자 있게 하지 않겠다는 말은 바다에게만 들리게 마음으로 전했다. 그러고는 손안에 쏙 들어오는 바다의 머리를 몇 번씩 쓰다듬었다. 바다는 꾸우우, 꾸우우, 하고 어리광부리듯 울었다.

"그만 가자."

멀리서 스바루 아저씨 목소리가 들렸다. 우리는 동시에 일어섰다.

바다는 내 후드 점퍼 속에 넣어 데려가기로 했다. 기쿠 할머니가 바다에 관해 알면 당장 상자 속에 도로 갖다 놓고 오라 할 게 뻔했다. 전에도 비슷한 일이 있었기에 그때와 같은 전철을 밟고 싶지 않았다.

바다. 제발 집에 도착할 때까지만이라도 얌전히 있어주라.

나는 배 언저리에서 꼬물거리는 바다에게 말하며 한 걸음, 한 걸음 조심스럽게 묘지를 걸었다.

중간에 아까 떨어뜨린 운동화 한 짝을 은근슬쩍 주워 신었다. 아까 들어갈 때는 그렇게 길게 느껴졌건만 나올 때는 금방이었다. 그새 눈이 어둠에 익었기 때문인가 보다. 비탈 위에 어른들의 실루엣이 뚜렷이 보였다. 어느새 하늘에 달이 나와 있었다.

"담력 시험이라도 했나?"

스바루 아저씨가 명랑한 목소리로 물었다.

"그야 물론이죠."

나는 아무렇지도 않게 대답했다. 좌우지간 계속 떠들

다 보면 만에 하나 바다가 울어도 들리지 않을 것이다. 아까 묘지에서 나오며 우리가 세운 작전이었다.

우리는 왜건에 올라탔다. 운 좋게 셋이 나란히 뒷좌석에 앉을 수 있었다.

"무서운 유령이 있었어요!"

"류가 파랗게 질려서 말이죠."

"진짜 무서웠지?"

고이지 여관으로 돌아가는 차 속에서 쓰타코와 릴리도 최선을 다해 수다를 떨었다. 이야깃거리가 떨어질 것 같으면 했던 이야기를 몇 번씩 되풀이했다.

이케다정에서 고이지 여관까지 오는 길이 그렇게 길게 느껴진 적이 없었다. 도중에 종업원 한 명이 노래를 부르기 시작했다. 우리가 모르는 외국 노래였다.

큰 소리로 노래를 불러 준 덕분에 마음이 놓였다. 바다가 딱 한 번 재채기를 했는데, 어른들이 술을 마신 탓인지 얼렁뚱땅 넘어갈 수 있었다. 나는 그 뒤로 몇 번이고 기침을 해 얼버무렸다.

"류, 감기 걸렸냐?"

스바루 아저씨가 운전하며 나를 돌아보고 말했다.

"괜찮아요."

나는 차창을 열며 대답했다. 찬바람이 횡 불어 들었다. 바다는 그곳이 기분 좋은지 내 티셔츠에 축축한 코를 갖다 대고 킁킁 냄새를 맡았다. 나는 꼭 바다와 내가 탯줄로 이어진 듯한 평안한 기분에 젖어 있었다.

차창으로 하늘을 올려다보니 두꺼운 구름이 걷히고 별이 점점이 반짝이고 있었다. 하지만 이제 별똥별은 보이지 않았다. 앞머리가 밤바람에 사락사락 흔들렸다. 어느새 릴리가 점퍼 위로 바다를 조용히 쓰다듬고 있었다. 노래가 끝나고 도로를 달리는 차 소리만 자장가처럼 들렸다. 이제 모퉁이 하나만 더 돌면 고이지 여관이었다.

나는 바다를 드림으로 무사히 데려온 것이다.

"성공!"

"만세!"

"잘됐다, 바다."

드림의 문을 닫자마자 우리는 소리를 죽이고, 하지만 얼굴에는 한가득 웃음을 머금고 말했다. 나는 침대 중앙으로 가서 천천히 점퍼 지퍼를 내리고 바다를 꺼냈다. 어둠 속에서 새하얗게 보이던 바다는 실제로는 오른쪽 귀와 몸통에 연갈색 얼룩무늬가 있었다. 불빛 아래서 제대로 보니 어둠 속에서 어렴풋이 보고 상상했던 것보다 몇천 배는 더 귀엽고 두 손에 올려놓을 수 있을 정도로 조그마했다.

"귀엽다."

셋 다 거의 동시에 그렇게 탄성을 지르는 바람에 누가 누군지 구별되지 않을 정도였다.

쓰타코와 릴리는 주방에 몰래 숨어들어 냉장고에 있을 우유를 데워 오겠다고 나갔다. 그동안 나는 바다와 둘이서 침대에 누워 뒹굴었다.

내가 가만히 있자, 바다는 갓 태어난 새끼의 부은 눈으로 내 얼굴을 어리둥절하게 쳐다보았다. 가늘게 뜬 눈 안쪽에 보이는 새카만 눈동자는 이따금 기쿠 할머니가 만들어 주는 커피젤리 같았다. 다리와 꼬리도 통통하니 귀여웠다.

가슴속에 문득 격한 노여움이 치밀었다. 바다를 묘지에 버린 녀석에 대한 증오심 비슷한 감정이었다. 만약 우리가 야경을 보러 이케다정에 가지 않았다면, 만약 쓰타코가 유령 놀이를 하자고 하지 않았다면, 만약 내가 바다가 낑낑대는 소리를 알아차리지 못했다면…….

상황이 조금만 달랐어도 우리는 바다를 만나지 못했을 것이다. 이렇게 조그만 바다를 상자에 넣어 어둠 속에 버려둔 인간을 진심으로 죽여 버리고 싶었다.

조그만 바다를 보며 마음 아파하는데, 릴리와 쓰타코가 따뜻한 우유를 접시에 담아 사이좋게 돌아왔다.

"바다야, 밥 먹어."

"많이 마시고 쑥쑥 크렴."

두 사람은 각각 그런 말을 하며 바다의 코끝에 사람의 체온 정도로 데운 새하얀 우유를 가져다 댔다. 그러나 바다는 냄새만 맡을 뿐 입을 대려 하지 않았다.

"꿀을 넣으면 마시지 않을까?"

릴리가 진심으로 그런 말을 하는 게 우습기도 하고 귀엽기도 했다. 꿀을 타 따뜻하게 데운 우유는 릴리가 좋아한다. 밤에 잠이 오지 않으면 릴리는 여름에도 종종 기쿠 할머니에게 그것을 만들어 달라고 해서 마시곤 했다.

"스푼으로 떠먹이면 어때?"

나는 릴리의 제안을 무시하고 다른 아이디어를 내놓았다.

"그거 좋겠다!"

쓰타코가 바로 반응을 보이더니 뛰쳐나가 주방에서 스푼을 가져왔다. 그리고 작은 스푼으로 미지근한 우유를 떠서 천천히 바다의 입가로 가져갔다.

"마신다!"

릴리가 흥분해서 소리쳤다.

바다는 조심스럽게 우유 위로 코를 가져가더니 킁킁 냄새를 맡아보고 혀를 내밀었다. 동작 하나하나가 사랑스러웠다.

바다가 스푼으로 우유를 마시는 동안, 나는 조금 전 가슴에 품었던 노여움을 릴리와 쓰타코에게 터뜨렸다.

"진짜 너무하지 않아?"

내 노여움을 두 사람과 공유하고 싶었다.

"그래도 그 인간이 바다를 거기 버렸으니까 우리가 이렇게 바다를 만난 거 아냐?"

릴리는 바다의 몽땅한 꼬리를 손가락으로 만지작거리며 말했다.

"하지만 우리가 발견 안 했으면 바다가 상자 안에서 싸늘하게 식었을 거다."

죽음이라는 말은 쓰고 싶지 않았다. 그리고 왜 그런지 별안간 남자다운 말투로 변했다.

"뭐 어때. 결과적으로 바다는 지금 우리랑 같이 있는데."

릴리는 늘 그렇다. 뭐랄지, 모든 일을 달관한다. 쓰타

코의 의견도 들어 보고 싶어진 나는 쓰타코를 쳐다보며
무슨 말이든 해 보라고 말없이 재촉했다.

"바다를 만나서 다행이야."

쓰타코는 약간 뜸을 들였다가 말했다. 마음속 깊은 곳
에서 끌어올린 말임이 절절이 느껴지는 말투였다. 왜 그
런지 쓰타코는 당장이라도 울음을 터뜨릴 것 같은 표정
을 짓고 있었다. 그 얼굴을 보니 나까지 눈물이 날 것
같았다.

"아무튼 앞으로가 큰일이야."

릴리가 말했다.

아닌 게 아니라 그랬다. 바다를 버린 범인에 대해 분
노하는 데 에너지를 소모할 때가 아니었다.

"우선은 아빠를 우리 편으로 끌어들이는 게 좋겠어."

쓰타코가 단호하게 제안했다. 나는 말없이 고개를 한
번 끄덕했다.

아버지도 옛날에 개를 키운 적이 있다. 털빛이 흰 커
다란 개였는데 어렸을 때 곧잘 등에 타고 놀았다는 이
야기를 몇 번 들었다. 그런 아버지의 애견심을 교묘하게
자극하면 일이 잘 풀리지 않을까 싶었다.

이튿날 아침, 우리는 우선 아버지에게 바다를 안겨 주

기로 했다. 미리 설명을 하기보다는 그냥 대뜸 바다를 보여 주는 게 효과적이리라고 판단해, 아버지를 다짜고짜 드림으로 불러 바다와 대면시켰다. 아버지는 어색한 동작으로 드림의 문을 열고 안으로 들어왔다.

"아빠한테 맨 처음 보여 주는 거야."

나는 신중하게 말을 고르며 일부러 어린애 같은 말투로 말했다. 내 간절한 마음이 통했는지, 바다도 아버지를 보자마자 미덥지 않은 꼬리를 살랑살랑 흔들며 애교 있는 얼굴로 아버지를 올려다봤다.

쓰타코는 아버지가 우리 편이 되어 줄 가능성이 반반이라고 했지만, 나는 근거를 알 수 없는 묘한 자신감이 있었다. 바다는 그 어떤 완고한 사람도 절로 미소 짓게 할 만큼 사랑스럽기 때문이다.

아니나 다를까 아버지는 바다를 보자마자 전에 없이 부드러운 표정을 지었다.

"귀엽죠?"

나는 바다를 안아 아버지의 가슴께로 가져갔다. 바다는 꾸우우, 하고 응석 부리듯 한 번 울더니 얌전하게 아버지의 가슴에 안겼다. 약간 난처한 표정을 띤 게 우스웠다.

"곤스케를 닮았구나."

아버지는 바다를 안아들고 마치 칭얼대는 갓난아기를 어르는 듯한 동작을 하며 말했다. 곤스케는 옛날에 아버지가 키웠다는 개 이름일 것이다.

"암컷이에요, 수컷이에요?"

나는 조심스럽게 아버지에게 물었다. 릴리와 쓰타코가 진지한 눈초리로 나와 아버지를 지켜보았다.

"수컷 같은걸."

아버지는 말했다. 그러고는 "아직 태어난 지 한 달 정도밖에 안 됐어." 하고 중얼거렸다. 아버지가 바다에게 푹 빠진 것을 한눈에 알 수 있었다. 나는 아버지와 바다를 잠시 둘만의 세계에 두기로 했다. 우리 셋은 먼발치에서 아버지에게 안긴 바다를 지켜보았다.

아버지가 슬슬 출근해야 할 타이밍을 재서 나는 입을 열었다.

"저, 아빠."

"그래."

아버지는 바다를 안은 채 무심히 대답했다. 바다를 내려놓고 싶지 않다고 아버지의 얼굴에 유성 매직으로 뚜렷하게 쓰여 있는 듯했다.

"바다 키워도 되죠?"

그렇게 바다라는 이름을 아버지에게 처음 선보였다.

"하지만 엄마가 뭐라고 할지 모르겠구나. 게다가 기쿠할머니도……."

예상했던 대답이었다.

"아빠 의견은 어떤데요?"

나는 가장 중요한 것을 물었다.

"그야 아빠는 원래 개를 좋아하니까."

아버지의 얼굴이 점점 우리 또래 소년으로 돌아가는 듯했다.

"그럼 아빠는 찬성이죠?"

나는 '찬성'이라는 말에 힘을 주어 확인했다.

"뭐, 그렇지."

아버지는 모호하게 중얼거렸다.

"고마워요, 아빠."

나는 즉각 말했다. 그 말이 신호인 양 옆에 있던 릴리와 쓰타코도 제각각 아버지에게 고맙다는 말을 늘어놓았다. 약간 부자연스럽게 느껴질 정도였다. 그 뒤 아버지는 내 팔에 바다를 돌려주고 아쉬운 표정으로 방에서 나갔다.

"다녀오세요."

우리는 기운차게 아버지를 배웅했다.

아버지가 키워도 된다고 하면 어머니도 반대하지 못할 것이다.

우리의 예상은 그랬다. 아무튼 어머니는 세계 나가면 꼼짝 못하는 타입이다. 자기 의견과는 상관없이 다수의 의견에 따른다. 그런 어머니를 나는 이따금 안타까운 심정으로 바라보곤 했지만, 이때만큼은 고마운 일이라고 생각했다.

이번에는 쓰타코가 어머니를 설득하기로 했다. 공부도 잘하고 생활 태도도 성실하고 어른들이 노여워할 행동을 거의 하지 않는 쓰타코는 어머니에게 전폭적인 신뢰를 받고 있었다.

쓰타코는 바다의 처지가 얼마나 가엾은지 상세하게 설명했다.

묘지에 버려져 있었던 것, 상자 뚜껑이 접착테이프로 봉해져 있었던 것 따위의 이야기를 담담히 어머니에게 설명했다.

"절대 엄마를 귀찮게 하지 않을게. 우리가 산책도 시키고 청소도 할게. 류도 바다랑 같이 살면 분명히 숙제도 꼬박꼬박할 거야."

마지막 말은 인과 관계를 잘 알 수 없었지만, 쓰타코
도 자기 나름대로 필사적이었을 것이다.

"지금은 어려서 귀엽겠지만 앞으로 더 커질 텐데 그
럼 어쩌려고 그러니? 게다가 언젠가 우리보다 먼저 죽
을 거란 말이야. 엄마는 그게 걱정돼."

동물을 길러도 되느냐고 물으면 어른들은 대개 이런
식으로 말한다. 언젠가 죽는다고. 나는 바다가 죽는다는
상상은 하고 싶지도 않았다. 그때 릴리가 딱 부러지게
말했다.

"살아 있는 건 모두 죽어요. 죽을 걸 두려워했다간 아
무하고도, 뭐하고도 관계를 맺을 수 없을 거 아니에요?"

꼭 연극 대사를 읊듯 망설임이 없는 말투였다. 한순간
주위가 이른 아침의 눈벌판처럼 고요해졌다. 살아 있는
것은 모두 죽는다. 그런 말이 당시 열 살이던 소녀의 입
에서 나올 줄이야. 나는 소스라치게 놀랐다. 릴리의 말
은 무척 타당하게 들렸다.

"응? 엄마."

쓰타코가 어리광부리는 목소리로 말했다.

"그래, 엄마는 좋다고 생각해."

됐다! 나는 속으로 주먹을 불끈 쥐었다. 그러나 어머니의 말은 다 끝난 게 아니었다.

"하지만 기쿠 할머니가 뭐라고 하실지 모르겠구나. 게다가 여기는 여관이잖니? 현실적으로 따져서 어디서 키우겠다는 거야?"

정말 절망적인 기분이 들었다. 그렇게 나오면 더는 어쩔 수 없다. 결국 고이지 여관에서 모든 결정권은 주인인 기쿠 할머니가 쥐고 있었고, 우리는 고이지 여관에 더부살이하는 처지에 불과했다. 게다가 기쿠 할머니는 개와 그야말로 견원지간이었다. 이제 끝장이었다. 내 안에 싹텄던 희망이 별안간 생기를 잃고 시들었다.

"엄마, 제발요."

그래도 한 가닥 희망에 걸고 어머니에게 애원했다. 자연히 왈칵 눈물이 솟았다. 우리가 기르지 않으면 바다는 어떻게 될 것인가. 지저분한 들개로 만들고 싶지는 않았다. 바다에게는 꼬박꼬박 주어지는 식사와 안전을 확보하기 위한 지붕이 꼭 필요하다. 나는 만약 이 바람이 이루어지지 않으면 바다와 둘이 가출하겠다는 생각까지 했다. 돌멩이가 쏟아지듯 굵은 눈물방울이 뚝뚝 떨어졌다. 문득 보니 쓰타코도 옆에서 울고 있었다.

"아휴, 참……."

어머니는 한숨 쉬듯 딱 한 마디 했다.

그 뒤로 어머니와 기쿠 할머니 사이에 어떤 말이 오 갔는지 우리는 알지 못한다. 결과를 말하자면 기쿠 할머니도 고이지 여관에서 바다를 기르는 것을 조건부이기는 해도 허락해 주었다.

"바다, 정말 잘됐어."

"오늘부터 넌 정식으로 우리 가족인 거다."

"바다, 크면 우리 같이 산책 가자."

우리는 드림의 널찍한 침대에 드러누워 한마디씩 축복의 말을 건넸다. 바다는 꼭 인간 갓난아기가 그러하듯 포동포동한 배를 드러내 놓고 세상모르게 자고 있었다. 자기가 바깥 세계에 있다는 것도 모르고 아직 어머니 배 속에 있다고 생각하며 안심한 듯한 얼굴이었다.

바다는 아직 눈과 입, 코 주위에 털이 나지 않아 그곳만 연분홍빛으로 물들어 있었다. 발바닥도 꼭 마시멜로 같은 것이, 속에 분홍색 젤리가 든 느낌이었다. 만지니까 몰랑몰랑하고 기분 좋았다. 우유를 마실 때만 잠깐 실눈을 뜨고 늘 색색 잠을 잤다.

아직은 바다를 밖으로 데리고 나갈 수 없어서 우리는

날마다 드림에 틀어박혀 바다를 관찰했다. 창문 바로 앞까지 가을이 성큼 다가온 것도 모르고 며칠 남은 여름 방학을 마음껏 즐겼다. 릴리와 말도 하기 싫다고 생각했던 게 거짓말 같았다. 우리는 바다를 중심으로 다시 하나로 똘똘 뭉쳤다. 바다는 우리 셋의 마음을 끌어당기는 자석 같은 존재였다. 이제 바다 없이 우리 관계는 성립되지 않았다.

당장 서점에서 개에 관한 책을 사 온 쓰타코가 개의 습성을 나와 릴리에게 자세히 가르쳐 주었다. 개는 긴장하면 하품한다는 것. 색깔을 거의 구분하지 못하고, 근시이며, 후각으로 세상을 파악한다는 것. 외로우면 먼 곳을 향해 우우 짖는다는 것. 이빨은 성견이 되면 모두 합해 마흔두 개고, 암컷의 배에는 젖꼭지가 열 개씩이나 있다는 것. 개도 뜨거운 것을 못 먹는다는 것.

죄다 우리 인간과는 다르고, 그때까지 몰랐던 사실들이었다.

그 밖에도 쓰타코는, 개는 빗장뼈가 없기 때문에 앞다리를 잡고 쫙 벌리면 안 된다는 것, 체온은 38도, 호흡은 1분에 18회 정도 한다는 것, 체온이 상승하면 입으로 뜨거운 공기를 뱉어 내 온도를 조절한다는 것, 땀을 흘리지 않고 호흡으로 몸을 식힌다는 것 등을 가르쳐 주었다. 알면 알수록 바다의 몸은 신비의 베일에 싸였다.

바다를 만나고 며칠간은 꿈결 같았다. 자나 깨나 바다 생각으로 머리가 꽉 차 있었고, 늘 누군가가 웃었다. 릴리가 이제 곧 도쿄로 돌아간다는 사실조차 까맣게 잊고 있었다. 이 여름이 영원히 계속되지 않을까, 나는 진심으로 그런 생각까지 했다. 조금씩 바람이 차지는 것조차 몰랐다. 바다와 보내는 시간은 시간 그 자체가 살아 있는 것 같아서 조금도 지루하지 않았다.

릴리가 호타카를 떠나는 날 아침, 그때까지 게슴츠레하던 바다의 눈이 비로소 반짝 뜨였다.

"바다야, 우리 또 만나. 나 잊으면 안 돼."

릴리는 울상이 되어 바다의 머리와 몸을 쓸어 주었다. 바다는 얌전히 있었다. 잊지 않을 테니까 걱정 말라고 용기를 심어 주듯 릴리의 얼굴을 분홍색 혀로 할짝할짝 핥았다. 헤어질 때 릴리는 몇 번이고 바다를 안고 입가에 키스를 했다.

릴리가 호타카를 떠난 그다음 주에 아버지는 바다를 위해 집을 만들어 주었다. 어느새 계절은 순식간에 폭삭 늙은 것처럼 가을이 되어 있었다.

바다가 살 집은 여관 안마당에 놓였다. 고이지 여관 중앙에는 ㅁ자형의 마당이 있었다. 관리가 그리 잘되지 않는 그곳에는 소나무와 꽃아까시나무 등이 우거져 있었다.

개집은 꽃아까시나무 바로 밑에 놓였다. 조금이라도 경치가 좋으라고 아버지가 여러모로 궁리한 끝에 정한 장소였다. 바다가 그곳에서 혼자 살려면 아직 더 있어야 했지만, 시간을 정해 하루에 얼마씩 그곳에서 지내는 연습을 시켰다.

바다는 매일 보는 나도 분명하게 알 수 있을 만큼 엄청나게 빠른 속도로 성장했다. 개는 인간의 일곱 배 빠른 속도로 성장한다고 한다. 즉, 내 하루가 바다에게는 일주일이라는 뜻이다. 머릿속으로 상상하니 현기증이 날 것만 같았다. 게다가 태어나고 처음 이 년 동안은 특히 성장이 빨라 겨우 이 년 만에 어른이 된다고 한다.

처음 만났을 때는 나이 차가 많이 나는 남동생처럼 느껴졌던 바다가 점점 나이 차를 좁혀 또래 친구로 다가섰다. 내게 바다는 세상에서 제일가는 친구가 되었다.

마주 보고 있으면 바다의 마음을 알 것 같았다. 바다의 눈에는 모든 감정이 드러나 있었다. 티끌 하나 없이 맑고 초롱초롱한 눈은 내가 조금이라도 나쁜 마음을 먹으면 그것을 있는 그대로 비추는 거울 같았다. 나는 종종 바다의 몸뚱이에 귀를 갖다 대고 지그시 눈을 감곤 했다. 그러고 있으면 정말 몸속에 바다가 펼쳐져 있는 것 같고 잔물결과 해변을 날아다니는 순백색 갈매기의 날개가 보이는 듯했다. 바다는 내게 무한대의 존재였다.

나는 최소한 바다 앞에서만은 정직해지자고 생각했다. 바다에게만은 그 어떤 작은 거짓말도 하고 싶지 않았다. 그 때문에 다른 아이들이 조금씩 나쁜 짓을 배우기 시작했을 때도 나는 바다를 생각해 이럭저럭 착한 쪽에 머물 수 있었다. 바다를 슬프게 하고 싶지 않았다.

그것은 내가 인생에서 처음으로 맛본 낭만적인 시간이었을지 모른다. 바다와 보내는 시간은 아름다운 저녁노을 같았다. 나는 그 아름다움에 감동해 까닭도 없이 소리 지르고 싶은 심정이었다. 비록 말은 주고받지 못하지만 텔레파시처럼 감정과 감정을 공유한다는 실감이 있었다.

이윽고 호타카에 눈이 내리고 긴긴 겨울이 찾아왔다.

기쁘게도 아버지가 바다의 집에 설 장식을 해 주었다. 그 무렵에는 이미 개집 안에 바다 전용의 담요가 깔리고 공이며 뼈다귀 모양의 장난감도 놓여 있었다. '하우스' 하고 명령하면 바다는 순순히 자기 집으로 들어갔다. 바다는 누가 봐도 똑똑한 개였다. 그리고 바다는 나와 쓰타코뿐 아니라 누구에게나 똑같이 다정했다. 노골적으로 바다를 기피하는 기쿠 할머니에게조차 그랬다. 다만 애교가 많다 보니 집 지키는 개 노릇은 하지 못했다.

한겨울의 눈벌판에 바다를 데리고 나간 적이 딱 한 번 있다.

겨울철이면 호타카는 유령 도시나 다름없다. 물론 사람은 살지만 모두 집 안에 틀어박혀 나오지 않는다. 길에서 다른 사람과 마주치는 일은 거의 없다.

논이건 밭이건 어디에 경계선이 있는지 전혀 알 수 없을 만큼 온통 새하얀 눈으로 뒤덮여 있었다. 나는 스키복 차림에 귀마개를 하고 바닥에 미끄럼 방지용 도구를 붙인 장화를 신어 단단히 무장하고 밖에 나갔다. 일요일이었다. 파란 하늘 아래 멀리 눈 덮인 알프스의 산들이 우뚝 솟아 있었다. 날씨가 맑으면 호타카의 추위는 더욱 혹독해진다.

바다는 부모님이 크리스마스에 사 준 빨간 목걸이를 하고 있었다. 목줄은 내가 준 크리스마스 선물이었다.

봄이 되면 목줄을 묶어 본격적으로 산책을 시작할 생각이었다. 그때까지 바다가 목걸이와 목줄에 적응하게 해야 했다.

눈벌판 가운데까지 내가 안고 가서 내려놓았다. 바다는 어릴 적에 비하면 체중이 꽤 늘었지만 내가 안지 못할 정도는 아니었다. 누가 봐도 잡종견이 분명한 바다의 핏줄 중에 원래 그렇게 크게 자라지 않는 종의 피가 섞여 있었는지도 모른다.

"바다, 가서 놀고 와."

나는 그렇게 말하고는 바다의 뒷모습을 배웅했다. 바다는 눈 깜짝할 새에 내가 있는 곳에서 멀어져 눈밭을 자유로이 뛰어다녔다. 꼭 투명한 바람의 꼬리를 잡으려고 열심히 쫓아다니는 것처럼 보였다. 털이 거의 하얀색인 바다는 눈과 구별되지 않았다. 조그만 검정 코만이 유일하게 바다의 존재를 가르쳐 주었다.

"바다!"

나는 소리쳤다. 바다가 너무 멀리 가 버려서 별안간 불안해졌다. 바다가 이대로 어디론가 사라져 버리면 어쩌나 싶었다.

하지만 내 목소리를 들은 바다는 금세 멀리서 돌아왔

다. 꼭 부웅부웅, 하고 날아오는 듯했다. 나는 밀크초콜 릿 색 얼룩무늬가 조금씩 가까워지는 것을 보고 비로소 안도했다.

그때 바다는 분명히 웃고 있었다. 바다는 웃으면 왼쪽 볼에 보조개가 팼다.

"재미있지?"

나는 바다에게 말을 건넸다.

그러고는 바다의 머리를 한껏 쓰다듬어 주었다. 바다 는 처음 만났을 적 어린 바다로 돌아간 것처럼 해맑은 얼굴로 혀를 축 늘어뜨리고 웃었다.

바다는 행복해서 어쩔 줄 모르겠다는 표정으로 나를 올려다보며 내 허벅지에 앞발을 올려놓고 일어선 채 꼬 리를 힘차게 흔들었다. 장갑을 벗고 얼굴을 쓸어 주자, 바다는 웃으며 내 손을 다정하게 몇 번씩 핥았다. 눈밭 에 반사되는 햇빛이 눈부셨다.

"바다, 간지럽다니까."

나는 그 자리에 벌렁 드러누웠다. 하늘이 정말 둥글게 펼쳐져 있었다. 문득 바다와 둘이 바다 한복판에서 아득 히 먼 곳에 펼쳐진 세계를 올려다보는 기분이 들었다. 나와 바다의 숨소리 외에는 아무 소리도 들리지 않았다.

목덜미로 들어온 눈 덩어리가 등을 차갑게 적셔, 그것으로 간신히 내가 바다에 떠 있는 게 아니라 눈밭에 드러누워 있음을 깨달을 수 있었다.

나는 두 팔을 뻗어 바다의 몸을 더 꽉 끌어안았다.

"고마워."

그때 나는 정말 바다에게 감사하는 마음으로 가슴이 벅찼다.

내가 바다를 발견한 게 아니다. 바다가 나를 발견해 준 것이다.

그렇게 생각하니 속에서 따스한 감정이 스며 나와 세포 하나하나를 다정한 기분으로 가득 채워 주었다. 몸이 따끈따끈해져 주위에 쌓인 눈까지 녹일 듯했다. 바다만 곁에 있어 준다면 무엇을 잃어도 두렵지 않았다.

일 년 내내 릴리가 찾아올 여름만 기다리던 내게 바다는 모든 계절이 발하는 순간순간의 반짝임을 가르쳐 주었다. 풍경 속에 바다가 있으면 별안간 도수가 딱 맞는 안경을 쓴 것처럼 호타카의 자연이 선명하게 보였다.

봄이 오자, 바다의 집이 있는 마당에서는 꽃아까시나무가 매화나무나 벚나무보다도 먼저 새로운 계절 소식을 전해 주었다. 꽃아까시나무는 마치 시간이 영원히 멈춘 불꽃놀이처럼 가지 끝에 눈부신 노란색 꽃을 탐스럽게 피웠다. 그해 봄은 특히 꽃이 아름답게 피었다. 마당의 나무들도 그곳에 바다가 사는 것을 환영하는 듯했다.

몸을 꼿꼿이 펴고 자랑스러운 기분으로 바다와 산책을 할 때면, 논두렁길 양옆으로 색색의 예쁜 들꽃이 흐드러지게 피어 바다와의 산책을 특별하게 만들어 주었다. 노란 복수초가 새하얀 눈 이불을 들추어 고개를 쏙 내밀고, 그 옆에서 갯버들 싹이 은색으로 빛났다. 목련이 파란 하늘을 올려다보며 흰 꽃망울을 터뜨리는 발치에서는 수선화가 고개를 숙이고 우아한 자태를 자랑했다.

산책을 거듭하는 사이에 바다는 좋아하는 것을 하나 발견한 모양이었다. 야생 물냉이다. 멀리서도 물냉이가 자생하는 물가를 발견하면 신나서 꼬리를 파닥파닥 흔들어 댔다. 사실 나는 물냉이가 매워서 싫다. 그래서 물냉이를 잘 먹는 바다를 존경의 눈길로 쳐다보곤 했다.

하지만 그렇게 좋아하는 물냉이를 발견했을 때조차 바다는 결코 내 팔을 잡아당기는 난폭한 짓은 하지 않았다. 바깥을 다닐 때는 한층 더 사려 깊은 표정을 짓고 있었다. 우리 사이에는 처음부터 주종 관계가 존재하지 않았다. 내가 바다의 목줄을 잡고 있기는 했지만, 그렇다고 내가 바다보다 잘났다는 뜻은 아니었다. 나와 바다는 늘 대등했다. 목줄을 통해 우리는 손을 맞잡고 걷는 기분을 맛보았다.

그리고 바다는 자기보다 작은 개와 마주친다고 허세를 부리지도, 큰 개 앞에서 비굴해지지도 않았다. 바다는 호타카에서도 찾아보기 힘든 예의바른 개였다. 꼭 소형 진공청소기처럼 내 옆에 딱 붙어 나란히 다녔다.

개의 나이로 치면, 바다는 그때 나와 동갑이거나 이미 나보다 약간 형이었을 것이다. 그 무렵에는 바다가 수컷이라는 것을 확실히 알 수 있었다. 오줌을 쌀 때도 한쪽 다리를 재주 좋게 들고 세 다리로 능숙하게 균형을 잡았다. 그래서 나는 맞은편에서 바다와 덩치가 비슷한 암컷이 다가오면 복잡한 기분이 들곤 했다. 언젠가 바다가 나보다도 좋아하는 상대를 만나 나 따위는 거들떠보지도 않게 되는 게 아닐까 싶어 쓸쓸했다. 하지만 바다도 분명히 언젠가 부모가 될 날이 올 것이다. 괴롭지만 바다에게 기쁜 일이라면 결국 내게도 기쁜 일이다. 바다가 행복하면 나도 행복하다고 생각했다. 게다가 바다는 개니까 짝을 만나는 게 당연하다. 그래서 바다를 거세시킬 생각은 애당초 하지도 않았다.

바다는 또 산책 중에 수호신상을 발견하는 천재였다. 아즈미노 일대에는 여행자를 지켜 주는 수호신상이 아주 많다. 대개 돌에 남녀 한 쌍을 새긴 상인데, 어깨를 맞대고 있다든지 손을 잡고 있는 매우 흐뭇한 모습이다. 그곳에 사는 사람들에게는 별로 신기할 것도 없지만, 타지에서 오는 관광객들에게는 인기가 있는지 일부러 수호신상을 보러 찾아오는 사람들도 있었다. 나와 바다도 산책 중에 관광객이 수호신상을 향해 열심히 카메라 렌즈를 들이대는 모습을 한두 번 목격한 게 아니다. 바다는 그런 사람들을 보면 기쁜 듯 살짝 웃었다.

바다와 나란히 걷는 것만으로도 기분이 우쭐했다. 나는 가슴을 쫙 펴고 호타카를 누비고 다녔다. 매일이 화려한 퍼레이드였다.

그중에서도 개울을 따라 이어지는 높직한 제방을 나란히 걸을 때 한층 더 큰 행복감에 휩싸이곤 했다. 땅에서 비눗방울이 무수히 퐁퐁 솟아나는 것만 같았다. 그해 봄부터 여름까지는 정말이지 하루하루가 천국이었다.

바다를 만나고 일 년쯤 지나 릴리가 또다시 호타카를 찾아왔다.

그 무렵에는 이미 기쿠 할머니가 나와 쓰타코를 양옆에 거느리고 마쓰모토까지 릴리를 마중 나가는 일도 없었다. 똑똑하고 야무진 릴리는 혼자서 마쓰모토역에서 오이토선으로 갈아탈 수 있었고, 호타카에서도 혼자 힘으로 고이지 여관까지 걸어올 수 있었다. 나는 초등학교 5학년, 릴리와 쓰타코에게는 초등학교 마지막 여름 방학이었다.

그 전해 가을, 공부에 눈뜬 쓰타코는 그해 여름, 초등학생인데도 구태여 마쓰모토까지 학원을 다녔다. 마쓰모토는 예로부터 학도(學都)라 불리며 학문이 성한 땅이다. 호타카에는 없는 학원이 마쓰모토에는 수두룩했다. 쓰타코를 학원에 데려다주고 데려오는 역할은 파트타임으로 일하는 틈틈이 어머니가 담당했다. 시험을 보고 중학교에 들어갈 것도 아닌데 당시 쓰타코는 뭐에 홀린 사람처럼 열심히 공부했다.

릴리가 호타카에 도착하는 당일, 바다는 누가 가르쳐준 것도 아닌데 웬일인지 아침부터 안절부절못했다. 성견이 다 된 바다를 마당에 풀어놓을 수는 없는 노릇이어서, 그 무렵 바다는 이미 묵직한 사슬에 묶여 있었다. 그게 고이지 여관에서 바다를 기르는 데 기쿠 할머니가 내건 조건이었다. 사슬에 묶여 있다고는 해도 안마당을 돌아다닐 수 있는 자유는 있었다. 다만 사슬이 너무 튼튼한지 바다가 움직일 때마다 절그럭절그럭 소리가 나는 바람에, 그 소리를 들을 때마다 바다에게 미안한 기분이 들었다.

"바다, 쉿!"

나는 바다가 소란을 피울 때마다 마당으로 가서 꾸짖었다. 투숙객에게 폐를 끼쳤다가는 바다의 처지가 위태로워지기 때문에 엄하게 훈련시킬 필요가 있었다. 바다도 그것을 잘 아는지, 내가 나타나면 얌전히 앉아 메트로놈처럼 꼬리를 세차게 좌우로 저어 대곤 했다. 그런 모습을 보면 거꾸로 바다를 한껏 예뻐해 주고 응석을 받아 주고 싶어졌다.

그래도 나는 이제 곧 릴리가 올 테니 얌전히 있으라고 말없이 바다의 눈에 호소했다. 릴리의 이름을 말하기가 어쩐지 약간 쑥스러운 시기였다.

우리가 태어난 것은 거품 경제 시기 직전이었는데 그 거품은 이미 꺼지고 그 무렵에는 호타카에도 불황의 그림자가 드리웠다. 고이지 여관의 손님도 전성기 때보다 다소 줄어들었다. 이제 객실이 다 차서 예약을 거절하는 일도 없었다. 손님의 감소 추세에 제동을 걸려고 노래방 설비를 도입했지만 기대했던 만큼의 효과는 없었다.

은행에서 대출을 받으면서까지 노래방을 설치하자고 주장한 사람은 기쿠 할머니가 아니라 스바루 아저씨였다. 스바루 아저씨는 내후년으로 다가온 나가노 올림픽에 큰 희망을 걸고 있었다. 올림픽만 개최되면 다시 거품 경제 시기 때 같은 활기가 호타카에도 돌아오리라고 믿는 듯했다.

릴리는 점심 즈음 호타카에 도착할 예정이었다. 나는 마중을 나가지는 않을 생각이었다. 쓰타코는 학원에 가고 없는데 릴리와 단둘이 호타카 거리를 걷다니, 상상만 해도 머리가 부풀어 터질 것 같았다. 더욱이 그런 모습을 혹시 같은 반 녀석들이 보기라도 한다면.

그러나 바다가 꼭 릴리를 마중 나가야겠다고 완강하게 고집을 부렸다. 적어도 내 눈에는 그렇게 보였다. 평소에는 걱정될 정도로 얌전하고 똑똑한 개가, 기차가 도착할 시간이 가까워올수록 점점 이상하게 굴고 웬일로 깽깽 날카롭게 짖어 대기까지 했다.

"알았어."

나는 릴리가 도착할 시간이 거의 다 되어 허둥지둥

바다를 데리고 뛰쳐나왔다. 그러고는 전속력으로 호타카역까지 달려갔다.

바다는 야성을 되찾은 양 속력을 부쩍부쩍 높였다. 그 겨울날, 나를 향해 눈밭을 질주해 오던 바다가 되살아난 듯했다. 바다는 흡사 날아가듯 아름답게 내달렸다. 마음 먹고 달리면 바다가 나보다 훨씬 빠르다. 평소에는 바다가 내 속도에 맞춰 준 것이었다.

호타카 신사의 도리이 앞을 지나치는데 오이토선 하행 열차가 호타카역에 도착하는 게 보였다. 우리는 약간 뒤처져 역 앞 로터리에 도착했다. 그때 마침 릴리가 역무원에게 차표를 건네고 밖으로 나왔다. 뭐라고 말을 걸까 고민하는데 릴리가 먼저 말했다.

"그새 다 컸네."

그러고는 책가방을 내려놓더니 쭈그리고 앉아 바다와 재회의 인사를 주고받았다. 릴리는 언제나 배낭이 아니라 네모난 책가방에 짐을 싸 왔다. 그게 릴리가 고집하는 스타일이었다.

바다가 기뻐하는 것은 누가 봐도 명백했다. 바다는 저러다 떨어져 나가지 않을까 걱정될 정도로 꼬리를 세차게 흔들었다. 그리고 릴리의 얼굴을 꼭 사탕 빨듯 계속해서 할짝할짝 핥았다.

그러나 내 심정은 복잡했다. 아까 릴리가 바다에게 한 말은 내가 릴리에게 품은 감상이기도 했다. 눈앞의 릴리에게 초등학생용 빨간 책가방은 전혀 어울리지 않았다.

릴리야말로 지난 일 년 새에 어른이 다 됐다. 몸에 딱 붙게 디자인된 하얀 원피스는 몸의 선을 뚜렷하게 부각시켰다. 아니, 선이라기보다 표면에 생긴 굴곡을.

보면 안 된다, 보면 안 된다, 하면서도 내 시선은 릴리의 가슴께에 못 박혀 있었다. 보드라울 듯한 가슴이 봉긋하게 부풀어 있었다. 갑자기 릴리가 의식되어 숨이 막힐 지경이었다. 그러나 정작 릴리는 내 시선 따위 아랑곳하지 않고 바다와 장난치는 데 모든 에너지를 쏟았다.

릴리는 바다와 한바탕 인사를 나누고 나서야 비로소 일어섰다. 나란히 서니 여전히 키 차이가 뚜렷했다. 역유리창에 비치는 우리 모습을 흘끔 보니 마치 나이 차가 많이 나는 누나와 남동생 같았다. 그 사실도 내 마음을 단숨에 위축시켰다. 릴리가 손이 닿지 않는 먼 존재가 된 것 같아 가슴이 아팠다.

나는 마음을 다잡고 릴리의 빨간 책가방을 오른쪽 어깨에 메고 왼손에 바다의 목줄을 잡고 걷기 시작했다.

바다를 사이에 둠으로써 간신히 릴리와 나란히 걷는 쑥스러움을 얼버무릴 수 있었다. 매년 그랬던 것처럼 우리는 호타카 신사의 도리이 밑을 지나 신사에서 참배를 드린 다음 고이지 여관으로 향했다.

"쓰타코……."

"마쓰모토에 있는 학원에 가고 없어."

릴리가 입을 열기에 얼른 말을 가로챘다. 나도 모르게 말투가 퉁명스럽게 나와 스스로도 조금 놀랐다.

"응, 편지에도 그렇게 쓰여 있었어."

나는 또 조금 놀라 그 뒤로 무슨 말을 해야 할지 알 수 없어졌다. 릴리와 쓰타코가 편지를 주고받았다는 것을 그때 처음 알았다. 왜 그런지 바다를 처음 만나고 벌써 여러 해가 지난 것처럼 느껴졌다. 기분으로는 우리가 지금보다 훨씬 어렸을 때부터 이렇게 같이 시간을 보낸 것 같았다. 하지만 실제로는 겨우 일 년밖에 지나지 않았다. 그사이에 바다는 눈이 핑핑 돌 것처럼 빠른 속도로 성장해 우리를 추월하고 어엿한 청년이 되어 있었다.

태양이 아스팔트 표면을 뜨겁게 달구고 있었다. 전에 없이 더운 하루였다. 나는 솔직히 이 여름을 어떻게 넘겨야 할지 막막했다. 우리 둘을 연결해 주던 쓰타코도 없고, 릴리는 어른이었다. 이제는 전처럼 팬티만 입고 물놀이를 하거나 나무를 타는 일도 없을 것이다. 스케이트보드도 한때는 그렇게 열광했건만 이제 그 위에 올라타는 일은 없을 것이다. 릴리와 함께 할 일이 아무것도 없었다. 내가 가진 만화책도 릴리는 이미 다 읽었다. 매일 아침 달걀을 모으는 일은 계속한다 해도, 그로부터 긴긴 하루를 어떻게 보내야 할지 도무지 방법이 떠오르지 않았다.

그때 바다가 한층 높은 소리로 짖었다.

고개를 들자 기쿠 할머니가 고이지 여관 입구에서 우리를 기다리고 있었다. 주황색과 흰색의 격자무늬 원피스를 입고 허리에는 감색 앞치마를 두른 할머니는 손으로 햇빛을 가리며 눈부신 듯 우리를 바라보고 있었다. 처음에는 바다와 견원지간인 것 같던 할머니도 그럭저럭 바다와 친해지려고 노력하는 듯했다. 아무도 보지 않을 때 이따금 롤빵을 미끼로 바다와 교류를 시도한 흔적이 있었다. 바다는 기쿠 할머니에게도 다른 사람들과 똑같이 애교를 부렸다.

호타카역에서 돌아오는 길에 시간을 주체하지 못할까 봐 그렇게 불안했건만, 막상 뚜껑을 열어 보니 그건 완전히 기우였다. 나와 릴리, 단둘이서 여름을 보내는 것이었다면, 아닌 게 아니라 내 불안도 꼭 근거 없는 것만은 아니었을지 모른다. 하지만 우리에게는 바다가 있었다. 게다가 쓰타코는 마쓰모토에서 자고 오는 게 아닌 터라, 아침은 셋이 같이 먹을 수 있었고 학원이 일찍 끝나는 날에는 저물녘 전에 돌아오니 예전처럼 같이 저녁도 먹을 수 있었다. 할머니가 만드는 크로켓은 여전히 우리가 좋아하는 최고의 반찬이었다.

마쓰모토의 학원을 다니면서 자신이 붙었는지 쓰타코는 자기 의견을 전보다 딱 부러지게 말하게 됐다. 마치 어릴 적 릴리 같았다. 학원에서 친구도 사귀었는지, 밤에 우리가 모르는 상대방에게서 전화가 올 때도 있었다. 그런 때 쓰타코의 얼굴은 기쁨으로 빛났다. 그렇다고 우리를 소홀히 대하는 눈치는 없었고, 통화를 끝내고 돌아오면 역시 전처럼 카드놀이나 보드게임에 참가했다.

그러는 사이에 작년까지 릴리를 어떻게 대했는지가 서서히 생각났다. 비록 릴리의 겉모습은 몰라보게 성장했지만, 유연한 몸속 깊은 곳에는 예전과 변함없는 릴리가 있었다. 그것을 깨달은 뒤로는 나도 릴리가 그렇게 동떨어진 존재로 느껴지지 않았다. 게다가 바다의 존재가, 버튼을 누르면 스르르 감기는 줄자처럼 나와 릴리의 거리를 좁혀 주었다.

그래도 작년과는 명백히 다른 점이 두 가지 있었다.

하나는 드림이 폐쇄된 것이었다.

표면적으로는 건물이 낡았다는 이유에서였지만, 아마 어른들은 초등학교 고학년씩이나 된 남녀가 한데 자는 것을 바람직하지 않다고 판단했을 것이다.

다른 하나도 그와 관계가 있는데, 셋이 같이 목욕을 하는 일이 없어졌다. 징후는 이미 작년부터 있었다. 나도 릴리나 쓰타코의 벗은 몸을 보기가 묘하게 멋쩍고 싫었다. 아니, 그보다 내 벗은 몸을 보여 주기 창피했다.

그렇기에 릴리, 쓰타코와 같이 목욕할 필요가 없게 됐을 때 나는 꽤 안도했다. 그리고 대신이라 하기는 이상하지만, 이따금 바다와 함께 목욕을 하곤 했다. 바다를 목욕시키는 일은 내 담당이었다.

그해 여름, 릴리는 또다시 '하늘 나라'를 여행했다. 한동안 그 횟수가 줄었었는데, 그해는 빈번히 하늘을 올려다보며 예전과 조금도 다름없는 멍한 표정으로, 내 눈에는 보이지 않는 뭔가와 마음을 주고받았다.

나는 이제 다른 게 릴리의 마음을 사로잡는다고 질투

하지 않았다. 오히려 되도록 오래 릴리가 여행할 수 있기를 빌었다. 바다 역시 같은 기분이었는지, 아무리 같이 놀고 싶어도 릴리가 그럴 때면 절대 접근하지 않았다. 나, 릴리, 바다가 아름다운 삼각형을 그리듯 적당한 거리를 유지하며 그해 여름을 조용히 지냈다.

세상이 아름답게 남보랏빛 옷을 두르는 저물녘이 되면 두 사람과 한 마리는 꼭 산책을 나갔다. 누구 하나 빠지는 일이 없었다. 우리는 꼭 셋이 함께하지 않으면 산책이라는 행위 자체가 성립되지 않는 것처럼 규칙을 충실하게 지켰다.

여관 주방에서 맛있는 냄새가 날 때쯤이면, 나는 무슨 의식이라도 시작하는 양 천천히 복도를 걸어 안마당으로 갔다. 바다는 남보랏빛 하늘의 냄새를 맡는 것처럼 코를 위로 치켜들고 점잔 뺀 표정으로 기다리고 있다가 나를 보면 네 다리로 벌떡 일어섰다. 얼른 산책에 데려가 달라고 큰 소리로 짖어 대며 독촉하는 짓은 결코 하지 않았다. 바다는 정말 사려 깊은 개였다.

"바다, 우리 산책 갈까."

나는 매번 그런 식으로 말을 걸며 산책용 목줄을 맸다. 바다라면 내 말을 알아들을 것 같았다. 실제로 바다는 몇몇 단어를 이해하고 알아들었다. '산책'도 바다가 아는 단어 중 하나였다.

산책이라는 말을 들으면 바다는 내가 목줄을 걸기 쉽게 고개를 옆으로 기울인다. 그럴 때 나는 바다가 사람으로 태어났으면 얼마나 좋았을까 하고 터무니없는 상상을 하곤 했다. 말이 통했다면 훨씬 더 서로를 이해하고 많은 것을 공유할 수 있었을 텐데. 자전거도 타고, 수영장에서 헤엄도 치고, 빙수도 먹고, 온갖 일을 같이 할수 있었을 텐데. 어쨌든 나와 바다가 둘도 없는 친구라는 데는 변함이 없었지만.

그러다 문득 보면 릴리가 어디선가 소리도 없이 나타나 내 뒤에 서 있었다. 바다가 내가 아니라 내 뒤에서 몸을 앞으로 숙인 릴리를 보고 웃는다는 것을 깨닫고, 마음속에 한 줄기 찬바람이 불었다. 하지만 그것도 눈 깜짝할 새에 어디론가 사라져 행방을 알 수 없을 정도에 불과했다.

"데이트 시간이야."

릴리는 늘 내 머리 너머로 그렇게 말했다. 나는 매번 그 달콤한 말에 가슴이 벅차 숨이 쉬어지지 않았다. 릴리가 말하는 대상이 내가 아니라 바다라는 것을 잘 알면서도 그랬다.

나는 지난 일 년 동안 개척한 여러 산책 코스를 릴리에게 소개했다. 호타카에는 릴리가 가 본 적이 없는 길이 아직 얼마든지 있었다. 나와 바다는 몰래 눈짓을 주고받으며 오늘은 그쪽으로 가자고 뜻을 맞추곤 했다. 이상하게도 나와 바다의 의견이 일치하지 않는 적은 한 번도 없었다. 릴리가 어쩐지 기운이 없어 보일 때는 평탄한 길을 선택하고, 기운이 넘칠 때는 잠깐 산까지 걸어 봤다. 일 년에 한 번 있을까 말까 할 만큼 기적적으로 아름다운 저녁노을을 만날 수 있을 것 같을 때는 전망이 좋은 높은 곳으로 갔다. 어느새 우리의 행동반경은 전보다 넓어졌다. 그것도 전부 바다 덕분이었다.

바다가 나와 릴리의 중간에 있어 준 덕분에 말을 주고받지 않아도 분위기가 어색해지는 일은 없었다. 오히려 말을 주고받지 않는다는 게 기분 좋게 느껴졌다. 나와 릴리는 바다를 통해, 말을 하지 않아도 서로를 이해할 수 있는 상태에 있었는지도 모른다. 그곳은 무척 평화롭고 안온한 세계였다.

도중에 곧잘 살구주스를 사서 같이 나눠 마시곤 했다. 달걀 줍기 아르바이트로 번 돈으로 번갈아 주스를 샀다.

릴리는 한두 모금만 마시면 끝이었던지라 먼저 릴리가
마시고 남은 주스를 내가 마셨다. 그럴 때 나는 표정에
드러내지는 않았지만 가슴이 몹시 두근거렸다. 릴리에
대해 온갖 상상이 떠오르는 바람에 살구주스의 맛을 느
낄 여유가 없었다. 내 그런 기분을 릴리는 전혀 눈치채
지 못하는 것 같았지만, 바다는 내 긴장이 마치 엑스레
이 사진처럼 훤히 비쳐 보이는지 의미심장하게 씩 웃으
면서 나와 릴리를 번갈아 쳐다보곤 했다. 바다에게는 아
무것도 비밀로 할 수 없었다.

어느 날, 우리는 놀이터에 들러 바다에게 물을 먹였
다. 릴리가 호타카에 머무는 기간은 이미 반환점을 돌아
이제 한 일주일밖에 남지 않았을 때였다.

그곳은 녹슨 정글짐과 미끄럼틀밖에 없는 조그만 놀
이터였다. 이미 아이들조차 이곳을 거들떠도 보지 않는
듯, 그때도 우리 말고는 사람이 없었다. 릴리가 두 손을
컵처럼 오므려서 물을 떠 바다의 입으로 가져가자, 바다
는 얇은 분홍색 혀로 정신없이 물을 마셨다.

호타카는 백중이 지나면 가을의 발소리가 들리기 시
작한다. 그때도 약간 선득한 바람이 불었다. 반소매 옷
을 입은 릴리에게 내가 입은 후드 점퍼를 벗어 주고 싶

었지만, 나는 그런 말을 자연스럽게 꺼내지 못했다. 그러고 보니 일 년 전, 바다를 처음 만났을 때도 같은 후드 점퍼를 입고 있었다.

"있잖아, 류."

"응?"

나는 애써 무심하게 대답했다.

"바다는 진짜 바다를 본 적이 있을까?"

"아직 없을걸."

순간적으로 겨울에 바다와 둘이서만 눈벌판에 갔을 때 생각이 났다. 아직 아무도 발을 들여놓지 않은 새하얀 눈밭에 팔다리를 쭉 뻗고 큰대자로 드러누우니, 마치 바다와 단둘이 드넓은 바다 위에 둥실둥실 떠 있는 기분이 들었다. 구름 뒤에서 태양이 고개를 내밀어 빛을 비추었을 때, 눈의 결정이 반짝반짝 빛나 진짜 파도처럼 보였다. 그러나 어쩐지 그 기억은 바다와 나만의 비밀로 하고 싶었다.

"보여 주고 싶다." 릴리는 바다의 등을 정성스럽게 쓸어 주며 말했다. "이름도 바다인데 말이야."

"그러게."

나도 릴리의 손에 닿지 않게 세심한 주의를 기울이며

바다의 등을 쓰다듬었다. 털은 보기보다 훨씬 뻣뻣했다. 생각해 보면 일 년 사이에 바다는 골격이 상당히 좋아졌다. 근육도 울룩불룩하게 발달해 어른스러워졌다. 이 시간에도 바다는 우리보다 일곱 배 빠른 속도로 나이를 먹는다고 생각하니 숙연한 기분이 들었다. 나이 차는 앞으로 점점 벌어질 것이다.

"내년 여름엔……."

릴리가 또랑또랑한 목소리로 말했다.

"그래."

나는 그 뒤에 이어질 말을 알아차리고 동의했다.

바다에게 진짜 바다를 보여 주자.

새끼손가락을 걸고 굳게 약속한 게 느껴졌다. 실제로 손가락을 걸지는 않았지만, 그 대신 마음과 마음이 딱 마주 닿았다는 확신이 들었다.

내년에도 릴리가 호타카에 온다고 생각하니, 마음속에 존재하는 내 꼬리가 오랜만에 꼿꼿하게 선 기분이 들었다. 바다에게 하얀 꼬리가 있듯이 내게도 눈에 보이지 않는 꼬리가 있었다.

"바다, 내년엔 바다에 가서 같이 헤엄치자."

놀이터에서 돌아오는 길에 나는 소리 내어 바다에게

말했다. 바다가 뭐야? 내 이름 말고? 바다는 그런 어리
둥절한 표정을 짓고 하늘을 올려다봤다. 서쪽 하늘에 옅
게 붉은 구름이 떠 있었다.

"바다가 분명히 좋아할 거야."

릴리가 붉은 구름을 바라보며 말했다. 릴리의 얼굴도
연분홍색으로 옅게 물들어 있었다.

그러나 그때 바다와 맺은 약속은 결국 지켜지지 못
했다.

"류, 류, 얼른 밖으로 나가!"

이제 곧 해가 저물 시간대였다. 계절은 늦가을. 호타
카를 둘러싼 알프스 산들에는 이미 눈이 쌓여 있었다.
아버지와 어머니 모두 아직 퇴근하기 전이었고, 쓰타코
도 학원에 가고 없었다.

목소리의 임자는 스바루 아저씨였다.

"부, 부, 불이 났다!"

스바루 아저씨는 정말 다급한 목소리로 부르짖었다.

"불?"

설마 사실일까 싶었다. 스바루 아저씨가 또 장난으로
이상한 농담을 하는 줄 알았다. 하지만 방문을 열자 탄

내가 왈칵 밀려들고, 어디서 불이 활활 타오르는 소리가 들려왔다.

나는 사실이라는 것을 알고 머릿속이 새하얘졌다. 연기가 머릿속에 들어온 것 같았다. 진정해라, 진정해. 나는 학교에서 했던 화재 대피 훈련을 떠올리며 자신을 타일렀다. 하지만 안달하면 안달할수록 혼란스러워져 의미도 없이 방 안을 서성거렸다. 뭔가 갖고 나가야 하는데. 이윽고 고이지 여관의 경보기가 울리기 시작했다. 찌르릉찌르릉하는 고풍스러운 소리였다. 어쩐지 꿈을 꾸는 기분이었다.

스웨터 소맷부리로 입을 막고 겨우 방을 나서자, 일층으로 이어지는 계단에 이미 연기가 꽉 들어차 한 발짝 앞조차 보이지 않았다. 몸을 낮추고 조심스럽게 걷는데, 뒤에서 누가 "거기 류냐?" 하고 불렀다. 매년 이 계절에 찾아와 호타카의 사진을 찍는 아마추어 사진작가 요코타 씨였다.

"같이 대피하자. 따라오렴."

요코타 씨는 내 머리에 큼직한 손바닥을 얹고 말했다. 눈에 연기가 스며들어 눈물이 줄줄 흘렀다. 숨이 쉬어지지 않았다.

이대로 죽을 게 틀림없다고 생각하며 나는 요코타 씨가 맨 벨트를 꽉 잡고 앞으로 나아갔다. 중간부터는 정말 눈을 뜰 수가 없어서 감은 채로 요코타 씨의 등에 매달려 걸었다. 괜찮다고 다독이는 목소리가 들린 것도 같았지만, 그게 정말 요코타 씨의 목소리였는지 아니면 내 마음이 만들어 낸 환청이었는지는 알 수 없다. 요코타 씨는 쿨럭쿨럭 기침을 하며 천천히 한 발짝씩 나아갔다.

연기 속을 어떻게 빠져나왔는지 도통 알 수 없었지만 정신을 차리고 보니 여관 바깥이었다. 밖으로 나오기까지 불길을 보지는 못했는데, 나와 보니 고이지 여관이 정말 불타고 있었다. 어두워 가는 하늘에 시뻘건 불똥이 날아오르고 불길은 점점 거세졌다.

"류, 무사했구나. 다행이다."

문득 귀에 익은 목소리가 들려왔다. 여느 때처럼 긴소매 티셔츠 위에 화려한 알로하셔츠를 입은 스바루 아저씨가 양말 바람으로 서 있었다. 자세히 보니 다들 양말만 신었다. 다들 곧바로 대피할 수 있었던 듯, 기쿠 할머니와 종업원들 모두 멍하니 불길을 쳐다보고 있었다.

"방금 확인했는데 투숙한 손님들도 모두 무사하단다."

스바루 아저씨가 그렇게 말했을 때, 나는 내 왼손에

얇은 앨범이 들려 있는 것을 깨달았다. 그리고 내가 아주, 아주 소중한 것을 두고 왔다는 것도.

"바다는요? 스바루 아저씨, 바다는 어디 있어요?"

눈물이 그렁그렁 차올랐다.

"바다도 나왔죠? 다들 무사한 거죠?"

나는 불안감을 지우려고 일부러 웃음을 띠며 말했다. 웃을 수밖에 없었다. 그러나 스바루 아저씨는 대답하지 않았다. 나는 그게 대답이라는 것을 알았다.

"바다야!"

나는 퍼뜩 꿈에서 깨어난 기분으로 큰 소리로 외치며 고이지 여관으로 다가갔다. 아직 불길이 완전히 번지지는 않았으니 안으로 돌아갈 수 있을 것 같았다.

"바다, 지금 구해 줄게!"

나는 부르짖었다. 그리고 곧바로 여관 뒷문으로 들어가려는데 누가 뒤에서 나를 꽉 붙들었다.

"안 돼!"

커다란 목소리가 머리 위에서 들려왔다. 아버지였다.

"아빠, 아직 바다가 안에 있단 말이에요. 사슬에 묶여 있으니까 도망칠 수 없다고요. 구해 주지 않으면 바다는……."

나는 그 뒤를 상상하고 싶지 않았다.

아버지는 내 앞으로 돌아와 길을 가로막고 어깨를 꽉 붙들었다. 아플 정도로 아귀힘이 셌다.

"놔요! 놓으라니까!"

나는 울부짖으며 아버지의 턱과 가슴을 있는 힘껏 주먹으로 쳤다. 그러나 아버지는 절대 비키려 하지 않았다. 나보다 훨씬 큰 몸으로 바윗덩어리처럼 앞길을 가로막았다.

"아직 괜찮다니까요! 지금 구하러 가면 바다는……."

두려움과 눈에 스며드는 매캐한 연기에 눈물이 뚝뚝 떨어졌다. 내게 바다보다 더 소중한 것은 없었던 게 아니었나. 그런데도 나는 저 살 생각만 했다. 나 자신이 더 할 나위 없이 형편없는 인간처럼 느껴졌다.

"놔요! 제발 놔 주세요!"

귓속에 우우, 하고 바다가 울부짖는 소리가 들렸다. 처음 듣는 구슬픈 울음소리였다. 개는 외로울 때 먼 곳을 향해 그렇게 짖는다. 쓰타코가 맨 처음 사 온 개에 관한 책에 그렇게 쓰여 있었다. 몸이 두 쪽 나는 심정이었다.

이윽고 소방차가 도착해 호스로 물을 뿌렸지만 도무

지 손쓸 길이 없었다. 불길이 치솟는 쪽에서 와장창 유리 깨지는 소리가 났다. 갑자기 풍향이 바뀌었는지 연기가 우리가 서 있는 쪽으로 몰려들었다. 나는 서 있을 수 없어 팔로 눈을 가리며 쭈그리고 앉았다. 귀를 기울여 봐도 이제 바다의 울음소리는 들리지 않았다. 상공이 온통 새하얀 연기로 뒤덮이고, 주위에는 가망이 없다는 절망적인 기운이 감돌았다.

"아직 안마당에 개 한 마리가 남아 있습니다!"

아버지는 호스를 들고 안으로 돌입하려는 의용 소방대원 중 한 명을 붙들고 빠른 말투로 말했다. 올려다보니 아버지도 퉁퉁 부은 눈으로 울고 있었다. 아버지가 우는 모습을 그때 처음 봤다.

"알겠습니다."

소방대원이 침착한 목소리로 대답하고 아버지와 내게 고개를 까닥했다.

"부탁드려요! 바다를 구해 주세요!"

나도 벌떡 일어서서 여관 부지 안으로 용감하게 들어가는 소방대원의 등에 대고 소리쳤다. 이제 이 사람에게 모든 걸 맡기는 것 말고는 달리 방도가 없었다.

"부탁드려요!"

나는 다시 한번 목청껏 부르짖었다. 옆에 서 있던 아버지가 내 어깨를 툭툭 두 번 두들기는 것을 알 수 있었다. 아버지도 내 옆에서 땅에 가르마가 닿을 정도로 머리를 깊이 숙였다.

"바다, 힘내! 이제 곧 소방대원 아저씨가 구하러 갈 테니까 그때까지 제발 힘내!"

스스로도 목소리가 떨리는 것을 알 수 있었다.

나는 그저 신에게 빌었다. 제 목숨을 바쳐도 되니까 바다를 살려 주세요. 나는 속으로 두 손을 모으고 필사적으로 기도했다. 울고 또 울어도 눈물은 끊임없이 쏟아졌다.

불은 눈 깜짝할 새에 고이지 여관 전체에 번졌다. 이따금 굵은 들보가 불타 떨어지는지 엄청난 소리와 함께 불똥이 튀어 올랐다. 불은 이윽고 기쿠 할머니와 스바루 아저씨가 살던 별채까지 옮겨 붙었다. 기쿠 할머니가 그 모습을 우두커니 바라보고 있었다. 오래된 목조 건물이라 순식간에 불길이 번졌다. 하늘이 대낮처럼 환할 만큼 불길이 거셌다.

"최근에 비가 오질 않아서 건조했으니 말이야."

뒤쪽에서 동네 사람들의 말소리가 들렸다.

그동안도 나는 바다가 무사하기만을 간절히 기도했다. 바다라면 분명히 살아 돌아올 것이다. 소방대원 옆에 딱 붙어서 귀를 쫑긋 세우고 용감한 모습으로 돌아올 것이다. 바다라면 괜찮다. 접착테이프로 칭칭 감긴 상자에 담겨 묘지에 버려졌을 때도 우리를 만났을 만큼 운이 좋으니까.

기도를 하며 눈을 꼭 감자 바다의 온갖 모습이 떠올랐다.

상자 속에서 불쑥 나타난 바다. 처음에 스푼으로 떠먹여야만 우유를 마실 수 있었던 바다. 천진한 얼굴로 배를 드러내고 콜콜 자는 바다. 자기 집을 가졌을 때 기뻐하는 표정으로 쳐다보던 바다. 눈밭을 바람처럼 질주하던 바다. 야생 물냉이를 발견하고 좋아하던 바다. 기쿠 할머니에게 받은 롤빵을 땅에 파묻으려 하던 바다. 봄날 논두렁을 당당히 가슴을 펴고 걷던 바다. 릴리와 재회했을 때 행복해 보이던 바다. 바다, 바다, 바다. 바다의 온갖 표정이 끝없이 이어졌다.

어느새 나는 아버지의 품에 안겨 있었다. 초등학교 5학년씩이나 돼서 창피하다고 생각했지만, 팔다리의 감각이 완전히 마비됐는지 꼭두각시 인형처럼 축 늘어져 있

는 것을 스스로도 알 수 있었다. 문득 올려다보니 하늘
에 별이 총총했다. 순간 어디까지가 꿈이고 어디까지가
현실인지 알 수 없었다. 그러나 주위에 감도는 탄내에
뻘겋게 치솟는 화염이 생각났다.

"아빠?"

나는 아버지 품에 안긴 채 물었다.

바다는?

그렇게 묻고 싶었다. 그러나 그 순간 수마가 덮쳐 말
을 이을 수 없었다. 마지막에 남아 있던 눈물 한 방울이
또르르 굴러떨어졌다. 아버지 냄새가 어쩐지 무척 다정
하게 느껴졌다.

나는 그날 중으로 부모님의 아는 사람 차에 실려 호
타카를 떠난 모양이다. 나는 전혀 그런 기억이 없다. 다
음에 정신이 들었을 때는 포근한 이불 속에 누워 있었
다. 고이지 여관에서 알던 것과는 또 다른 고상한 비누
향기가 났다.

순간 모두 꿈이었구나 생각했다. 나는 내내 악몽에 시
달렸던 것이다. 아니면 화재로 목숨을 잃은 것이다. 여
기는 천국이고, 지금까지 있던 세계로는 이제 돌아갈 수
없다. 자기가 죽었다는 것을 이해하거나 납득하지 못하

면 유령이 되어 죽은 곳을 떠나지 못한다는 이야기가 생각났다. 지금 내가 그 비슷한 상태인 모양이라고 생각했다. 이상하게도 슬프지는 않았다. 그보다 약간 안심했다. 그렇구나, 죽는다는 게 이렇게 쉽구나 싶어서.

그러나 나는 아직 살아 있었다. 입은 옷에 연기 냄새가 배어 있었다. 이것은 꿈도 아니고 천국도 아니고 현실이라고, 나는 몽롱한 머리로, 그러나 확신을 갖고 분명하게 생각했다. 하지만 그럼 여기는 대체 어디인가?

그렇게 생각하며 몸을 일으키려는데,

"류."

귀에 익은 그리운 목소리가 들렸다.

"릴리?"

목소리가 뒤집혔다.

설마. 어째서 릴리가 여기 있지?

머릿속이 혼란에 빠졌다. 역시 꿈을 꾸고 있는 걸까.

"물 갖다줄게."

릴리는 나직한 목소리로 중얼거리듯 말했다. 그러고는 조용한 발걸음으로 방에서 나갔다. 릴리가 잠옷을 입고 있고, 게다가 집 안 구조를 잘 알고 있다는 이야기는.

이리저리 머리를 굴리는 사이에 릴리가 유리컵에 물

을 가득 따라 돌아왔다.

나는 릴리가 건네준 컵을 입으로 가져가 꿀꺽꿀꺽 단숨에 다 마셨다. 목이 몹시 말랐다.

"더 마실래?"

"이제 된 것 같아."

나는 말했다. 물을 마시고 나니 몸이 약간 편해졌다. 창밖에서 까마귀 우짖는 소리가 들려왔다.

"여기가 어디야?"

나는 조심스럽게 물었다.

"가구라자카에 있는 우리 집. 내 방이야."

릴리가 더할 나위 없이 알기 쉽게 대답했다.

"류, 우리 집에 온 거 처음이지?"

릴리가 앞니를 살짝 보이고 웃으며 말했다. 그러나 웃음은 금세 슥 사라졌다.

바다는?

그런 말이 또 목구멍까지 치밀었지만 해서는 안 되는 질문이라는 것을 깨달았다.

"좀 더 자. 아직 새벽이야. 화장실 가고 싶으면 방에서 나가서 왼쪽 막다른 곳이야. 샤워하고 싶으면 문 잠그고 마음대로 쓰고."

릴리는 작은 목소리로 속삭이듯 말했다. 릴리도 진짜 곤경에 처한 사람은 결코 말의 나이프로 공격하지 않는구나 싶었다. 그런 마음 씀씀이가 되레 괴롭게 느껴졌다.

"고마워."

나는 진심으로 말했다. 스스로도 뜻밖일 만큼 침착한 목소리였다. 약간 열린 커튼 사이로 보이는 바깥은 아직 어둑어둑했다.

눈을 감자 밤하늘이 눈꺼풀 뒤로 되살아났다. 지상에서 불이 났는데도 우주는 아랑곳하지 않고 별빛을 반짝거렸다. 원래 그런 것이라는 생각이 들었다. 우리에게 무슨 일이 벌어지든 세상은 아무것도 달라지지 않는다. 하지만 얼마 있다가 내 가슴에 어떤 다른 생각이 떠올랐다.

아니, 아니다. 저 아름다운 별들은 바다의 영혼을 맞이하기 위한 장엄한 연출이었는지도 모른다.

바다는 이미 이 세상에 없구나.

나는 그것을 똑똑히 깨달았다. 누가 가르쳐 준 것도 아닌데 왜 그런지 확신이 들었다. 그렇기에 나는 여기에 있고, 그렇기에 릴리가 나를 다정하게 대해 주는 것이다. 슬프리만큼 확실하게 알았다. 그래도 눈물은 이제

한 방울도 더 나지 않았다.

그 뒤 다시 깨어나 보니 또 창밖이 어두웠다. 대체 시간이 얼마나 지났을까. 그런 생각을 하며 시계를 보니 전에 눈을 떴을 때로부터 열두 시간이 넘게 지나 있었다. 하루의 절반을 잔 것이다.

나는 그제야 일어나 머리맡에 놓여 있던 새 옷으로 갈아입었다. 그리고 릴리의 가족이 있는 듯한 쪽으로 천천히 걸어갔다.

그날, 릴리네 집 저녁 반찬은 어묵 전골이었다. 나는 국물이 잘 밴 곤약을 먹으며 눈물을 쉴 새 없이 쏟았다. 창피하다고 생각하면서도 눈물을 줄줄 흘렸다. 그런 나를 릴리의 가족은 아무도, 심지어 릴리의 어린 남동생조차도 놀리지 않았다.

목욕을 하고 릴리의 방으로 돌아오자 릴리는 베란다에 나가 있었다. 잠옷은 릴리의 어머니 미도리 씨가 유니클로에서 사다 주었다.

천천히 창문을 열자 릴리가 나를 돌아보고 살짝 웃었다.

나는 베란다로 나가 등 뒤로 다시 천천히 문을 닫고는 말했다.

"맛있더라."

말은 의외로 쉽사리 나왔다.

"류, 힘들었지."

릴리는 처음으로 화재를 언급했다.

"응."

나는 순순히 시인했다. 릴리의 머리가 밤바람에 나부껴 달콤하면서도 상쾌한 향기를 풍겼다.

"릴리."

마음속에서 지금이 아니면 영영 말할 수 없으리라는 목소리가 들렸다. 그 목소리에 등을 확 떠밀린 듯한 기분이 들었다.

그러나 "미⋯⋯." 까지 말했을 때 갑자기 슬픔이 왈칵 밀려와 그 이상 말을 이을 수 없었다. 그래도 나는 숨을 죽이고 겨우 "미안." 하고 사과했다.

"나⋯⋯."

또 눈물이 뚝뚝 떨어졌다. 이제 눈물은 한 방울도 남지 않고 다 말라 버렸으리라고 생각했던 터라 뜻밖이었다. 목구멍이 바들바들 떨렸다. 눈물에 가려 릴리의 얼굴은 보이지 않았다.

"정말 구해 주고 싶었어."

나는 단숨에 절규하듯 말했다.

"하지만……."

변명을 하다니 형편없다고 스스로도 생각했다. 불길이 너무 거세서 안으로 들어갈 수 없었다. 릴리만은 그것을 알아주기를 바랐다. 분하고 나 자신이 한심해서 견딜 수 없었다. 그저 릴리에게 사과해야 한다는 생각만 절실했다. 내년 여름에 바다를 진짜 바다로 데려가자는 약속을 못 지키게 됐다. 내가 아니라 바다가 살아남았어야 했는데.

"릴리."

나는 떨리는 목소리로 다시 한번 릴리의 이름을 불렀다.

릴리는 아무 말도 하지 않았다. 잠옷 소매로 눈물을 훔치며 얼굴을 들자, 릴리는 화가 난 것도 아니고 슬퍼하는 것도 아닌 표정으로 그저 눈 아래 펼쳐진 야경을 꼼짝 않고 바라보고 있었다.

"어쩔 수 없는 일이야."

릴리는 들릴락 말락 한 가느다란 목소리로 나지막이 말했다.

위를 올려다보니 도쿄의 밤하늘은 밝았다. 별은 간신

히 한두 개 찾을 수 있을 뿐이었다. 바다를 생각하면 눈물은 한도 끝도 없이 쏟아졌다.

어느새 릴리의 얼굴이 눈앞에 다가와 있었다. 내 입술에 릴리의 입술이 닿았다. 따스하고 보드라웠다. 어쩐지 아주 그리운 느낌이었다. 우리는 바람이 불어 지나갈 수 있을 만큼의 틈새를 남기고 입술과 입술을 맞댔다. 그 순간, 시간이 멈춘 듯했다. 영원처럼 긴 시간을 그러고 있었던 것 같기도 하고, 한순간에 불과했던 것 같기도 하다. 나는 그사이 내내 숨을 멈추고 있었다. 이런 일은 어른이 되고 나서 하는 줄로만 알았다.

이대로 나와 릴리만 남기고 세계가 산산조각 나는 게 아닐까 걱정됐다. 아니, 어쩌면 그것은 내 바람이었는지도 모른다.

이윽고 입술과 입술은 자연히 떨어지고, 어느새 나는 릴리와 나란히 또 도쿄의 야경을 바라보고 있었다. 온몸이 욱신거렸다.

이게 그때까지 내 인생에 있어 가장 가슴 아프고 또 가장 숭고한 하루였다. 바꿔 말하면 최악이자 최고의 사건이었다.

그래도 그때 굳게 다짐한 일이 하나 있다.

결코 바다를 잊지 않겠다는 것이었다.

내가 어떻게 되든, 무슨 일이 생기든.

릴리도 나와 똑같은 기분이라는 것이 뼈저리게 느껴졌다.

그래, 우리는 결코 바다를 잊지 않을 것이다.

며칠 뒤, 아버지가 도쿄까지 차를 몰고 나를 데리러 왔다. 아버지는 릴리의 집에 들어오지 않고 현관 앞에서 미도리 씨와 잠깐 몇 마디만 나눈 뒤 내 짐을 차 트렁크에 실었다. 올 때는 빈손으로 왔는데, 미도리 씨가 옷가지를 많이 마련해 준 덕분에 돌아갈 때는 종이 쇼핑백 두 개 분량의 짐이 생겼다.

빠른 속도로 내려가는 엘리베이터 안에서도, 차에 올라타 중앙 자동차 도로에 들어선 뒤로도 아버지는 거의 입을 열지 않았다. 우리는 살 집을 잃은 것이다. 릴리의 집에 있을 때는 그런 생각은 하지도 않았는데, 아버지의 얼굴을 보니 갑자기 현실적인 문제로 다가왔다. 앞으로 우리는 어떻게 살아갈 것인가.

"마쓰모토에서 살기로 했다."

차를 한참 달린 뒤에 아버지는 불현듯 생각난 것처럼

나지막이 말했다. 호타카가 아닌 다른 곳에서 산다는 것은 상상도 하지 못했다. 앞으로 나는 어떻게 될 것인가 생각하는데 아버지가 말을 이었다.

"하지만 넌 학교 문제도 있고 그러니 호타카에 남고 싶으면 그래도 된다."

단언하는 듯한 어조였다.

"쓰타코 누나는요?"

나는 물었다.

"쓰타코는 마쓰모토에서 중학교에 다니고 싶다더라."

나는 별안간 부모에게까지 버림받고 고아가 된 기분이 들었다.

"생각해 볼게요."

그러나 나는 아무렇지도 않은 척하고 아버지에게 그렇게 대답했다.

"서두르지 않아도 된다. 우선 오늘은 마쓰모토에 있는 사택으로 갈 거야."

아버지는 온화한 어조로 말했다. 마쓰모토에 사는 내 모습이 도무지 상상이 되지 않았다.

마쓰모토시 교외에 있는, 아버지가 다니던 정밀 기계 제조사의 사택은 아담하고 낡은 이층집이었다. 내가 도쿄에서 돌아왔을 때는 아직 문패도 붙어 있지 않았다. 우선 생활에 필요한 물건만 집 여기저기에 아무렇게나 쌓여 있었다. 그리고 쓰타코는 며칠 전에 화재로 집을 잃은 사람 같지 않게 짐과 짐 사이에 생긴 작은 틈새기에 파묻혀 학원 교재를 펴고 공부하고 있었다.

"공붓벌레."

머리가 제지하기 전에 무심코 입을 놀리고 말았다.

쓰타코가 나를 날카롭게 쏘아봤다. 그 눈을 보고 주춤했다. 네가 바다를 죽였다고 말없이 비난하는 것만 같았다.

"농담이야."

나는 허둥지둥 장난스럽게 말했다.

"릴리는 잘 있어?"

쓰타코도 온화한 표정으로 돌아와 물었다.

"응, 뭐."

키스한 것은 우리 둘만의 비밀이다. 생각만 해도 뺨이 붉어지는 게 느껴졌다. 하지만 쓰타코가 그런 내 속마음을 알 리가 없었다.

그로부터 우리는 꼭 처음부터 바다가 없었던 것처럼 굴었다. 그렇게 바다를 예뻐하던 쓰타코도, 아버지나 어머니도 바다에 관해서는 아무 말 하지 않았다. 나도 겉으로는 그런 분위기를 따랐다. 하지만 그러면 그럴수록 내 안에서는 바다의 존재가 마그마처럼 뜨겁게 끓어오르며 크게 팽창했다. 슬픔은 어느 누구와도 나눌 수 없음을 체감한 것은 이때였다.

일주일쯤 쉰 뒤, 나는 전에 다니던 호타카의 초등학교에 다시 등교하기 시작했다. 마쓰모토에서 호타카까지는 부모님이 교대로 데려다주고 데리러 왔다.

그와 병행해서 나는 막연히 아버지를 피하기 시작했다. 지금까지 아버지와 어떤 식으로 대화를 했는지 전혀 생각이 나지 않았다. 만약 그때 아버지가 나를 붙들지만 않았다면……. 나는 돌이킬 길 없는 과거로 몇 번이고 거슬러 올라가 반추했다. 어쩌면 바다를 구할 수 있었을지도 모른다. 그렇게 생각함으로써 나는 아버지까지 끌어들여 깊이를 알 수 없는 자기혐오에 빠졌다. 아버지가 바다를 죽인 게 결코 아니라는 것을 알면서도 나는 점점 바다를 죽인 죄를 아버지에게 덮어씌우려 했다. 가족 자체가 성가셨다.

그 무렵, 내가 모르는 데서 어른들의 논의도 진행되고 있었다.

생계 수단이었던 고이지 여관이 잿더미가 된 것이다. 기쿠 할머니와 스바루 아저씨가 살던 별채도 시커멓게 타는 바람에 헐고 다시 짓지 않으면 살 수 없는 상태였다. 비참한 현실은 초등학교 5학년인 내 머리로 상상할 수 있는 범위를 넘었다. 그래도 밤중에 부모님이 작은 목소리로 소곤소곤하는 말 중에는 나나 쓰타코도 이해할 수 있는 단어가 몇 개 섞여 있었다. 우리는 어른들의 언동에 신경을 곤두세우며 밤을 보냈다. 겨울의 발소리가 바로 문 앞까지 성큼 다가와 있었다.

나가노에서는 올림픽 개최를 일 년 남짓 앞두고 있었다. 이듬해에는 나가노 신칸센이 개통될 예정이었고, 도로도 서둘러 정비되는 중이었다. 어디를 둘러봐도 올림픽 경기(景氣)로 들떠 있었다. 나가노시 주변에는 다양한 시설이 건설되는 중이었다.

마쓰모토시와 올림픽 개최지인 나가노시는 같은 현이기는 하나 옛날에는 번(藩)이 다를 정도로 떨어져 있었을 뿐 아니라, 서로를 의식하며 경쟁하는 관계였다. 특히 마쓰모토시는 현청 소재지인 나가노시에 대해 문화적으로는 자기네가 더 뛰어나다는 독특한 자부심을 갖고 있다. 그 때문에 마쓰모토와 가까운 호타카 사람들도 올림픽을 복잡한 심정으로 맞아들였다. 냉랭한 시선으로 바라보면서도 조금은 혜택을 볼 수 없을까 생각하는, 질투와 기대가 반반씩 섞인 분위기였다.

부모님의 대화와 나중에 안 사실을 종합하면, 보아하니 그 무렵 기쿠 할머니와 스바루 아저씨 모자의 의견이 대립했던 모양이다. 할머니는 조상님이 물려주신 현재의 땅에서 초심으로 돌아가 식당을 시작하면 어떻겠느냐고 제안했나 보다. 원래 고이지 여관은 늪지였던 호타카 일대를 개척하기 위해 외지에서 온 이주자들을 대상으로 하는 조그만 가족 식당이었다. 기쿠 할머니 생각에 고이지 여관은 규모를 지나치게 확대한 것이었다. 전처럼 종업원을 많이 쓰지 말고, 자기들끼리 운영해 먹고 살기에 곤란하지 않을 만큼의 수입만 얻으면 되지 않을까, 기쿠 할머니는 그렇게 생각하고 있었다.

그러나 스바루 아저씨의 생각은 달랐다. 고이지 여관과 별채가 있던 땅을 팔고 좀 더 산 가까운 곳에 땅을 새로 사서 그곳에서 펜션을 하면 어떨까 생각하고 있었다.

어느 겨울날, 스바루 아저씨가 마쓰모토시 교외에 있는 사택으로 찾아왔다.

"앞으론 좀 더 시야를 넓게 가져야 해. 올림픽이 내후

년이라고. 교통망이 정비되면 간토나 간사이에서도 손님들이 훨씬 많이 올걸. 일본 사람만이 아니라 외국인도 오는 거야. 방마다 전부 화장실하고 샤워실을 설치하고, 식사도 포크하고 나이프를 쓰는 양식으로 해서 말이야. 호타카를 가루이자와처럼 국제적인 관광지로 만드는 게 내 꿈이거든. 그러려면 꼭 산 쪽으로 옮겨야 해. 지금 산 쪽에선 레스토랑이니 펜션이니 그런 세련된 게 잔뜩 생겨서 성공을 거두고 있다더라고. 미술관 같은 걸 찾는 젊은이가 많이 온다던데."

스바루 아저씨는 열변을 토했다.

그러나 그러려면 자금이 필요했다. '담보'라느니 '융자', '보증인' 등, 내가 모르는 단어가 여럿 등장했다. 공부를 잘하는 쓰타코조차 어른들의 대화를 백 퍼센트 이해하기는 어려운 듯했다.

자세한 경위는 알 수 없지만, 결과적으로 기쿠 할머니는 고이지 여관과 별채가 있던 땅을 파는 데 동의했다. 스바루 아저씨는 펜션 자금을 모으기 위해 친척들을 찾아다닌 모양이다. 우리 부모님도 얼마쯤 '투자'한 듯했다. 그 일로 아버지와 어머니가 말다툼을 했던 게 어째선지 똑똑히 기억난다.

나로 말하자면 사고 이래로 점점 말수가 줄었다. 아무리 목욕을 하고 비누로 몸과 얼굴을 빡빡 닦아도 연기 냄새가 피부와 머리털에 배어든 것 같아서 견딜 수 없었다. 내게서 탄내가 나는 것 같아 친구와도 거리를 두기 시작했다.

그게 그렇지 않나. 나는 모든 것을 잃은 것이다. 그때까지 살면서 모아온 자질구레한 잡동사니도, 어제까지 입었던 옷, 신었던 양말도, 학교에서 쓰던 교과서, 공책, 책가방까지도. 내게 남은 것은 없어도 아쉬울 것 없는 얇은 앨범 한 권뿐이었다. 도망칠 때 입고 있었던 옷도 검댕으로 더러워진 탓에 도쿄에 있는 동안 미도리 씨가 바로 처분했다. 더욱이 나는 그 어떤 것보다도 소중했던 둘도 없는 친구, 바다를 잃었다.

상실감은 나날이 풍선처럼 부풀어 내 마음을 텅 빈 동굴로 만들었다. 같은 반 아이들이 웃을 때도 전혀 웃을 마음이 들지 않았고, 친구들이 일상생활에서 갖는 슬픔 따위는 내 절망에 댈 것이 못 된다고 생각했다. 게다가 부모님이 학교까지 데려다주고 데리러 오는 처지였다 보니 방과 후에 친구와 노는 일도 없어져, 저절로 외톨이가 되고 말았다.

아무도 알아주지 않는다. 결국 사람은 혼자 살아가는 수밖에 없다. 나는 그런 달관의 경지로 초등학교 생활 마지막 일 년을 보냈다.

그해 여름, 릴리는 호타카에 오지 않았다. 올 데도 없었다. 내가 기억하는 한, 처음으로 릴리가 없는 여름이었다. 내 옆에 바다도 없고 릴리도 없었다. 겨우 일 년 지났을 뿐인데 작년 여름 방학이 환영처럼 느껴졌다. 그리고 고이지 여관이 있던 곳은 공터가 됐다.

기쿠 할머니가 소유했던 땅은 꽤 일찍 살 사람을 찾은 모양이었다. 비록 오이토선의 조그만 역일망정 호타카역에서 가까웠으려니와, 별채까지 합치면 꽤 넓은 땅이었다. 땅을 산 것은 도쿄에 있는 중견 부동산 회사였다고 한다. 장차 그곳에 100엔 숍을 지을 계획인 듯, 그때까지는 주차장으로 활용한다고 했다.

그 무렵, 나는 어떤 환각과 필사적으로 싸우고 있었다.

고이지 여관에 불을 지른 사람이 내가 아닐까 하는 생각이었다. 어쩌면 내가 조심하지 않은 탓에 불이 났을지도 모른다고 생각했다. 실제로는 그렇지 않다는 것을 알면서도, 불현듯 내가 범인이 아닐까 하는 착각에 시달렸다. 몇 가지 생각이 난반사해 무엇이 현실이고 무엇이 환각인지도 잘 판단되지 않았다.

불이 난 지 일 년도 채 되지 않아 그해 여름이 끝날 무렵 호타카의 산 위에 새 펜션이 탄생했다. 이름은 '펜션 고이지'로 지어졌다. 멋들어진 이름인지 아닌지 초등학교 6학년인 나는 알 수 없었다. 스바루 아저씨는 외국어를 써서 세련되고 근사한 이름을 붙이고 싶었던 모양이지만, 기쿠 할머니는 모든 주도권을 아들에게 넘기는 대신 끝까지 이 이름을 고집했다. 그리고 나는 그해 2학기부터 펜션 고이지 옆에 세워진 작은 조립식 주택에 살면서 산길을 걸어 학교를 다니기 시작했다.

물론 부모님은 내가 안정을 되찾으면 나를 마쓰모토에 있는 학교에 보낼 생각이었다. 그러나 나는 계속해서 호타카에 있는 초등학교에 다니기로 했다. 특별한 이유가 있었던 것은 아니다. 구태여 말로 표현하자면 나는 모든 것이 아무래도 상관없었다. 가족과 같이 산다는 게 귀찮았다. 그리고 진짜 이유를 딱 하나 들자면, 나는 바다 곁을 떠나고 싶지 않았다. 바다와의 추억에서 멀어지고 싶지 않았다. 그래서 호타카에 남았다.

친구도 있으니까요.

나는 한껏 거짓말을 해서 부모님을 설득했다.

게다가 펜션 일도 도와야죠.

이건 거짓말은 아니었다. 실제로 기쿠 할머니는 이미 젊지 않았고, 스바루 아저씨는 옆 동네에 있는 인기 있는 메밀국수 집에 국수 뽑기를 배우러 다녔으므로 펜션을 비우는 일이 많았다. 펜션 투숙객은 아직 일주일에 한두 팀 정도였지만, 침대를 정리하고 청소를 하는 잡일은 내게 맡겨질 때가 많았다.

부모님과 진로에 관해 상의하는 사이에 얼렁뚱땅 나가노 올림픽이 시작됐다. 1998년 2월 7일에 열린 개회식을 나는 기쿠 할머니와 둘이서 고타쓰를 쬐며 텔레비전으로 봤다. 그날 학교는 휴교였다. 같은 현에서 하는데도 텔레비전으로 봐서 그런지, 한없이 먼 곳에서 벌어지는 일인 듯한 기이한 착각이 들었다.

기쿠 할머니가 개회식 내내 귤을 먹는 바람에 나까지 덩달아 먹었다. 귀를 기울이면 지붕에 눈이 사락사락 쌓이는 소리까지 들릴 것처럼 고요한 오후였다. 그렇게 고대하던 올림픽 개회식 당일인데도 펜션 고이지에는 손님이 아무도 없었다.

젠코 사(寺)의 종소리. 올림픽 경기장에 모인 5만 명의 관중. 기둥 의식(나가노 스와 대사에서 육 년에 한 번, 거대한 단풍나무 열여섯 그루를 베어 신목으로 세우는 축제).
스모 선수들의 인도를 받아 회장에 입장하는 각국 선수들의 행렬. 파란 하늘에 펄럭이는 국기. 사상 최대 규모인 72개 나라 및 지역, 2천 4백여 명의 선수들. 요코즈나(스모 선수 중 최고의 지위) 아케보노의 씨름판 등장 의식. 대회장에 메아리치는 '영차' 소리. 모리야마 료코라는 여자 가수의 노랫소리. 사마란치 위원장의 인사말. 선수 선서. 일제히 하늘로 날아오른 비둘기 모양 풍선 2천 개. 오자와 세이지가 지휘하는 베토벤 교향곡 제9번, 그리고 대합창. 뭔가 멋진 일이 시작되고 있었다. 초등학교 마지막 겨울을 맞이한 나는 아직 새것의 냄새가 가시지 않은 조립식 주택에서 기대감에 가슴이 설렜다.

올림픽이 열리는 이 주 동안, 나는 틈만 나면 텔레비전 채널을 올림픽 중계방송에 맞추고 경기를 관전했다. 인상적이었던 것은 스키점프 선수들의 활약이었다. 평소는 스포츠 경기에 관심을 거의 보이지 않는 기쿠 할머니가 그들의 비상(飛翔)에 큰 소리로 성원을 보냈다. 하라다 마사히코 선수의 눈물에는 나까지 울 뻔했다.

내가 텔레비전을 통해 동계 스포츠에 푹 빠져 있는 동안, 스바루 아저씨는 만반의 준비를 갖추고 예약 전화가 오기만을 기다렸다. 아저씨는 올림픽 개회식과 동시에 전화벨이 쉴 새 없이 울리고 예약 손님이 줄을 설 것이라 기대했던 모양이다. 일본인뿐 아니라 외국인 손님도 받을 수 있게 영어 회화도 배웠다. 나와 기쿠 할머니까지 수업에 참가하라고 강요한 데에는 진절머리가 났다.

그러나 일본 선수가 금메달을 따든, 오스트리아 출신의 알파인스키 선수 헤르만 마이어가 활강에서 크게 넘어졌는데도 사흘 뒤 슈퍼 대회전에서 멋지게 부활해 금메달을 따고 더 나아가 대회전에서까지 금메달을 거머쥐든, 스바루 아저씨가 기대했던 일은 일어나지 않았다. 그리고 모두가 열심히 관전했던 나가노 올림픽은 십육 일간의 일정을 마치고 2월 22일, 눈 깜짝할 새에 폐막을 맞이했다.

이후로도 나는 그때만큼 올림픽에 열중했던 기억이 없다. 우리 지역에서 개최해서 그랬는지, 아니면 부모님과 쓰타코와 떨어져 사는 외로움을 달래려고 그랬는지는 잘 모르겠다. 다만 이것만은 분명히 말할 수 있다. 올림픽에 열중함으로써 나는 한없는 절망감을 한순간이나마 잊을 수 있었다.

나는 호타카에 있는 중학교로 진학했다.

중학교에 들어가서도 별다른 동아리 활동을 하지 않았다. 생물부에 들어가기는 했지만 잘 참여하지 않았다. 같은 초등학교를 다닌 꽤 친한 친구가 테니스부에 들어가고 싶어 해 나도 같이 하자고 열심히 꼬였지만 나는 뜻을 굽히지 않았다.

펜션이 산 위에 있다 보니 학교에 갈 때는 내리막이라 편했는데 돌아올 때는 가파른 길을 올라야 했다. 그래도 비록 체력적으로는 힘들어도 최단 코스로 돌아왔다. 그리고 펜션 고이지의 일을 거들었다.

고이지 여관과 별채가 있던 땅을 팔아 산 땅에서는 온천수를 끌어다 쓸 수 있었다. 개업에 맞추지는 못했지만, 스바루 아저씨는 장차 이곳을 노천탕이 딸린 펜션으로 만들 계획이었다. 노천탕 만드는 작업을 돕는 게 매일 방과 후에 내가 주로 하는 일이었다.

스바루 아저씨가 기대했던 것처럼 예약 전화가 쉴 새 없이 걸려 오는 사태는 결국 일어나지 않았지만, 그래도 조금씩 손님이 들기 시작했다. 고이지 여관이 불타 없어졌다는 소식을 듣고 걱정해서 일부러 와 주는 예전 단골들도 있었다.

여관에서 펜션으로 바뀌면서 경영은 스바루 아저씨가 맡았다. 주방도 예외가 아니었다. 옆 동네의 유명한 집에서 메밀국수 뽑기를 배운 스바루 아저씨는 요리에 눈뜬 듯 새로운 메뉴를 속속 개발했다. 도시 사람들도 좋아할 수 있게 한다고 맛뿐 아니라 모양새에도 신경 쓴 요리였다. 주류도 칵테일과 와인 등을 다양하게 갖추었다.

기쿠 할머니의 향토 요리를 좋아하던 예전 단골들은 조금 불만인 듯했다. 나도 솔직히 가끔 맛보는 스바루 아저씨의 창작 요리가 과연 맛이 있는 건지 없는 건지 잘 알 수 없었다. 마지막에 디저트로 나오는 메밀떡에 휘핑크림이 얹혀 있곤 했다. 그러나 젊은 커플이 좋아하며 먹는 것을 보면 이건 이것대로 괜찮은가 보다고 납득했다. 기쿠 할머니는 우리끼리 먹을 밥만 매일 부지런히 차려 주었다. 나머지는 밭에 나가 채소를 가꾸고 논에서 벼농사를 지으며 시간을 보냈다.

일을 마치고 할머니가 차린 밥을 먹을 즈음에는 완전히 녹초가 되어 있었다. 바로 잘 수 있다면 문제는 없겠지만, 몸이 너무 피곤하면 오히려 머리가 점점 맑아져 잠이 오지 않는다. 그런 때는 곧잘 스바루 아저씨와 밤을 새웠다.

스바루 아저씨는 비틀스의 열렬한 팬이었다. 아저씨 말로는 그 세대 사람들은 모두가 비틀스와 일대일로 관계를 맺었던 모양이다.

스바루 아저씨는 손님이 떠난 조용한 식당에서 내게 자주 비틀스의 음반을 틀어 주었다. 시디가 아니라 레코드판이었다. 반들반들 빛나는 검은 원반 표면에 지문처럼 기억되어 있는 소리를 섬세한 바늘이 주의 깊게 건져 올린다. 레코드판에 한번 바늘을 내려놓으면 중간을 건너뛰지 않고 끝까지 듣는 게 보통이고, 시디나 엠디처럼 듣고 싶은 곡만 골라 들을 수는 없었다. 아저씨는 그게 레코드판의 좋은 점 중 하나라고 가르쳐 주었다. 화재 이후 내게 얇은 앨범 한 권이 남았듯이, 스바루 아저씨에게 남은 것은 비틀스를 비롯한 레코드판 몇 장뿐이었다.

비틀스의 레코드를 다루는 스바루 아저씨는 음식의 간을 맞출 때보다 더 진지했다. 귀중품을 만지듯 두 손에 흰 장갑을 끼고 커다란 종이 재킷을 정중히 들어 검은 원반을 쓱 빼냈다. 그러는 동안에는 숨도 쉬지 않는 듯했다. 그리고 음반을 떨어뜨리지 않도록 조심스럽게 들고 턴테이블에 내려놓았다. 축음기는 아저씨의 소꿉친구가 펜션 개업 선물로 준 것이라 했다.

아저씨는 바늘을 천천히 원반 위로 가져갔다. 긴장감이 흐르는 동작에 옆에서 지켜보기만 하는 나까지 숨쉬는 것을 잊을 지경이었다. 이윽고 비틀스의 노래가 흘러나왔다.

"시디는 인간한테 들리지 않는다는 음역을 전부 잘라내지만 레코드판은 아니거든. 들리지는 않지만 느껴진다고 할까. 그래서 기분 좋은 거야."

회전하는 레코드판을 내려다보는 스바루 아저씨의 눈은 내가 알던 과거의 아저씨처럼 자애로웠다.

술기운이 조금 돌면 아저씨는 나직한 목소리로 여러 가지 추억담을 들려주었다. 아저씨가 즐겨 마시던 술은 투명한 외국 양주였다. 너도 마셔 보겠느냐고 해서 한 모금 마셔 보니 목구멍이 타는 것 같았다. 그 이래로 아저씨가 아무리 술을 맛있게 마셔도, 그리고 아무리 권해도 사양했다.

스피커의 볼륨을 최대한 낮추었을 텐데도 어째선지 레코드로 들으면 볼륨이 작아도 소리가 또렷하게 들렸다.

나는 이 식당에서 아날로그 음반의 소리를 처음 제대

로 들은 것 같다. 그건 스바루 아저씨가 가르쳐 준 대로 양지 바른 곳에 사락사락 부드럽게 내리는 여우비 같았다. 바다의 온기가 생각나지 않을 수 없었다. 흡사 바로 곁에서 비틀스가 연주하는 음악을, 바다를 무릎 위에 안고 같이 듣는 듯한 기분이 들었다. 소리라는 투명한 담요에 폭 싸인 듯한, 지금까지 한 번도 맛본 적이 없는 종류의 평안이었다.

"비틀스는 신의 축복을 받았다고 생각할 수밖에 없어."

스바루 아저씨는 입버릇처럼 그런 말을 하곤 했다.

아저씨는 1966년, 일본 부도칸에서 열린 비틀스의 콘서트를 실제로 보러 간 귀중한 일본인 중 한 사람이다. 내가 태어나기 이십 년도 더 전의 일로, 아저씨는 당시 고등학교 3학년이었다. 여름 방학을 며칠 앞두고 친구와 학교를 땡땡이치고 갔다 한다. 처음 가 본 도쿄, 처음 가 본 부도칸이었다.

나는 스바루 아저씨에게 물어보고 싶은 게 아주 많았다.

콘서트 티켓은 어떻게 구했나. 처음 가 본 부도칸에서 라이브 공연을 보는데 긴장되지 않던가. 소리는 똑똑히 들리던가.

한 곡이 끝나고 다음 곡이 시작되기 전까지 아저씨는 침묵을 틈타 그런 질문에 답해 주었다. 그러나 아저씨가 가르쳐 준 것은 비틀스만이 아니었다.

어느 날, 스바루 아저씨가 불쑥 이렇게 말했다. 여느 때처럼 술을 많이 마시고 약간 취한 말투였다. 술을 마셔도 얼굴에 거의 티가 나지 않는 아저씨가 그날은 웬일인지 얼굴이 불그레했다.

"류, 여자를 다룰 땐 이렇게 조심조심 소중하게 다루는 거다."

A면에서 B면으로 바꿀 때였다. 아저씨는 음반을 두 손으로 정중하게 들며 말했다. 그 무렵부터 수염과 머리를 기르기 시작한 아저씨는 뒷머리를 아무렇게나 고무줄로 묶은 모습이, 꼭 시대극에 나오는 떠돌이 무사 같았다. 레코드판은 시디와는 달리 깨지기 쉽고 흠도 나기 쉽기 때문에 언제나 조심스럽게 다루어야 한다. 그걸 내게 전하고 싶었던 것이리라.

나는 그 순간 릴리가 떠올라 몸이 갈가리 찢기는 것 같았다. 입안에 침이 괴어올라 무심코 꿀꺽 삼켰다. 그 무렵 내 머릿속은 릴리 생각으로 가득했다. 당시 나를 지탱하는 오른발이 비틀스였다면 왼발은 릴리였다.

나는 그때 이후 몇 번이고 그 뒤를 상상하곤 했다.

'그때'란 릴리의 방 베란다에서 키스를 했을 때다. 내 인생에 있어 최악이자 최고의 사건이다.

그런 일이 있었겠다, 고이지 여관은 이제 없겠다, 나는 릴리가 이제 호타카에 오지 않을 줄 알았다. 여름이 코앞까지 다가와도 초등학생 때처럼 가슴이 두근거리지 않았다.

그러나 예상과 달리 릴리는 다시 호타카에 왔다. 나는 중학교 1학년, 릴리는 2학년이었다. 선득한 베란다에서 키스를 한 지 이 년 가까운 시간이 흘렀다.

오랜만에 만난 릴리는 언뜻 보기에도 어른이었다. 어린 시절의 앳된 얼굴도, 책가방을 멘 얇은 어깨도 없었다. 키도 훌쩍 컸다. 어쩐지 볕 좋은 곳에서 자라는 구근 같다는 생각이 들었다. 긴 팔다리는 마치 태양을 향해 한없이 뻗으려 하는 식물의 싹 같았다.

나는 릴리의 실루엣이 시야에 들어오기만 해도 동요했다. 말하자면 마치 신앙심 깊은 신자가 오랜 순례 끝에서 마침내 찾던 신을 만난 느낌이었다. 나는 까닭도 없이 릴리의 발치에 넙죽 엎드리고 싶었다. 릴리는 숭고

하리만큼 눈부셔 보였다.

호타카에 머무는 동안, 릴리는 주로 기쿠 할머니의 일을 거들었다. 최종적으로 간을 맞추는 사람은 스바루 아저씨여도 재료를 써는 등 준비를 하는 것은 할머니 일이었다. 나는 한동안 중단됐다 다시 시작된 노천탕 공사를 도우며 하루하루를 보냈다.

나와 릴리 사이에서 한껏 애교를 떨던 바다가 이제는 없다는 사실이 우리의 말수를 줄였다. 나는 의식적으로 릴리에게 말을 걸지 않았다. 릴리가 내게 말을 거는 일도 거의 없었다. 가까이 가고 싶다고 생각하면 할수록 내 몸은 녹슨 쇠붙이 장식처럼 뻣뻣해졌다. 릴리가 먼 존재처럼 느껴졌다.

여름이 끝날 무렵 릴리와의 거리를 좁혀 준 것은 죽은 바다의 추억이 아니라 비틀스였다. 스바루 아저씨가 우리에게 비틀스의 레코드판을 틀어 준 것이다. 백중도 지나고 이미 가을의 그림자가 코앞까지 성큼 다가와 있었다. 창문으로 불어드는 바람에는 뭔가의 끝을 예감케 하는 나른한 에센스가 섞여 있었다.

그날 밤, 스바루 아저씨가 바늘을 내려놓은 음반은 비틀스의 오리지널 앨범으로서는 마지막인 「렛 잇 비」였다. 세 번째 곡인 「어크로스 더 유니버스」가 시작됐을 때 보니 어느새 아저씨가 사라지고 없었다. 마시던 맥주의 거품만이 조용히 소리를 내고 있었다. 우리는 작은 불 하나만 밝힌 식당에서 단둘이 있었다.

"아."

릴리가 혼잣말처럼 중얼거렸다. 옆에서 보는 릴리는 과연 서양 사람의 피가 섞였다는 감탄이 나올 만큼 이목구비가 조각처럼 또렷했다.

"「어크로스 더 유니버스」야."

변성기가 지난 내 목소리는 낮게 물결치듯 들렸다.

"이 노래 말이지, 내 자장가였대. 이 사람 노랫소리를 들으면 바로 울음을 그쳤대."

릴리는 지난날을 추억하듯 눈을 가늘게 뜨고 말했다.

겨우 한마디였지만 오랜만에 릴리와 평범하게 말을 주고받은 기분이었다. 어쩌면 그해 여름 처음 제대로 된 대화를 했는지도 모른다. 세계를 부드럽게 감싸는 단비 같은 존 레넌의 노랫소리가 우리 하늘에서도 고요히, 고요히 내렸다.

"류."

릴리가 나를 부르고 눈과 눈이 마주친 순간, 우리는

누가 먼저랄 것 없이 상대방에게 빨려들듯 입술을 가져
갔다. 내 입속에 크림처럼 부드럽고 달콤한 릴리의 몸
일부가 흘러들었다.

지난번에는 아직 초등학생이었기 때문에 어린애 같은
키스밖에 못 했지만 이제는 둘 다 중학생이었다. 스바루
아저씨가 비틀스의 일본 공연을 꿈꾸는 사람처럼 이야
기했듯이 그때의 나도 마치 꿈을 꾸는 기분이었다. 뇌가
반쯤 녹아 버린 것처럼 머리가 멍했다. 나는 그저 정신
없이 릴리의 입술을 빨았다.

그렇게 먼 존재였던 릴리의 몸이 내 품 안에 있었다.
릴리의 머리카락과 뺨, 목이 내 손이 닿는 곳에 있다는
사실이 믿기지 않았다.

내 손이 멋대로 릴리의 어깨를 만지고, 이어서 가슴을
더듬었다. 릴리는 몸을 약간 움찔했지만 피하지는 않았
다. 손안에 쏙 들어오는 릴리의 유방은 내가 망상했던
것보다도 훨씬, 훨씬 귀여웠다.

「렛 잇 비」를 열창하는 폴 매카트니의 노랫소리가 귓
속으로 조용히 흘러들었다. 문득 보니 릴리의 티셔츠가
위로 말려 올라가 있었다. 나는 겸연쩍어 티셔츠를 내려
주었다. 릴리는 부끄러운지 얼굴을 들지 않았다.

나는 용기를 쥐어짜 릴리의 손을 꽉 잡았다. 좌우지간 지붕이 없는 곳으로 가고 싶었다.

펜션 건물에서 조금만 멀어져도 사방이 어둠에 싸이고 밤하늘에 별이 가득했다. 릴리의 살갗에서 상큼하고 달짝지근한 향기가 났다.

바로 근처에 바다가 있다.

분명히 그렇게 느껴졌다. 어둠 속에서 별을 올려다보는 우리를 바다가 새까만 눈으로 지켜보고 있다는 생각이 자꾸만 들었다.

나뭇가지 끝에 달이 얼굴을 내밀었다. 문득 릴리가 이제 곧 도쿄로 돌아간다는 사실이 생각나 마음이 아팠다.

"저, 있잖아."

나는 응석 부리듯 말했다. 친근하게 그렇게 말하고 나니 갑자기 마음의 거리까지 부쩍 좁아진 듯했다.

"여름에만 오지 말고 겨울에도 올 순 없어?"

무지개를 좇아 자전거를 달렸던 어린 시절로 돌아간 듯했다. 그러나 릴리는 내 제안에 아무런 대답도 하지 않았다. 그저 달빛 아래 난처한 듯 살짝 웃는 것을 알 수 있었다. 우리는 다시 한번 가볍게 키스했다.

릴리가 겨울에 호타카에 올 수 없는 이유를 안 것은 해가 바뀌고 3학기가 시작될 무렵이었다. 마쓰모토의 사택에서 연말연시를 보내고 돌아오니 릴리가 보낸 긴 편지가 와 있었다. 난생처음 받아 보는 항공 우편이었다.

류.

새해 복 많이 받아.

잘 지내니?

지금쯤 아즈미노는 눈으로 덮여 있을까?

올해는 꼭 눈을 구경하러 아즈미노에 가서 너랑 기쿠 할머니랑 다 같이 설을 쇠고 싶었는데, 역시 갈 수 없었어.

난 지금 하와이에 와 있어.

콘도 발코니에서 하와이의 바다가 보여. 무슨 입욕제를 넣은 것처럼 하도 새파래서 웃음이 나.

우리 가족 이야기를 할게.

어른들은 아마 다들 알 테지만 넌 아직 모를 것 같으니까.

있지, 우리 아빠는 부인이 둘이거든.

하나는 진짜 부인이고, 또 하나가 우리 엄마.

그러니까 우리 엄마는 '세컨드'라고 할까. 영어로는

mistress. 정식으로 결혼하지는 않았어.

아빠는 우리를 법적으로 인지해 주긴 했지만 요컨대 우리는 사생아야.

엄마는 가구라자카에서 호스티스로 일하다가 손님이었던 아빠를 만났어. 첩으로 살면서도 아이를 넷씩이나 낳은 강한 사람이야.

저쪽 부인한테도 애가 넷 있는데 그쪽은 전부 딸이거든. 그래서 엄마가 아들이 태어날 때까지 기를 쓰고 아빠랑 잤는지도. 아무튼 남동생 레오가 태어난 걸로 엄마는 약간 우월감에 젖어 있는 것 같아.

아빠는 일본에 있을 때는 우리 집이랑 저쪽 집을 왔다 갔다 해. 두 집 다 가구라자카에 있거든.

그리고 설은 두 가족 합동으로 하와이에서 보내고.

남자 둘에 여자 아홉씩이나 되는 대가족이야. 아빠는 어지간히 아들을 갖고 싶었는지, 어린 레오만 보면 사족을 못 써.

다 같이 아침 산책도 하고, 알라모아나 쇼핑센터에서 쇼핑도 하고, 영기(靈氣)가 있다는 곳들도 찾아다니고. 밤에는 대개 바비큐 파티를 해.

이상한 일이지만 이복 자매들하고도 다들 사이가 좋아.

류, 라라 기억나니?

라라는 국제선 객실 승무원이 됐어. 영국에 남자 친구
가 생겼대! 그리고 여동생인 루루는 글쎄, 하와이에서도
가는 데마다 남자애들이 말을 걸지 뭐야.

도쿄에 있을 때는 다들 각자 바쁘게 사니까 느긋이 이
야기할 시간이 별로 없지만, 그 대신 하와이에서 이야기
를 엄청 많이 해.

넌?

아버지, 어머니, 쓰타코랑 설, 즐겁게 보냈니?

어젠 보름달이 떴지?

새카만 바다 위에 뜬 동그란 달님이 아주 아름다웠어.

네가 보고 싶었어.

봉투에 같이 넣은 건 하와이의 모래사장에서 발견한 조
개껍데기야.

널 생각하면서 주웠어.

작은 선물이지만 받아 줄래?

여름에 만나는 그날까지.

마지막으로 날짜와 함께 리리(凛々)라고 이름이 적혀
있었다. 늘 릴리라고 부르기 때문에 까맣게 잊고 살지

만, 그리고 보면 릴리의 원래 이름은 '凛々しい(씩씩하다)'의 '리리'다. 릴리에게 딱 맞는 이름이라고 새삼 감탄했다.

조개껍데기는 가루가 돼 있었다. 전에는 조개껍데기였다는 것조차 상상이 되지 않을 정도였다. 나는 손바닥에 조개껍데기 부스러기를 털어 꽉 쥐었다. 살을 꼭꼭 찌르는 느낌이 마치 지금의 내 심정 같았다. 나도 릴리가 보고 싶었다.

동시에 나는 내 가족이 얼마나 평범한지를 실감했다. 보통 형태가 아닌 릴리의 가족이 부러웠다.

그 편지가 날아온 지 반년 뒤.

릴리가 또다시 여름을 데리고 호타카로 찾아왔다. 하늘에 드리워져 있던 커튼이 좌우로 확 걷힌 것 같았다.

그해 봄부터 아키오 씨가 펜션 일을 거들어 주기 시작했다. 아키오 씨는 스바루 아저씨의 소꿉친구인데, 고등학교 때 두 사람이 같이 부도칸에 비틀스 공연을 보러 갈 정도로 친했다. 펜션 고이지에 낡은 축음기를 선물한 사람도 아키오 씨였다. 아키오 씨는 부인과 헤어진 뒤 본가가 있는 호타카로 돌아온 모양이었다. 펜션 경영도 조금씩 궤도에 오르기 시작해 일손이 부족했던 터라, 스바루 아저씨가 아르바이트를 하라고 아키오 씨를 구슬렸다. 아키오(明男) 씨는 '밝고 명랑한 남자'라는 뜻의 이름과는 달리 말수가 많지 않고, 굳이 말하자면 인상이 흐리고 분위기가 어두운 사람이었다.

노천탕도 무사히 완성된 데다 아키오 씨도 일하는 덕에 그해 여름은 나나 릴리나 자유 시간이 꽤 있었다.

우리는 시간이 허락하는 한 자전거를 타고 호타카 여기저기를 돌아다녔다. 마치 어린 시절로 타임 슬립한 것 같았다. 비탈길을 단숨에 자전거로 달려 내려갈 때면 스바루 아저씨가 태워 준 할리 데이비슨의 사이드카와 릴리와 함께 타고 놀았던 스케이트보드가 생각났다.

릴리나 나나 어린애처럼 꺄꺄 환성을 지르며 비탈을 내려갔다. 릴리가 선글라스를 갖고 왔으므로, 나도 아는 이의 시선을 피하고 싶은 마음에 비슷한 선글라스를 사서는 같이 있을 때면 늘 세트로 쓰곤 했다. 논두렁길은 영원히 끝나지 않는 게 아닐까 싶을 만큼 밑으로 끝없이 이어졌다.

멀리 갈수록 나중에 돌아갈 때 힘들 것을 알면서도 우리는 멈추지 않고 계속 달렸다. 누가 페달을 밟지 않고 더 멀리 갈 수 있나 겨루고, 산속에 있는 폭포까지 가서 멱도 감고, 돌 속에 나란히 붙어선 남녀 수호신상을 찾으러 가기도 했다.

릴리와 단둘이 있을 수 있는 공간은 호타카 여기저기에 널려 있었다. 아무도 없는 냇가에서, 커다란 나무 밑 벤치에서, 울창한 수풀 속에서, 때로는 슈퍼마켓 뒤 어둠 속에서도 우리는 강아지처럼 들러붙어 장난질을 쳤다. 땀에 살짝 젖은 릴리의 살갗에서 향긋한 태양 냄새가 났다.

그해 가을부터 봄까지 나는 그때껏 살면서 그렇게 열심히 공부해 본 적이 없었다. 호타카에는 상업 고등학교밖에 없기 때문에 그곳에 갈 게 아니면 부득이 다른 지역으로 가는 수밖에 없었다. 개중에는 중학교만 졸업한 채 불량으로 전락하는 놈들도 있었지만, 대개는 마쓰모토에 있는 고등학교에 진학했다.

나는 당초 고등학교면 어디든 상관없다고 생각했다. 어차피 고졸로 끝나리라 생각하고 있었다. 그러나 쓰타코가 어쩌면 고등학교부터 외국으로 유학을 갈지도 모른다는 이야기를 듣고 묘한 경쟁심이 싹텄나 보다. 나는 공백을 메우듯 기를 쓰고 교과서를 읽고 참고서 문제를 풀었다.

그리고 나는 중학교 3학년이 됐다. 릴리는 고등학교 1학년이었다. 릴리는 중학교와 고등학교가 같이 있는 사립 여학교에 다녔으므로 딱히 크게 달라진 것은 없는 모양이었다. 나와는 여러모로 딴 세상 사람이었다.

쓰타코는 우선 마쓰모토에 있는 고등학교에 입학해 일 년간 그곳에 다니다가 캐나다로 유학 가기로 했다. 오랜만에 부모님이 사는 사택에 가니, 쓰타코는 후련한 표정으로 중학교 때 쓰던 교과서와 참고서를 정리하는 중이었다.

"내년부터는 네가 이 방을 써."

쓰타코는 아무렇지도 않게 말했다. 마쓰모토에 부모님이 살고 마쓰모토에 있는 고등학교에 다니는데, 호타카 산속에서 지내며 그곳에서 학교에 다닌다는 것은 부자연스럽다. 즉, 고등학생이 되면 나는 또 부모님과 같이 살아야 한다는 뜻이다. 그리고 이번에는 쓰타코가 집을 떠나는 것이다. 그것을 생각하니 솔직히 귀찮았다.

이미 아버지와는 일상적인 대화조차 거의 주고받지 않는 상태였다. 아버지도 나를 어쩐지 피하는 듯했다.

그래서 이따금 집에 아버지와 단둘이 남을 때는 곤혹스러웠다. 그럴 때 나는 일 초라도 빨리 호타카로 돌아가고 싶었다. 기쿠 할머니, 스바루 아저씨와 셋이서 살던 펜션 고이지 옆 조립식 주택에는 최소한 내가 있을 자리가 확보되어 있었다.

눈이 녹고 갯버들이 은색으로 반짝이기 시작했다.

손가락으로 건드리면 릴리의 유방을 더듬던 감촉이 생각났다.

동급생 중에는 아직 그런 것을 아는 사람이 거의 없었다. 빳빳한 칼라가 달린 검은 교복을 입고 교실 한구석에서 몰래 만화책을 보는 나는 별 볼 일 없는 그저 그런 중학생이었지만, 나에게는 릴리가 있다는 사실에 우월감을 느낄 수 있었다.

성적은 차츰 올라갔다. 하면 되는구나 싶었다. 지금 성적만 유지할 수 있으면 쓰타코가 들어갔던 마쓰모토의 공립 고등학교보다 한 등급 위의 학교도 노릴 수 있을 듯했다.

그리고 드디어 여름이 왔다. 나와 릴리는 둘 다 열다섯 살이었다.

그날 우리는 자전거를 타고 호타카 교외에 생긴 호텔로 갔다. 릴리가 인터넷으로 찾은 몇 곳을 놓고 고민한 끝에 우리는 가장 나중에 생긴 곳을 골랐다. 돈이 없으면 기쿠 할머니와 스바루 아저씨의 눈을 피해 펜션 고이지에서 하는 수도 있었지만, 어쩐지 나나 릴리나 그건 마음이 내키지 않았다.

그러나 막상 때가 되니, 릴리는 역시 결심이 서지 않는지 좀처럼 옷을 벗으려 하지 않았다. 나는 배낭에서 포터블 시디플레이어를 꺼내 릴리와 이어폰을 한 쪽씩 귀에 꽂고 음악을 듣기로 했다. 물론 비틀스다. 「어크로스 더 유니버스」부터 시작되게 시디를 편집해서 들고 왔다. 아무튼 시간은 넉넉하다. 우선은 릴리와 나 자신이 몸과 마음의 긴장을 풀고 볼 일이었다.

우리는 커다란 침대에 손을 잡고 누웠다. 천장에 붙은 거울에 우리 모습이 비쳐 갑자기 창피해졌다. 우리 둘 다 아직 어린애인 것이다. 그러나 여기까지 와서 그만둘 수도 없는 노릇이었다.

나는 조금씩 릴리와 거리를 좁혔다. 그리고 서두르지 않고 천천히, 양파 껍질을 벗기듯 릴리의 옷을 하나씩 벗겼다. 동시에 나도 벗었다. 여름이었으므로 둘 다 눈 깜짝할 새에 속옷만 남았다. 그런 식으로 노출된 릴리의 살갗을 보는 것은 어릴 때 고이지 여관에서 쓰타코까지 셋이서 목욕하던 시절 이래로 처음이었다.

"괜찮겠어?"

나는 다시 한번 릴리에게 확인했다. 이런 일은 나 혼자만이 아니라 우리 둘의 의사로 하고 싶었다. 만약 릴리가 아직 이르다고 생각한다면 억지로 하고 싶지는 않았다.

"괜찮아."

릴리는 눈을 살짝 감고 기어들 듯한 목소리로 속삭였다. 어느새 이어폰이 귀에서 빠져 비틀스의 음악이 멀어졌다.

나는 릴리를 조금이라도 기분 좋게 해 주고 싶어서 여자의 몸 여기저기에 존재한다는 '쾌락의 버튼'을 열심히 찾았다. 그러나 내가 필사적으로 애무를 하면 할수록 릴리는 간지러운지 몸을 비틀었다. 끝에 가서는 킥킥 웃는 지경이었다. 우리의 첫 경험은 인체 실험에 한없이 가까웠고, 상상했던 것 같은 무아지경의 황홀함과는 거리가 멀었다. 그래도 시행착오 끝에 이럭저럭 릴리 안에서 사정할 수 있었다.

내가 페니스 *끄트머리*에 걸린 콘돔을 빼고 끝을 묶어 휴지통에 버리려 했을 때였다.

"나 말이지."

릴리는 어쩐지 즐거워하는 표정을 띠고 말했다.

"다시 태어난다면 사마귀가 되고 싶어."

"그건 또 왜?"

나는 서둘러 허리에 타월을 두르며 말했다.

"그렇잖아. 사마귀는 교미가 끝나면 암컷이 수컷을 잡아먹잖아. 나도 널 잡아먹고 싶단 말이야. 그럼 줄곧 같이 있을 수 있잖아."

나는 릴리의 말이 어디까지 진심인지 가늠할 수 없었다. 하지만 릴리의 눈은 한겨울 저녁 하늘에 맨 처음 뜨는 별처럼 반짝였다.

"하지만 릴리한테 잡아먹히고 나면 내가 없어질 텐데." 나는 말했다. 그러고는 약간 겸연쩍어져서 "샤워하고 올게." 하고는 얼른 그 자리를 벗어났다. 릴리는 여전히 벌거벗은 채 나른히 침대에 누워 있었다.

따뜻한 물을 머리부터 뒤집어쓰던 중 불현듯 전에도 이곳에 온 적이 있지 않나 하는 기시감이 찾아들었다. 물론 이 방은 아니다. 그건 아닌데, 하며 기억을 더듬다가 어린 시절 여름 방학을 지냈던 고이지 여관의 '드림'이 생각났다. 커다란 침대와 어딘지 모르게 비밀스러운 일을 하는 듯한 분위기에 공통되는 부분이 있었다. '혹시?' 하고 지금까지 해 본 적 없는 생각이 떠올랐다.

나는 샤워기를 잠그고 탈의실에 있던 배스 타월로 가볍게 몸을 닦으며 일대 발견을 한 듯한 기분으로 릴리가 기다리는 침대로 돌아갔다.

"혹시 고이지 여관이 러브호텔……."

그러나 말을 끝까지 잇지 못했다. 릴리의 눈이 빨갰기 때문이다.

나도 모르게 달려가 내가 썼던 배스 타월로 릴리의 몸을 덮었다. 불안이 단숨에 밀려들었다. 릴리가 나와의 첫 경험을 후회하는 게 틀림없다고 생각했다.

"미안."

나는 릴리에게 진심으로 사과했다. 후회막심이었다. 역시 열다섯 살에 섹스는 너무 일렀나. 터무니없는 과오를 저질렀다는 것을 깨닫고 릴리와 릴리 부모님에게 무릎 꿇고 사죄하고 싶은 심정이었다. 순식간에 눈물이 쏟아졌다.

"그런 게 아냐."

릴리는 약간 강한 어투로 말하고는 고개를 들었다. 릴리의 시선 끝에 텔레비전 화면이 빛을 발하고 있었다. 오후 생방송 뉴스쇼를 하는 시간이었다. 내가 샤워를 하는 사이에 릴리가 틀었나 보다.

"우리가 이러는 동안에도 슬픈 일이 아주 많이 일어났구나, 그런 생각을 했더니 갑자기 서글퍼지지 뭐야. 게다가 이 사건⋯⋯."

거기까지 말하더니 릴리는 베개에 얼굴을 파묻었다. 지난 며칠 동안 텔레비전을 떠들썩하게 했던 어느 어머니의 얼굴이 화면에 비쳤다. 혐의가 확실해져 드디어 체포된 모양이었다. 지금까지 얼굴을 가렸던 모자이크도 사라졌다. 희생된 남자애의 사진과 유치원에서 단체 유희를 하는 영상이 반복해서 나왔다.

"역시 범인은 엄마였구나."

나는 텔레비전 화면을 향해 말했다. 릴리에게 말을 걸었다기보다 혼잣말을 한 것 같아졌다.

"그렇지만 이 남자애는 분명히 엄마가 너무너무 좋았을 거야. 엄마한테 죽임을 당하는 그 순간까지도."

릴리는 약간 언성을 높여 말했다.

"하지만 나서부터 학대당한 것 같던데."

나는 무심코 대답했다.

"아이는……."

릴리가 말했다. 나는 뒷말을 잠자코 기다렸다.

"어떤 엄마가 됐든 좋아하잖아. 그런데, 그런데 자기가 낳은 애를 자기 손으로 죽이다니 그게 말이 되냐고. 하지만 난 어쩐지 이해가 되는 것 같기도 하거든. 같은 핏줄로 이어져 있으니까 꼭 자기 분신 같아서, 그래서 죽일 수 있는 거야."

릴리는 이야기하면서 점점 흥분하는 듯했다. 그러더니 자기도 어렸을 때 어머니에게 학대 받았다고 고백했다.

"미도리 씨가?"

릴리의 말이 믿기지 않았다.

나는 불이 났을 때 며칠간 나를 보호해 주었던 릴리의 어머니를 생각해 내려 했다. 내 뇌리에는 어린애 눈에도 아름답고 상냥해 보이는 여자가 떠오를 뿐이었다.

"분명히 엄마는 엄마 나름대로 노력했을 거야. 정식으로 결혼한 것도 아닌 상대방의 애를 몇 명씩 낳아서 기른다는 건 아마 우리가 상상하는 것보다 훨씬, 훨씬 힘든 일이었을걸. 그렇잖아, 말로는 자기를 사랑한다고 하지만 사랑한다는 말을 듣는 여자가 같은 동네에 또 하나 있는 거잖아. 아빠를 좋아한다면 질투도 나고 괴롭고 그런 게 보통일 거 아냐? 설사 겉으론 아무렇지도 않은 척해도 말이야. 설엔 두 가족이 같이 하와이로 여행 가고 말이지. 하지만 무리를 하다 보면 반드시 어딘가에 영향이 나타나니까, 어디선가 풀지 않으면 사람은 살 수 없는 거야. 엄마는 나를 때리고 패고 하는 걸로 어떻게든 해 보려고 한 거라고 생각해."

릴리는 단숨에 말했다.

"지금도? 지금도 그런 일을 당해?"

나는 릴리의 이야기에 놀란 나머지, 그때 그 자리에 좀 더 어울리는 말이 있었을 텐데도 약간 곁길로 비껴난 질문을 하고 말았다. 릴리의 표정이 누그러졌다.

"지금이야 나도 저항할 수 있을 만큼 컸으니 그렇게 간단히 때리진 못해. 하지만 어렸을 땐 언제 엄마 스위치가 켜지나 내내 벌벌 떨면서 살았어. 그러니까 당시는 여름 방학이 천국 같았어. 너랑 쓰타코가 다정하게 대해 주니까. 기쿠 할머니는 아마 어렴풋이 눈치채고 있었던 것 같아. 그래서 나만 호타카로 불러 준 거야."

"릴리, 많이 힘들었지? 용케 버텼구나."

나는 그렇게 말하며 릴리의 머리를 가슴에 끌어안았

다. 그리고 바다에게 그랬던 것처럼 머리를 쓰다듬어 주었다. 마치 어린 시절의 릴리가 눈앞에 있는 것 같았다. 어째서 당시에 그걸 몰라주었을까 생각하니 나 자신이 견딜 수 없이 한심했다. 릴리의 밤색 머리에 눈물이 똑 떨어졌다. 그나저나 어째서 미도리 씨가 릴리만 학대했는지 도무지 알 수 없었다.

"네가 울 필요는 없는데. 우리 기념일이잖아."

릴리는 코맹맹이 소리를 감추며 말했다.

"하지만 아까 겁이 덜컥 났어."

"뭐가?"

"나한테도 엄마랑 같은 피가 흐르는 거야."

"그야 릴리는 미도리 씨 딸이니까."

나는 흥분한 릴리의 등을 쓸어 주며 부드럽게 타이르 듯 말했다. 뼈밖에 없는 얄팍한 등에 갖다 댄 손바닥으로 무언의 메시지를 계속해서 보냈다.

"나도 똑같은 일을 할지도 모르잖아." 조금 시간이 흐른 뒤, 릴리는 괴로운 목소리로 중얼거렸다. "나도 내 애한테 그러면 어떡하나, 아까 너랑 섹스하다 말고 갑자기 굉장히 무서워진 거야. 그렇잖아, 섹스를 한다는 건 아기가 생길지도 모른다는 뜻이잖아."

릴리는 젖은 눈에 진지한 표정을 띠고 말했다.

"안 생겨." 나는 그런 문제가 아니라는 것을 알면서 말했다. "콘돔을 썼잖아."

"그렇구나." 릴리는 익살스러운 어투로 말했다. "하지만 언젠가 피임하지 말고 제대로 하자. 네 분신을 쓰레기랑 같이 버리다니 너무 불쌍해."

릴리는 조용히 말하고는 내가 덮어 준 배스타월을 몸에 두르고 타박타박, 어린애 같은 걸음으로 샤워를 하러 욕실로 갔다. 그 뒷모습을 지켜보다가 문득, 불이 난 뒤 릴리의 방 침대에서 자다가 깼을 때 물을 가지러 갔던 릴리의 어린 실루엣이 생각났다.

텔레비전을 보니 릴리를 슬픔의 구렁텅이로 떨어뜨렸던 뉴스쇼는 이미 다음 화제로 넘어간 뒤였다. 인기 여배우가 연하의 뮤지션과 결혼하는 모양이었다.

언젠가 나와 릴리도 결혼할까? 나는 트렁크스를 입으며 멍하니 상상했다. 동화 속 세계를 그리듯 머나먼 일처럼 느껴졌다. 그렇지만 나와 릴리가 결혼하면 성이 바뀌지 않으니 편하고 좋을지도 모르겠다고, 그런 태평한 생각도 했다.

그로부터 이듬해 고등학교 입시 때까지 나는 맹렬한 기세로 공부했다. 이유는 나 자신도 알 수 없었다. 좌우지간 앞으로만 나아갈 수 있는 뭔가가 나를 밀어붙이고 있었다. 그때 내 머릿속에 유일하게 있었던 것은 장차 대학에 가고 싶다는 생각이었다. 구체적으로 공부하고 싶은 게 있었던 것은 아니다. 명확한 미래도가 머릿속에 있었던 것도 아니다. 그저 나는 도쿄로 가고 싶었다. 릴리가 사는 도쿄의 공기를 나도 마음껏 마셔 보고 싶었다. 도쿄에만 가면 미래가 열릴 것이라는 환상을 품고 있었다.

죽어라 공부한 성과가 있었는지, 나는 무사히 제1지망 학교에 합격했다. 나가노현 내에서도 대학 진학률이 높은 일류 공립 학교였다.

드디어 짐을 싸 다락방에서 부모님이 사는 마쓰모토시 교외 사택으로 옮기는 그날, 기쿠 할머니는 나에게 오므라이스를 만들어 주었다. 케첩을 넣은 닭고기 볶음밥을 얇게 부친 계란으로 쌌다. 계란 표면에는 케첩으로 새빨갛게 하트가 그려져 있었다.

"고맙습니다."

나는 순순히 접시를 받아 들고 할머니에게 감사의 뜻

을 표했다. 할머니와 마주 앉아 심각한 이야기를 한 기억은 없었지만, 생각해 보면 나는 친부모보다 기쿠 할머니와 훨씬 더 많은 시간을 보냈다. 중학교 삼 년 동안 거의 매일 도시락을 싸 준 사람도 할머니였다. 아침에 잘 일어나지 못하는 나를 깨워 준 사람도, 빨래를 개켜 준 사람도, 감기 걸렸을 때 죽을 끓여 준 사람도. 그런 생각을 하니 따스한 감정이 치밀었다. 폭신하게 부푼, 꼭 기쿠 할머니 같은 오므라이스가 눈물에 흐려졌다.

"몸조심하고 살아야 해."

멀리 가는 것도 아닌데 기쿠 할머니는 작별 인사 같은 말을 하기 시작했다.

"밥은 꼭꼭 씹어 먹고. 잘 때는 배 내놓지 말고."

할머니의 눈에는 오므라이스를 먹으려는 내가 어린 시절 모습 그대로 보이는 듯했다.

"할머니야말로요."

나는 동요를 떨쳐 내듯 말했다. 이대로 감상에 젖어 있다가는 오므라이스가 식어 버릴 것 같았다. 내가 오므라이스를 좋아한다는 것을 아는 기쿠 할머니는 생일이나 크리스마스에 곧잘 케이크처럼 둥글고 커다란 특대 사이즈의 오므라이스를 만들어 주곤 했다. 그 일을 잊지 않고 기억해 준 게 기뻤다.

나는 기쿠 할머니가 만든 오므라이스를 꼭꼭 씹어 먹으며 할머니와 보낸 시간을 회상했다. 그러나 아무리 여러 다양한 장면을 떠올리려 해도, 내 기억은 어느새 할머니와 둘이 나가노 올림픽 개회식을 본 겨울날 오후로 돌아가 있었다. 그냥 둘이서 고타쓰를 쬐고 귤을 까먹으며 텔레비전을 봤을 뿐인데. 그 평범한 시간이 더할 나위 없이 행복했던 일처럼 느껴졌다. 결국 올림픽은 펜션에 기대했던 만큼 경제적 이득을 주지는 못했지만.

다 먹으려니 아깝기는 했지만, 나는 오므라이스의 마지막 한 스푼을 떠 넣고 일어섰다.

"그럼 또 봬요. 나중에 정리되면 일 도우러 또 올게요."

나는 현관 앞에서 명랑한 목소리로 말했다. 어디선가 스바루 아저씨도 나타났다.

"고등학교 생활을 즐겨라. 귀여운 여자 친구가 생기면 데려와서 소개하고."

스바루 아저씨는 까칠까칠한 턱수염을 쓸며 말했다. 물 빠진 알로하셔츠 소매가 3월의 아직 차가운 바람에 펄럭였다. 완전히 정착되고 만 눈 밑의 거무스름한 그늘이 새삼 묘하게 애수를 자아냈다.

어머니가 산 지 얼마 안 되는 빨간 경차로 데리러 와 주었다. 길게 경적을 울리고 우리는 펜션 고이지를 뒤로 했다.

그로부터 몇 주간을 몇 년 만에 네 식구가 같이 보냈다. 이게 원래 가족의 모습일 텐데도 느낌이 이상했다. 모두들 어딘지 모르게 서먹했다. 쓰타코는 자기 물건을 거의 처분하고 나에게 방을 내주었다. 그리고 나는 고등학교 생활의 첫발을 내디뎠다.

고등학교 입학을 계기로 나는 캐릭터를 바꾸기로 했다. 같은 중학교를 나와 내 과거를 아는 동급생도 몇 명 있었지만, 이전의 나를 모르는 사람들 쪽이 압도적으로 많았으므로 절호의 기회였다.

나는 같은 반 학생들 앞에서 되도록 명랑하게 행동하고 데면데면하고 장난스러운 일면을 발휘했다. 그리고 축구부에 들어갔다. 여기에는 명확한 이유가 있었다. 되도록 집에 있고 싶지 않았기 때문이다.

그나저나 고등학교에 들어와 비로소 축구부에 들어온 바보는 나밖에 없었다. 다들 초등학교, 늦어도 중학교 때부터 축구를 시작한 사람들뿐이었다. 혹시 다른 사람들을 따라가지 못한다면 매니저라도 상관없다고 생각했다. 그러나 뜻밖에도 나에게는 축구 선수로서 숨은 재능이 있었다. 매일 산길을 한 시간씩 걸어 중학교를 다닌 덕택에 하체 근육이 단련됐는지도 모른다. 게다가 돌이켜 생각하면 나는 어렸을 때부터 도망치는 것만은 남보다 갑절은 잽쌌다.

축구부 연습에 나가랴, 적당히 친구들과 어울려 다니랴 하느라 점차 호타카에 발길이 뜸해졌다. 오이토선을 타면 삼십 분이 채 안 걸리는데도 그 삼십 분이 길고 지루하게 느껴졌다.

그해 여름, 릴리는 내내 펜션 고이지에서 지내며 기쿠 할머니 일을 도운 것 같다. 과거에 내 보금자리였던 곳이 이번에는 릴리 것이 됐다. 릴리는 호타카에, 나는 마쓰모토에 있었을 뿐더러 각자 할 일도 있었으므로 그 전해처럼 내내 딱 붙어 지낼 수는 없었다.

나는 솔직히 처음에 릴리와의 섹스에 깊이 빠져들면 어떻게 하나 불안했다. 한번 끝까지 하고 나면, 자나 깨나 그 생각밖에 못 하고 손을 잡거나 키스를 하는 것만으로는 만족하지 못하게 되지 않을까 생각했던 것이다. 그러나 나도, 그리고 보아하니 릴리 쪽도, 그렇게 되지는 않았다.

우리는 시간을 맞춰 마쓰모토에서 영화를 보러 간다든지 저물녘에 아가타의 숲 공원 벤치에 앉아 이야기하는 등 소위 건전한 데이트를 즐겼다. 그러나 우리의 그런 행복한 시간에 느닷없이 타임업이 선고되었다.

9월 들어 첫 주말이었다. 릴리는 이미 도쿄로 돌아간 뒤였다.

나는 축구부 연습 시합이 끝나고 몇몇 친구와 역 앞에 있는 패스트푸드 가게에서 적당히 시간을 보낸 뒤 밤 아홉 시경에 집으로 돌아왔다.

"다녀왔습니다."

그렇게 말하며 현관으로 들어서자

"류, 너 지금까지 어디 가 있었던 거냐?"

별안간 아버지가 호통을 쳤다. 이상한 냄새가 난다 싶었더니 아버지가 흰머리를 염색하는 중이었다. 어머니가 비닐장갑을 끼고 숱이 적어진 아버지의 정수리에 전용 브러시로 크림색 액체를 바르고 있었다. 염색할 때 쓰는 타월을 어깨에 두른 아버지는 마치 비 오지 말라고 처마 끝에 매단 종이 인형처럼 보이는 것이, 위엄이라곤 눈곱만큼도 없었다.

나는 귀찮다고 생각하면서도 아버지가 독촉하는 대로 식탁 앞에 앉았다. 쓰타코가 캐나다로 유학 간 이래로 아버지는 걸핏하면 역정을 냈다.

"이렇게 늦게까지 대체 어디를 싸돌아다닌 거냐?"

아버지는 자기 꼴이 지금 얼마나 우스꽝스러운지 모르는 듯했다. 나는 뒤틀린 웃음이 치미는 것을 이를 악물고 필사적으로 참았다.

"어디라뇨, 부 활동 끝나고 다른 녀석들하고 맥도널드에 갔을 뿐인데요."

나는 사실대로 말했다. 그런데 그 순간, 아버지가 식탁을 탕 내리쳤다.

"거짓말해 봤자 내 다 안다."

"거짓말 안 했어요."

나는 치밀어 오르는 노여움을, 진정해라, 진정해, 하고 등을 두들겨 달래며 간신히 차분하게 대답했다.

"이성 교제를 하지 말란 말이 아니다." 아버지는 말했다. "너도 이제 고등학생이겠다, 여자 친구 한두 명쯤……."

"하고 싶은 말이 뭔데!"

식탁을 탕 내리치려 하는 통에 아버지 앞에 있던 찻종이 쓰러졌다. 어머니가 솔을 든 채 걱정스레 우리를 번

갈아 봤다.

"하고 싶은 말이 있으면 똑똑히 하란 말이야."

나는 아버지를 노려보며 소리쳤다. 체력으로는 이제 아버지에게 이길 자신이 있었다.

"진정해라, 류."

아버지는 어깨에 둘렀던 타월로 엎질러진 차를 닦으며 중얼거리듯 말했다. 난데없이 고함을 친 사람은 그쪽 아닌가 싶어 울컥했다.

"그래서 뭐?"

나는 아버지의 얼굴을 꼼짝 않고 보며 재촉했다.

"어느새 그런 사이가 된 거냐."

아버지는 말했다. 눈앞에 앉은 아버지가 정말 초라하고 비굴하게 느껴졌다. 릴리와 호텔에 간 것을 들켰음을 바로 알아차렸다.

"아무리 그래도 너무 이르잖니. 게다가 구태여 그 집 애랑 사귈 게 뭐 있어."

어머니도 아버지에게 동조하듯 말했다. 짐짓 그늘 어린 표정을 짓는 게 꼭 서툰 연기 같아서 울화가 치밀었다. 늘 그렇다. 어머니는 아버지 뜻만 따를 뿐 자기 의견 따위 눈곱만큼도 없다. 내가 이 부모의 자식으로 태어났다는 게 진심으로 넌더리가 났다. 아무 말도 할 마음이 나지 않고 그저 깊은 한숨만 흘러나왔다. 그들이 릴리에 관해 뭘 안다는 말인가. 릴리가 여름 방학에 놀러 왔을 때 제대로 이야기해 본 적도 없으면서.

"알았어요."

나는 거칠게 그렇게 말하고 일어섰다. 세계가 풀로 붙어 서서히 닫혀 가는 양 숨이 막혔다.

그로부터 몇 주 뒤 토요일이었다. 아버지가 펜션 고이지로 가라고 했다.

2학기에 들어와 또 매일 자전거로 학교에 다니는 나날이 시작됐다. 고등학교 입학을 계기로 소규모 리폼을 했던 내 캐릭터는, 벽지가 벗겨지고 페인트가 색 바래 조금씩 원 상태로 돌아가는 중이었다. 그렇게 즐거웠던 축구부 연습도 점점 따분해졌고, 늘 코가 막혀 숨이 잘 쉬어지지 않는 듯한 나날이 계속되고 있었다.

어차피 기쿠 할머니가 릴리와의 일로 뭐라 하겠지.

무거운 기분으로 펜션 고이지의 뒷문을 열자 뜻밖에 낯익은 스니커즈가 보였다. 뉴발란스의 최신 모델로, 마쓰모토 파르코에서 나와 세트로 산 것이었다.

나는 릴리의 스니커즈 옆에 가지런히 신을 벗어 놓은 다음, 종업원용 슬리퍼로 갈아 신고 기쿠 할머니가 있을 듯한 주방으로 향했다. 마침 손님이 떠난 다음인지 이층 객실에서 청소기를 돌리는 소리가 났다.

"류세이(流星)."

슬리퍼를 일부러 질질 끌며 칠칠치 못하게 걷는데 뒤에서 기쿠 할머니가 불렀다.

"차 갖다주마."

기쿠 할머니는 중요한 문제는 한 마디도 언급하지 않고 말했다.

식당에 들어가니 릴리가 얼굴을 홱 쳐들고 나를 봤다. 우리는 몇 초간 상대방의 눈을 빤히 바라봤다. 빛의 영향인지, 릴리의 눈동자가 전에 없이 비취색으로 빛났다. 무슨 말을 해야 좋을지 알 수 없었다.

대화도 하지 않고 둘이 잠자코 기다리고 있으려니, 기쿠 할머니가 쟁반에 찻종을 얹어 느릿한 걸음으로 돌아왔다. 안 보는 사이에 몸이 쪼그라들었다. 허리가 조금 굽은 탓에 공연히 더 그렇게 느껴졌는지도 모른다.

"자, 마셔라."

할머니는 온화한 어조로 그렇게 말하더니 녹차를 차

탁에 얹어 우리 앞에 놓았다. 언제나 내가 찻물 얼룩을 정성껏 닦던 손님용 찻종이었다. 할머니가 입이 닳도록 주의를 주었기 때문이다. 자기 마음을 갈고닦는 듯한 기분으로 닦도록. 할머니가 늘 하던 말이었다.

"맛있다."

차를 한 모금 마신 릴리가 옆에서 중얼거렸다. 나도 할머니가 우려 준 차를 천천히 마셨다. 할머니의 마음에 뾰족한 가시가 없다는 것을 바로 알 수 있었다.

"릴리는 멀리서부터 잘 왔다."

할머니는 릴리를 똑바로 보며 말했다. 난로에 얹은 주전자에서 하얀 김이 한숨처럼 흘러나왔다. 우리는 아무 말도 않고 그저 잠자코 할머니의 말을 기다렸다. 창밖으로 벌써 단풍이 물들기 시작한 알프스의 산들이 보였다.

"둘이 그렇게 같이 있으니까……." 기쿠 할머니는 자기도 차를 마시며 말했다. "아키보시(明星)를 많이 닮았구나."

"아키보시?"

나는 되물었다.

"할머니 둘째 아들이야. 우리 엄마의 오빠."

릴리가 나에게만 들리게 소곤소곤 가르쳐 주었다.

"그렇지, 류세이의 할아버지 동생."

할머니가 과거를 회상하듯 눈을 가늘게 떴다. 그러더니 나지막이 덧붙였다.

"지금은 죽고 없다만."

할머니는 문득 미소를 짓고 "우리가 젊었을 땐 말이다……." 하고 옛날이야기를 시작했다.

"매달 15일이면 인근 마을의 젊은 남녀가 모여서 춤을 추곤 했지. 그게 즐거움이었어."

그 무렵을 그리워하듯 수줍은 표정이었다.

"수수한 이성 교제네요."

나도 모르게 끼어들었다.

"요즘 시대에 비하면 그렇겠지만 예전엔 그걸로 충분했어. 그래서 남자는 괜찮다 싶은 여자가 있으면 편지를 보내는 거야. 여자는 상대가 마음에 들면 답장을 쓰고, 그렇게 커플이 탄생하는 거지."

기쿠 할머니의 입에서 '커플'이라는 단어가 튀어나온 것이 신선했다.

"여자 쪽에서 먼저 접근하는 일은 없었어요?"

릴리가 물었다.

"여자는 받는 쪽이야. 몸 구조 자체가 그렇게 돼 있으니까."

"그럼 좋아하지 않는 사람한테서 편지가 와도 받아들여요?"

"그런 땐 답장을 안 쓰고 그냥 있으면 되는 거지."

할머니는 즐거워하는 표정으로 그렇게 가르쳐 주었다. 수줍어하며 옛날을 회상하고 우리에게 이야기해 주는 모습이 어쩐지 무척 귀여워 보였다.

"그렇구나. 그럼 할머니는요? 할머니도 받았어요, 러브레터?"

릴리가 흥미진진하게 묻자, 할머니는 정말로 얼굴을 빨갛게 붉히고 후후후 웃었다. 이제 곧 피어날 꽃봉오리처럼 앳되고 순진한 웃음이었다.

"그때가 열일곱 살 때 봄이었나, 나도 처음으로 답장을 썼단다. 하지만 난 학교도 제대로 못 다녔으니 히라가나로 쓸 수밖에 없었어. 그게 어찌나 분하던지."

"그럼 그 사람이 할머니 첫사랑?"

"아이고, 앤!"

할머니는 두 손으로 볼을 가리고 말했다. 나도 어쩐지 할머니의 사랑 이야기를 듣는 게 즐거워졌다.

"편지를 주고받은 게 다야. 하지만 상대가 다섯 살 위

175

였기 때문에 그 뒤 바로 소집 영장이 나오고 말았어. 어찌나 슬프던지. 그런 이야기는 부모 형제한테도 할 수 없잖아. 결국 손도 못 잡아 보고 끝났단다. 그 직후에 부모님이 멋대로 정한 상대랑 결혼했고."

"그랬구나. 몰랐어요. 그럼 그 결혼 상대가 할아버지예요?"

"아니다." 할머니는 고개를 흔들어 부정했다. "그 사람은 내 두 번째 남편이고, 첫 남편이었던 사람의 동생이란다."

지금 처음 알았다.

"난 스무 살에 결혼했다만 그로부터 일 년도 안 돼서 남편한테도 소집 영장이 나오고 만 거야. 그래서 남편은 아키보시의 얼굴도 못 보고 먼 곳에서 죽고 말았어. 그때 죽은 남편의 동생이 나보다 한 살 밑이었거든. 아직 결혼 전이었고, 난 어린 자식이 둘이나 딸렸겠다, 청상과부로 놔두는 것보다는 낫지 않겠느냐고, 또 부모님들끼리 의논해서 이번엔 동생의 색시가 된 거야."

"그럼 우리 할아버지랑 류네 증조할아버지는 같은 사람이 아니군요?"

"형제야. 남들한테는 별로 이야기한 적이 없다만."

"그랬구나."

나는 오랜만에 말했다. 그러고는 별안간 목이 말라 남아 있던 녹차를 단숨에 끝까지 마셨다. 차는 싸늘하게 식어 있었다.

"하지만 결국 아키보시도 죽고 말았으니."

기쿠 할머니는 갑자기 일어서더니 주방에서 랩을 씌운 접시를 들고 왔다.

"자, 들어라."

할머니는 억세 보이는 손가락으로 능숙하게 랩을 벗겼다. 어렸을 때부터 할머니가 가끔씩 만들어 주던 장아찌샌드위치였다.

"오랜만이네."

기름한 핫도그 빵에 겨자버터를 바르고 장아찌를 끼우는 기쿠 할머니의 수제 샌드위치다. 이날은 노란 단무지와 붉은 차조기로 물들인 가지장아찌가 번갈아 규칙적으로 들어 있었다.

"맛있다."

나도 모르게 신음하듯 말했다.

장아찌샌드위치가 우리 배 속으로 사라지는 것을 지켜본 뒤, 할머니는 다시 이야기를 시작했다.

"아키보시가 죽고 난 절망했단다. 하지만 참 이상도 하지, 그런 때도 애는 생기더라. 전쟁이 끝나고 셋째 아들 스바루가 태어나고, 그리고 또 미도리가 태어났어."

"할머니, 행복했어요?"

얼마 동안 장아찌샌드위치를 먹는 데 열중했던 릴리가 거슴츠레한 표정으로 기쿠 할머니에게 물었다.

"글쎄다. 하루하루 사는 데 필사적이었으니 행복이니 뭐니 그런 건 생각해 본 적도 없었어. 하지만 아닌 게 아니라 미도리가 태어나고 몇 년간은 행복했구나. 그런데 이번엔 애들 아버지가 병이 난 거야. 마음의 병이었어. 내가 원래 형의 색시였다는 걸 도저히 용서할 수 없었던 거지."

"하지만 그건 어쩔 수 없잖아요. 할아버지도 그걸 알면서 할머니랑 결혼한 거 아니에요?"

릴리는 이의를 제기하듯 빠른 말투로 말했다.

"그건 그렇겠지만, 아무리 머리로 이해하려고 해도 여기가 말이다……."

기쿠 할머니는 아주 소중한 곳을 만지듯 가슴에 살며시 두 손을 댔다.

"마음이라고 하냐? 그게 도저히 받아들이질 못해서

오랜 세월 고민했을 거야. 나는 물론이고 애들한테까지 폭력을 쓰기 시작해서……."

거기까지 듣고 혹시나 싶은 것이 있었다. 어렸을 때 쓰타코와 릴리, 나, 셋이서 하던 유령 놀이, 그 유령 저택의 주민은 릴리의 할아버지였을지도 모른다.

"날 때리면서도 눈물을 글썽였던 걸 내 알거든. 성품은 다정한 사람이었어. 그래서 조금이라도 상태가 좋아지면 병원에서 데리고 나오곤 했지. 결국 병원에서 죽고 말았다만."

역시 그렇구나. 나는 생각했다. 유령의 정체는 릴리의 할아버지였던 것이다. 나는 바다와 릴리가 있던 여름에 조용히 치러졌던 장례식이 생각났다.

"고이지 여관 말이에요……."

릴리가 문득 얼굴을 들고 기쿠 할머니에게 물었다.

"거기 혹시 러브호텔이었어요?"

갑작스러운 질문이었다.

"러브호텔?"

기쿠 할머니는 낯선 외국말을 발음하듯 되뇌었다.

"밀회용 여인숙 같은 데 말이에요."

"그렇지. 봐라, 난 좋아하는 사람하고 손도 못 잡았잖냐? 그래서 남들은 그런 일이 없었으면 해서 말이다. 소집 영장이 왔다고 하면 우리 집에 불러다 배불리 먹이고 이층에 자리 깔아 주고 그런 일을 하게 해 준 게 처음 시작이었지. 배부르고 기분 좋으면, 그게 비록 한순간일지라도 그땐 태어나길 잘했다는 생각이 들잖냐?"

"할머니, 역시 러브레터 보낸 사람을 좋아한 거죠?"

릴리가 기뻐하는 표정으로 물었다.

할머니는 자세를 한층 더 바로잡았다. 그즈음에는 할머니가 만들어준 장아찌샌드위치도 나와 릴리의 배 속에 남김없이 들어가고 빈 접시만 남아 있었다.

"자기가 정말 옳다고 생각하는 길을 선택하는 게 좋아. 남들 눈치는 볼 것 없다. 너희가 생각해서 정해라. 부모나 주위 사람들이 정할 일이 아니야. 그게 자기들이 선택한 길이면 나중에 절대 불평하지 말고 받아들이는 거다. 뭐가 좋은 일이고 뭐가 나쁜 일인지는 긴 안목으로 잘 관찰하지 않으면 알 수 없어."

할머니는 이어서 이런 말도 했다.

"사촌지간이어도 결혼은 할 수 있는 거야. 게다가 너희는 사촌보다도 멀지. 우리 젊었을 때는 사촌지간, 친척지간에 부부가 되는 일도 드물지 않았단다."

할머니가 우리 교제를 반대하거나 헤어지라고 설득할 줄로만 알았기 때문에 솔직히 김이 샜다. 그러나 할머니가 한 말은 큰 소리로 반대하는 것보다 훨씬 냉엄하게 느껴졌다. 그것이 서서히 몸에 스며드는 듯했다.

"고마워요."

내가 입을 떼기도 전에 먼저 릴리가 말했다.

이야기가 다 끝났는지 할머니가 일어섰다. 그러더니 문득 밝은 표정으로 돌아가 말했다.

"기왕 왔으니 노천탕에 들어갔다 가려무나. 류세이가 몇 년씩 걸려서 만든 역작이야. 둘이 들어가렴. 너희 부모한테는 비밀로 해 줄 테니. 어차피 그런 일은 벌써 해 봤을 테고."

나는 정말로 깜짝 놀랐다. 그런데 릴리가 즉각 그를 웃도는 제안을 하는 바람에 연이어 두 번 놀라고 말았다.

"할머니도 같이 해요."

할머니는 정말 손녀 및 증손자와 같이 펜션 고이지의 노천탕에 들어갔다. 나는 두 여자에게 둘러싸여 끝까지 불편해 혼났다.

옷을 입고 '펜션 고이지'라고 로고가 찍힌 수건으로 머리를 닦은 뒤, 우리 둘은 나란히 뒷문을 통해 밖으로 나왔다.

"할머니, 그럼 또 올게요."

릴리가 명랑한 목소리로 말했다.

"또 일 거들러 올게요."

나도 말했다. 할머니의 얼굴은 목욕을 했기 때문인지 장밋빛으로 발그레하게 물들어 있었다.

"둘 다 조심해서 가려무나. 배고프면 언제든 돌아오고."

할머니는 또렷또렷한 목소리로 말했다.

"고맙습니다."

우리는 입을 모아 대답했다. 그러고는 나란히 산길을 걷기 시작했다. 여느 때 같으면 스바루 아저씨가 호타카 역까지 펜션 고이지의 왜건으로 데려다줄 텐데, 이날은 고의인지 우연인지 끝까지 우리 앞에 모습을 드러내지 않았다.

"안 추워?"

나는 옆을 걷는 릴리에게 물었다. 릴리의 머리털이 아직 약간 축축한 게 마음에 걸렸다.

"방금 목욕했으니까 오히려 이 정도로 싸늘한 편이 기분 좋을지도."

작은 새가 가느다란 목소리로 지저귀고, 태양은 나뭇

가지 끝에서 서쪽으로 기울기 시작했다.

"우리가 옳다고 생각하는 길."

릴리가 어쩐지 멍한 목소리로 말했다.

도중부터 우리는 손을 맞잡고 걸었다. 쥐 죽은 듯 고요한 별장 지대로 이어지는 산길을 역을 향해 한참 내려갔다. 차로 가면 눈 깜짝할 새에 지나가지만, 발로 걸어 보니 걷고 또 걸어도 똑같은 숲속 경치만 계속됐다. 같은 곳을 빙글빙글 도는 게 아닐까 싶을 정도였다.

여름철에는 피서하러 오는 사람들로 조금은 떠들썩해지지만, 그 외의 계절이면 이 근방은 거의 유령 도시나 다름없다. 개중에는 아예 자리 잡고 거주하는 사람도 있는 모양이지만, 둘이 손을 잡고 걸어도 아무와도 마주치지 않았다.

"우리가 옳다고 생각하는 길."

릴리는 또 아까와 똑같은 어투로 말했다. 그러더니 "우리가 정말 서로를 사랑하는 걸까?" 하고 혼잣말처럼 조그맣게 속삭였다.

릴리의 손가락이 점점 차가워졌다. 나는 그녀의 손을 내 청바지 주머니에 넣었다. 그리고 멈춰 서서 꽉 끌어안고 키스를 했다.

마치 달팽이와 달팽이의 열렬한 교미 같은 딥 키스였다. 주위에 아무도 없다는 것은 알고 있었지만 행여 누가 본다 해도, 설사 그게 우리 부모님이라 해도 상관없다는 생각까지 들었다. 안타까웠다. 이렇게 깊이 키스를 해도 릴리에게 조금도 가까이 다가갈 수 없다. 그러기는 커녕 점점 더 릴리가 멀어지는 것만 같았다.

나무 위에서 우리의 키스를 비웃듯 까마귀 한 마리가 날카롭게 우짖었다.

그 순간, 왜 그런지 눈물이 왈칵 쏟아졌다. 우는 것을 들키기 싫어서 나는 더욱 격하게 릴리의 입술을 빨고 혀를 밀어 넣었다. 이대로 풀 위에 릴리를 넘어뜨리고 싶다는 생각까지 들었다.

"왜 네가 울어?"

내 눈물을 알아차린 릴리가 말했다. 하지만 그렇게 말하는 릴리의 목소리도 희미하게 떨렸다. 릴리는 짙은 황록색 나는 맑은 눈으로 내 눈을 가만히 들여다봤다. 그것을 보니 또 눈물이 뚝뚝 떨어졌다.

"싫어. 돌아가고 싶지 않아. 너하고 계속 여기 같이 있을 거야."

그렇게 말하고 나니 서 있을 수도 없을 만큼 깊은 슬

품이 덮쳤다. 나는 그 자리에 털썩 쭈그리고 앉았다.

"네가 그렇게 마음이 약해서 어떻게 해?"

릴리는 그렇게 말하며 뒤에서 나를 포옹했다.

"우리 힘내자."

릴리는 말했다. 릴리의 숨이 내 등에 동글고 따뜻한 양달 같은 것을 만들었다.

"둘이 같이 우리한테 최선의 길을 찾자."

그렇게 내 등에 대고 말하더니 다시 일어나 내 팔을 끌어당겼다. 세게, 세게 끌어당겼다. 나는 마지못해 일어났다. 세계가 휘청 기우는 게 느껴졌다.

분명히 나와 릴리는 지금 똑같은 생각을 하고 있다. 그걸 똑똑히 알 수 있었다. 그래서 나는 이대로 역에 가기가 정말 싫었다. 최악의 사태가 벌어질 게 틀림없다. 그 흐름을 우리는 막을 수 없었다. 우리가 탄 배는 이미 떠내려가기 시작했다.

"싫어."

나는 다시 한번 어린애처럼 떼를 썼다. 그래도 릴리는 걸음을 멈추지 않았다. 나는 중간부터 눈을 감고 걸었다. 릴리에게 모든 것을 내맡겼다.

"싫다니까."

나는 눈을 감고 또다시 중얼거려 봤다. 좋아하는 장난감을 어머니가 사 주지 않아 투정 부리는 어린애처럼 나도 그 자리에 주저앉아 울부짖고 싶은 기분이었다. 슬픈 미래에 그 이상 한 발짝도 다가가고 싶지 않았다.

"못난이."

릴리는 말했다. 그 말투가 무척 상냥하게 느껴졌다.

나는 그 이상 눈물을 흘리지 않으려고 이를 악물고 견뎠다. 하지만 소용없었다. 눈물뿐 아니라 콧물까지 줄줄 흐르는 상태였다. 스스로 한심하다는 것은 알아도 울지 않을 수 없었다. 그때 내 심정은 우는 것으로만 표현할 수 있었다.

숲에서 빠져나오니 점점 시가지가 가까워졌다. 사람이나 차와 엇갈려 지나치는 일도 많아졌다. 신호등이 바뀌기를 기다리는데 릴리가 말했다. 내 팔에 자기 팔을 단단히 감고 있었다.

"우리가 정말 서로를 필요로 하는지, 한동안 거리를 두고 생각해 볼까."

"한동안?"

"네가 도쿄에 올라올 때까지."

"너무 길어."

"하지만 인생에서 겨우 이삼 년인걸."

"버틸 수 있을까."

"버티는 거야."

"릴리, 기다려 줄 거야?"

"기다릴게."

"릴리, 나 말고 다른 남자 친구 사귀거나 그러지 않을 거지?"

"애인은 너 하나면 족해."

"바람피우지도 않고?"

"안 그런다니까."

"하지만……."

그렇게 입을 뗐다가 또 눈물과 콧물이 단숨에 흘러넘쳤다. 나는 다시 한번 강한 어투로 말했다.

"네 주위엔 괜찮은 남자가 수두룩하잖아."

그런 소리를 하는 나 자신이 한심해서 더욱 눈물이 났다.

릴리는 그런 내 등을 툭툭 다정하게 두들겨 주고 어린애를 달래듯 말했다.

"넌 모를 수도 있겠지만 난 널 아주 좋아해. 네 생각을 하면 마음속에 단숨에 꽃밭이 펼쳐진단 말이야. 넌 나한테 특별한 존재니까."

나는 겨우 고개를 들었다. 알프스의 산들이 엷은 분홍색으로 물들어 있었다. 나는 릴리가 있는 세계에서 절대 떨어지지 않도록 그녀가 팔짱을 낀 내 팔에 힘을 꽉 주었다. 묘지 안쪽까지 바다를 찾으러 갔을 때처럼. 팔을 한순간이라도 풀어서는 안 된다고 생각했다.

"어째 갑자기 하고 싶어졌다."

나는 솔직하게 말했다.

"큰 거? 작은 거? 사이드카 때처럼 싸면 안 돼."

"어, 릴리, 기억해?"

"그야 물론이지. 얼마나 냄새났는데."

"그랬구나. 벌써 잊어버렸을 줄 알았더니."

"그보다, 류, 뭐가 하고 싶었던 건데?"

"너랑 섹스. 하지만 과거형이 됐어. 네가 갑자기 이상한 소리를 하는 바람에 기운을 잃고 말았잖아."

"사실은 아까 나도 약간 너랑 하고 싶었어. 실은 지금도 젖어 있을지도."

"진짜?"

나도 모르게 되물었다.

"응, 진짜. 뭐하면 만져 볼래?"

그러더니 릴리는 정말로 내 손을 치마 속에 넣으려 했다. 나는 겁이 나 무심코 손을 잡아 뺐다.

"하지만 지금은 참자. 다음에 만났을 때 제대로 이불 깔고 하는 거야. 그때까지 즐거운 일은 아껴 두자."

그러나 앞으로 이 년 이상 만날 수 없다는 것은, 지옥에 떨어져 감옥에 유폐되는 것만큼이나 희망이 없는 일이었다.

"꼭 도쿄로 갈게."

나는 가을 하늘에 선언하듯 말했다. 그렇게 소리 내어 말하니 이상하게도 눈물이 그쳤다.

"저쪽에서 만날 날을 고대할게."

릴리는 아주 상냥한 목소리로 말했다. 표정이 꽤 밝아져 있었다.

릴리가 열차를 갈아타지 않고 신주쿠까지 한 번에 갈 수 있는 '슈퍼 아즈사'가 도착했다. 나는 릴리와 같은 열차를 타면 마쓰모토에서 내릴 수 없을 것 같아서, 그리고 겨우 굳힌 결의가 또다시 흔들릴 것 같아서 하나 뒤에 올, 마쓰모토가 종점인 오이토선을 타기로 했다.

"그럼 또."

태연한 척 말하고 릴리에게 등을 돌렸으나, 느닷없이

맨손으로 내장이 갈기갈기 찢긴 듯한 아픔이 몸속에 퍼졌다.

곧 열차가 플랫폼으로 들어왔다. 얼마 있다가 돌아보니 창가에 앉은 릴리가 필사적으로 손을 흔들고 있었다. 그 얼굴에는 웃음마저 어려 있었다. 나는 쏟아지려는 눈물을 꾹 참았다. 아시아의 어느 나라에서처럼 열차 난간을 붙들고 릴리와 같은 슈퍼 아즈사를 타고 가고 싶은 충동을, 얼굴을 찡그리고 참았다.

릴리를 태운 열차가 다시 천천히 움직이기 시작했다. 열차가 조그매질 때까지 배웅하는데 참았던 눈물이 또 뚝 떨어졌다. 눈물과 콧물은 아까 전부 흘린 줄로만 알았는데.

그 뒤, 나는 호타카 신사로 가서 필사적으로 기도했다. 이런 때만 인사하러 오는 내 게으름을 신에게 사죄하면서도, 그래도 기도하지 않을 수 없었다. 신이시여, 부디 릴리와 제 앞날을 지켜 주세요, 저희가 행복하게 재회할 수 있게 해 주세요. 나는 눈을 꼭 감고 두 손을 모아 우리의 행복한 결말을 빌었다.

내가 하나 늦게 오는 오이토선에 올라탔을 즈음, 호타카는 어스름에 싸여 있었다. 오이토선을 타고 가다 보면 전에 고이지 여관이 있던 곳이 잠깐 보이는 지점이 있다. 커다란 녹나무가 남아 있어서 알 수 있다. 늘 무심코 그곳을 찾곤 하는데, 그날은 일부러 눈을 다른 데로 돌리고 지나쳤다. 창밖에 점점이 흩어져 있는 거리의 불빛이 너무 아름다워 또 눈물이 났다.

다시 눈을 떴을 때 칠흑에 가까운 짙은 감색 어둠이 열차 창유리를 주먹으로 거칠게 탕탕 두들기듯 바로 앞까지 다가와 있었다. 창을 열면 열차 안까지 눈사태처럼 왈칵 밀려들 듯했다. 열차 안에서 밤하늘의 별은 보이지 않았다.

얼마 뒤, 나는 축구부 지도 교사에게 탈퇴 신청서를 제출했다. 표면상의 이유는 부상이었다. 연습 시합에서 슬라이딩을 하다가 왼쪽 발목을 삐었다. 바로 병원에도 갔고, 한 달만 있으면 다시 연습에 참가할 수 있을 것이라고 했다. 그러나 내 안에서 지금까지 고조되어 있던 뭔가가 급격히 시들어 가는 것을 외면할 수 없었다.

부모님에게는 입시 공부에 집중하고 싶기 때문이라고 둘러댔다. 하지만 그렇다고 전보다 일찍 집에 돌아가는 일도 있을 수 없었다. 나는 매일 도서관에 들른다 속이고 실제로는 마쓰모토 파르코에 가서 빈둥대며 시간을 허비했다. 파르코에만 가면 시간과 공간을 넘어 도라에 몽의 '어디로든 문'처럼 릴리가 있는 도쿄와 연결되는 것 같았다. 적어도 내게는 그렇게 느껴졌다.

그러고 보니 그 무렵 나는 마쓰모토에서 매우 멋진 곳을 발견했다.

고보산이다. 높직한 산 전체가 전방후방분(前方後方墳)인데, 3세기 후반에 세워졌다는 이곳은 숨은 데이트 명소였다.

자전거를 타고 다니다가 우연히 그곳을 발견했다. 알프스의 산들을 둘러볼 수 있고 봄이 되면 벚꽃이 일제히 피어 시민들의 휴식 장소가 된다는데, 내가 처음 갔을 때는 추운 겨울이었다.

높직한 언덕 같은 정상에 올라가니 마쓰모토 시내가 한눈에 보였다. 야경이 정말 아름다웠다. 잘은 모르지만 색색의 값비싼 보석을 한 줌 쥐어 그곳에서 확 뿌린 듯한 야경이었다. 이곳에서 사랑의 밀어를 주고받는다면, 가벼운 기분으로 이곳에 온 커플도 마음을 단단히 고쳐먹고 평생을 함께하기로 맹세할 것 같은 그런 곳이었다.

언젠가 이곳에 릴리를 데려오고 싶다.

나는 그곳에 갈 때마다 그런 생각이 들었다. 밤하늘에

흩어진 별들도 아름다웠지만, 고보산에서 보는 야경은 솔직히 그보다 더 아름답다고 생각했다. 그곳은 마치 세계의 중심에 지어진 궁전 같은 곳이었다.

릴리도 만나지 못하고 동아리도 그만두어 그저 죽은 듯이 시간이 지나기를 기다리는 것 같던 고등학교 2학년이 드디어 끝나고, 3학년 진급을 눈앞에 둔 봄 방학이었다. 그해 봄에 쓰타코가 캐나다에서 잠시 귀국했다. 오랜만에 네 식구가 함께 생활하는 것이었다. 자식이 나만 있을 때 이 집은 방음 장치가 된 것처럼 소리가 나지 않는다. 하지만 쓰타코가 있으니 부엌과 거실에서 활기 있는 소리가 들렸다. 아버지와 어머니도 안도하는 눈치였다. 당시 나는 부모님과 같이 식사를 하는 일조차 거의 없었다.

"전화."

전화를 받은 사람은 쓰타코였다. 피차 마찬가지이지만 십 대 후반이 된 쓰타코는 내게 묘하게 서먹하게 느껴졌다. 쓰타코는 목덜미에 태양 같은 문신을 하고 돌아왔다. 볼 때마다 카멜레온처럼 인상이 달라졌다.

"누구?"

"기쿠 할머니."

"웬일이지?"

그렇게 말하며 아무 생각 없이 수화기를 받아 들고 "여보세요." 했다.

"류세이, 머위 줄기 따러 갈 테니까 지금 당장 호타카로 오려무나."

할머니가 수화기 저편에서 큰 소리로 말했다. 그 뒤로 나는 자전거를 타고 몇 번을 호타카까지 갔는지 모른다.

기쿠 할머니의 밭에는 복숭아나무, 살구나무, 사과나무 몇 그루와 감나무 한 그루가 있었고, 남은 자리를 갈아 채소를 재배했다. 채소 씨앗은 그 전해에 수확한 것을 썼고, 농약과 화학 비료 모두 일절 쓰지 않았으므로 돈이 전혀 들지 않는 모양이었다. 펜션의 요리에 쓸 몫과 자기들이 먹을 몫은 밭에서 나오는 것으로 충당할 수 있었다. 수확을 많이 했을 때는 선물로 들려 보냈고, 그러고도 남으면 펜션 손님에게 공짜로 주었다.

"여기에 내 모든 게 있는 거야."

할머니는 밭일을 끝내면 언제나 당신 밭을 황홀한 얼굴로 둘러보며 말했다. 그곳에서는 꿀벌이 날아다니며 벌집을 만들고, 다람쥐와 산토끼가 놀러 오곤 했다. 박새도 둥지를 틀고 열심히 새끼를 길렀다. 밤이 되면 너구리와 멧돼지, 여우, 원숭이까지 찾아오는 모양이었다. 그런 의미에서 할머니는 오는 이는 거절하지 않고 가는 이는 붙들지 않는 사람이었다. 할머니의 밭은 마치 조그맣게 응축된 지구 그 자체 같았다.

"이렇게 많은 생물 중에서 오로지 인간만이 환경을 파괴하거든."

할머니는 의연한 태도로 자주 그런 말도 했다.

당시 기쿠 할머니가 해 준 말을 내가 모두 이해했던 것은 아니다. 할머니의 진의를 내가 가슴에 정확히 받아들였을지 아닐지 자신이 없다. 할머니의 말은 평범한 사고방식밖에 해 본 적이 없는 나에게 깨달음의 연속이었다. 나는 점차 이건 할머니가 몸으로 손에 넣은, 피가 흐르는 철학이라고 생각하기 시작했다.

조금 있으면 슬슬 첫눈 소식이 들려올 무렵이었다. 나는 병이 나 며칠 앓아누웠다. 자신만만하게 쳤던 모의고사 결과가 생각만큼 잘 나오지 않아서, 그 이래로 계속 속이 메슥메슥했다. 속이 좋지 않은지 식욕도 없고, 음식을 먹어도 소화를 잘 시키지 못하고 설사를 했다.

그날도 나는 호타카에 가서 기쿠 할머니와 그해 마지막 일을 하기로 약속이 돼 있었다. 산에서 주워 온 칠엽수 열매로 떡을 빚는 작업을 돕는 일이었다.

기쿠 할머니는 매년 꼬박꼬박 칠엽수 열매로 떡을 빚었다. 하지만 오늘은 아무리 그래도 못 갈 것 같다, 가 봤자 일을 못 할 것이라고 판단해, 아침 일찍 펜션 고이지에 전화해 할머니에게 못 가겠다고 알렸다. 원래 아무 때나 오고 싶을 때 오면 된다던 일이었다. 갈 수 있는 상황이 아니니 어쩔 수 없다고 생각했다.

그해 봄에 릴리는 도내에 있는 사립 여대에 들어갔다. 나는 얼른 도쿄에 가야 하는데 싶어 애가 바짝바짝 탔다. 솔직히 할머니와 떡을 빚고 있을 기분은 아니었다.

"죄송한데 오늘 못 갈 것 같아요. 감기 걸렸거든요."

나는 수화기 저편의 할머니에게 목소리 톤을 낮추고 말했다.

"몇 도냐?"

할머니가 조용한 목소리로 물었다.

"38도 좀 안 돼요."

나는 실제보다 조금 높여 대답했다. 아까부터 한 삼십 분 간격으로 겨드랑이 밑에 체온계를 껴 보는 중이었다.

"괜찮구나."

할머니는 여느 때처럼 낙관적인 말투로 말했다.

"하지만 배도 또 아프기 시작했고요."

나는 되도록 처량한 목소리를 냈다.

"됐으니까 지금 바로 와라." 할머니는 단호하게 말했다. 그러더니 "오면 낫게 해 줄 테니까."라고 하고는 일방적으로 전화를 끊었다.

농담이시겠지.

나는 중얼거렸다. 그러나 보아하니 그날은 동네 유치원에서 바자회를 하는 듯, 떠들썩하다기보다 시끄러운 소리가 아침부터 끊이지를 않았다. 이래서는 편안히 잘 수도 없을 듯했다. 그렇다고 책상머리에 앉아 공부할 환경도 아니었다.

나는 약간 휘청거리는 몸을 바로 세우고 자전거에 올라타 페달을 밟았다. 일부러 역까지 가기도 귀찮아 자전거를 타고 호타카로 향했다. 머리가 흔들흔들해 뱃멀미를 하는 기분이었다. 이러다 호타카까지 못 갈지도 모르겠다. 페달을 밟으며 그런 생각을 했다.

그런데 기쿠 할머니가 중간까지 마중 나와 있었다.

"안색은 좋은 것 같다만."

할머니가 내 얼굴을 빤히 들여다보며 말했다. 그러더니 연장주머니에서 로프를 꺼내 당신 스쿠터의 뒤꽁무니와 내 자전거에 달린 바구니를 꽉 붙들어 묶었다.

"렛츠 고."

헬멧을 쓰자마자 곧바로 출발했다.

할머니가 핸들을 잡은 스쿠터는 뒤따라오는 내 자전거를 앞에서 잡아 끄는 형태로 산길을 지나 밭으로 향했다. 스스로 페달을 밟지 않아도 되니 그만큼 편하기는 했지만, 이러다 경찰에게 들키면 어쩌나 생각하니 불안해서 혼났다.

"할머니, 이런 식으로 타도 되는 거예요?"

나는 할머니 등에 대고 크게 소리쳤다.

"재미있지? 한번 해 보고 싶었지 뭐냐!"

할머니는 내 걱정도 아랑곳하지 않고 고개를 완전히 뒤로 돌려 말했다. 정말 즐거운지 입 저 안에서 금니가 반짝이는 것까지 보였다.

"알았으니까 할머니, 앞 보고 운전하세요."

나는 조마조마해서 기쿠 할머니에게 말했다. 이런 데서 교통사고라도 났다가는 사람이 얼마 없으니 언제 구조를 요청할 수 있을지 알 수 없는 일이다.

그래도 이럭저럭 무사히 밭에 도착해 안도감에 젖어 자전거에서 내린 것도 잠깐, 기쿠 할머니가 느닷없이 나를 떠밀었다. 무슨 일이 벌어진 건지 알 수 없어 헤실헤실 웃으며 일어서자, 이번에는 두 손을 써서 확실하게 또 나를 밀쳤다. 나는 균형을 잃고 땅바닥에 양손을 짚으며 넘어졌다.

"할머니도 참, 사람 놀래지 마세요."

그렇게 말하며 일어나려 했을 때였다. 또 어깨를 확 미는 바람에 이번에야말로 그 자리에 쓰러졌다. 거기에는 깊은 구멍이 파여 있었다.

"잔말 말고 시키는 대로 해."

기쿠 할머니는 말했다. 그러더니 내가 있는 구멍에 삽으로 흙을 떠 넣기 시작했다.

"잠깐만요. 지금 뭐 하는 거예요, 할머니?"

나는 불안해져 다급하게 말했다. 설마, 설마 기쿠 할머니가……. 할머니가 손자를 죽이는 사건이 바로 얼마 전에 있었다. 하지만 기쿠 할머니는 내 증조할머니다. 증조할머니가 증손자를 죽이는 일은 전대미문이리라.

혹시 머리가 조금씩 이상해지기 시작했나. 오랫동안 같이 있었기 때문에 알아차리지 못했지만 할머니도 이

미 여든 살이 넘었다. 머리와 몸에 문제가 생겨도 이상하지 않을 나이다. 그런 생각을 했을 때,

"류세이, 왜 그렇게 걱정스러운 표정이냐? 증조할미가 노망났다고 생각하는 거냐?"

할머니는 자못 우습다는 듯이 웃으며 말했다. 실제로 그랬던 터라 나는 변명할 말이 생각나지 않았다. 그러자 할머니는 내 눈을 물끄러미 바라보며 말을 이었다.

"나도 몸이 안 좋을 땐 곧잘 거기서 흙을 덮어쓰고 멍하니 있거든. 그럼 거짓말처럼 몸이 개운해져."

"모래찜질은 들어 본 적 있지만, 그럼 이건 흙 찜질인가요?"

"그렇게 말할 수도 있겠구나. 류세이는 똑똑한걸."

그렇게 말하면서도 할머니는 내가 묻혀 있는 구멍에 계속해서 흙을 떠 넣었다.

"자, 다 됐다."

할머니가 만족스레 말했을 때 나는 어깨까지 흙 속에 파묻혀 있었다. 흙을 꽉꽉 다진 것은 아니라 흙 속에서도 팔다리는 자유로이 움직였다.

"어떠냐?"

"으음."

바로 말이 나오지는 않았다. 그러자 할머니도 내 눈앞에 벌렁 드러누웠다. 그러고는 팔다리를 뻗어 큰대자로 누웠다. 바람의 속삭임, 새의 노랫소리. 들리는 것은 자연의 소리뿐이었다.

"이러고 있으면 점점 동물이나 식물의 기분이 이해되거든."

눈을 감고 꼼짝 않고 있으려니 이내 할머니가 나지막이 말했다. 나는 도로 눈을 천천히 떴다. 그곳에서 세계를 올려다보니 방금 처음으로 지구라는 곳에 내려선 것처럼 신선한 기분이 들었다. 빛이 눈부셔서 눈물이 났다.

"류세이, 흙 속은 어떠냐?"

"점점 기분이 좋아지는데요. 게다가 생각보다 훨씬 따뜻해요."

"흙 속이 따뜻하게 느껴지는 것도 이렇게 풀이 우거졌기 때문이야. 인간은 금세 잡초라고 뽑아 버리고 말려 죽이고 하잖냐? 하지만 세상에 신께서 만드신 것 중에 쓸모없는 건 하나도 없는 거야. 쓸모없는 건 인간이 돈벌이를 위해 만든 것뿐이지. 땅과 가까운 곳에 있으면 여러 가지가 아주 잘 보인단다."

나는 정말 기분이 평온했다. 그래서 할머니가 "그때

불이 나서⋯⋯."라고 했을 때, 순간적으로 무슨 말을 들었는지 이해하지 못했다. 머리 한구석에 구멍이 뚫린 것처럼 불이 났었다는 사실조차 기억나지 않았다. 내 기억으로 기쿠 할머니가 구체적으로 화재를 언급하는 것은 그때가 처음이었다.

"정말 많은 걸 잃었다. 나한테 남은 건 이제 이 밭하고 논뿐이야. 하지만 그 화재가 있었던 덕에 난 또 여기 논밭으로 돌아올 수 있었던 거야."

어쩐지 신에게 보고를 드리는 듯한 느낌이었다.

"불이 나서 다행이라고는 입이 찢어져도 말 못 하고 또 그렇게 단순한 일은 아니다만, 그래도 말이다, 류세이."

기쿠 할머니는 또렷한 목소리로 나를 불렀다. 내 뺨은 그때 이미 눈물로 빛나고 있었을 터였다.

"살아 있으면 꼭 좋은 일도 있는 법이야. 신께선 그렇게 심술궂은 일은 하지 않으신단다. 선하게 살기만 하면 언젠가 자기한테 돌아오는 법이야."

나는 흙 속에 파묻힌 채 하염없이 눈물을 흘렸다. 마음에 꼭 닫혀 있던 뚜껑이 딸깍 하고 벗겨지면서 천장이 환히 열린 기분이었다. 할머니도 바다를 잊지 않았다는 것을 알았다. 그게 기뻤다.

.

"할머니."

나는 울음 섞인 목소리로 할머니를 불렀다. 그러나 그 이상 말을 잇지 못했다.

"류세이는 어렸을 때부터 맨날 울기만 하는구나. 네 아비를 똑 닮았어."

할머니가 다정하게 웃는 얼굴로 그렇게 말하며 내 뺨을 손가락으로 어루만졌다.

할머니의 손에 흙이 묻어 있었는지 입속에 흙 맛이 번졌다. 그래도 나는 조금도 싫지 않았다. 몸에서 나쁜 것이 슥 빠져나가는 것 같아 기분 좋았다. 뺨이 불룩한 다람쥐가 눈앞을 가로질렀다.

결국 나는 일 년 재수한 끝에 도쿄의 한 대학에 입학했다. 이름을 말하면 다들 들어 본 적은 있을 곳이다. 마쓰모토 같은 지방 도시에서 살다 보면 그런 게 중요하다.

제1지망 대학은 두 번 지원해서 두 번 다 떨어졌다. 인생은 그렇게 만만하지 않았다.

도쿄로 출발하기 며칠 전, 나는 어머니와 파르코에 있는 무인양품에 가서 가구와 가전제품을 골랐다. 나에게 파르코라 하면 마쓰모토에 있는 파르코다. 전기밥솥, 진공청소기, 냉장고. 그리고 침구와 커튼. 큰 물건은 대충 이 정도였다. 나지막한 침대를 살까 말까 마지막까지 고민했지만, 집이 원룸이라 공간이 넉넉하지 않기 때문에 요를 깔고 자기로 했다.

어머니는 기왕 사는 김에 같이 사자며 새 셔츠와 잠옷, 트렁크스, 양말까지 샀다. 조금 있으면 스무 살이 될 아들에게 어머니가 속옷을 사 준다는 것도 웃겼지만, 있으면 도움이 되니 순순히 따랐다. 나는 4월생이기 때문에 대학에 입학하고 바로 스무 살이 된다.

도쿄까지 아버지가 차에 짐을 실어 데려다주었다. 큰 짐은 업자가 내가 살 연립으로 배달해 줄 예정이었으므로 나는 옷가지와 식기 등만 아버지 차 트렁크에 실었다. 마쓰모토에서 도쿄까지 긴긴 드라이브였다.

그리고 그날은 우연히도 릴리의 생일이었다.

그녀는 나보다 삼 주 일찍 이십 대에 합류한다. 그날 기쿠 할머니에게 펜션 고이지로 불려 가 호타카역에서 가슴이 에이는 듯한 심정으로 헤어진 이래로 정말 한 번도 만나지 않았다. 그게 우리 둘이 함께 내린 결론이었다.

릴리에게는 이미 내가 도쿄로 올라간다는 이야기를

해 두었다. 그녀가 밤에 내 연립으로 올 예정이었다. 내
가 재수를 한 탓에 대략 삼 년이나 만나지 못했다. 솔직
히 이대로 끝나는구나 생각했을 때도 있었다. 그러나 우
리는 둘이 함께 골인 지점에 도달할 수 있었다. 마쓰모
토와 도쿄, 서로 떨어진 곳에서 이인삼각 경기를 하는
기분이었다. 하지만 그것은 제1장의 골인 지점이고, 이
제부터 제2장이 새로이 시작되는 것이다.

그런 생각을 하니 저절로 웃음이 나려 하기에 나는
부랴부랴 얼굴 근육을 바로잡았다.

"화장실은 안 가도 되냐?"

느닷없이 아버지가 물었다.

"괜찮아요."

나는 짤막하게 대답했다. 아버지와는 이렇게 짧은 대
화를 할 때조차 긴장이 스친다.

"목마르면 커피라도 마시면서 잠깐 쉴까."

아버지는 혼잣말처럼 말했다.

자기가 쉬고 싶으면 처음부터 그렇게 말하면 될 것
아닌가 싶어 나는 또다시 짜증이 울컥 치밀었다. 하지만
이런 답답한 상태도 오늘로 끝이다.

아버지는 다음 휴게소에서 차를 세웠다. 내가 벤치에

앉아 기다리는 동안, 아버지는 화장실로 뛰어들더니 얼마 있다가 손수건으로 손을 닦으며 다가왔다.

"류, 뭐 마실래?"

아버지가 물었다.

"물요."

내가 또 퉁명스럽게 대꾸하자, 아버지는 매점으로 들어갔다가 생수와 당분이 거의 없는 캔커피를 양손에 들고 돌아왔다. '완벽하게'라고 표현하고 싶을 만큼 흐린 날씨였다. 갤 기미도, 비가 내릴 기미도 없었다. 구름이 이곳 하늘에 작정하고 머무는 듯했다.

"평일인데도 사람이 많네."

나는 차에서 속속 내리는 사람들을 멍하니 바라보며 말했다. 딱히 아버지에게 대답을 구한 것은 아니었지만, 아버지도 "그렇구나." 하고 나지막이 대답했다.

어쩐지 십 년 전 그때 일이 생각났다. 아버지는 불이 난 뒤 릴리가 사는 가구라자카에 피난 가 있던 나를 차로 데리러 왔다. 그때는 차가 하얀 카롤라였지만, 지금은 감색 크라운이다. 그러고 보면 그날도 어느 휴게소에서 이런 식으로 쉬었다 갔던 것 같다.

그때와 같은 데라는 기분이 들었다. 그러나 기본적으

로 고속도로 휴게소는 어디나 풍경이 비슷비슷하기에 확인할 방도가 없었다. 그때 아버지가 말했다.

"류."

내가 귀찮다고 생각하면서도 아버지 쪽을 돌아보자, 아버지는 어쩐지 거북한 표정으로 종이 쇼핑백에서 손수건에 싼 통 같은 것을 꺼냈다. 뜻밖이었다. 아버지가 그런 종이 쇼핑백을 들고 있는 것 자체를 그때 처음 알았다.

"이거."

아버지는 목에 담이 걸렸는지 에헴, 하고 헛기침을 크게 한 번 했다. 그러고는 아무 일 없었다는 듯한 표정을 띠고는 쉰 목소리로 말했다.

"너한테 줘야지, 줘야지, 하면서 내내 못 줬던 거다."

손수건은 흰색이고, 통은 높이가 15센티미터쯤. 하얀 손수건 너머로 주홍색 깡통이 비쳐 보였다. 손수건은 새것인 듯했고 매듭이 단단히 묶인 것이, 묶은 뒤로 한 번도 매듭을 풀지 않았다는 것을 알 수 있었다.

이게 뭐냐고 묻지 않았다.

"너한테도 보여 줘야 할지 의논했다만 쓰타코가 강력하게 반대하길래. 다음 날 저녁에 다 같이 다시 화장했어. 이건⋯⋯."

"고마워요."

나는 아버지의 말을 가로막고 말했다. 바다 이야기라
는 것을 알았다.

그 뒤, 나는 바다의 유골을 두 팔로 안고 차로 돌아갔
다. 들고 올 때 아버지가 사용했던 종이 쇼핑백은 화장
실 앞 쓰레기통에 버려졌다. 유골은 보기보다 훨씬 가벼
웠다. 꼭 웨이퍼과자 같은 게 든 느낌이었다.

그로부터 아버지는 화재에 관해서도, 바다에 관해서
도 일절 언급하지 않았다. 나는 그때 불 속으로 뛰어들
려는 내 어깨를 꽉 붙들었던 아버지의 팔 힘이 생각났
다. 그리고 문득 생각했다. 만약 그 화재가 지금 일어난
다면 그래도 아버지는 나를 붙들까.

도쿄에서 앞으로 살 집을 찾을 때, 나는 부동산 중개
소 할아버지가 보여 주는 구조가 비슷비슷한 몇몇 집을
구경하며 늘 뭔가를 찾고 있었다. 그것은 산이었다.

대학 입시 때문에 도쿄 도심에 가면 영 마음이 편하
지 않았다. 공기가 나빠서, 사람이 많아서, 네온사인이 눈
을 피로하게 해서 등 원인은 여러 가지가 있었겠지만, 어
느 날 나는 퍼뜩 깨달았다. 산이 보이지 않는 탓이었다.

호타카에서 살았을 때도, 마쓰모토로 옮긴 뒤로도 시야 어딘가에 반드시 능선이 보였다. 호타카의 경우는 그야말로 북알프스의 산들이 커다란 울타리를 둘러쳐 주는 느낌이었고, 마쓰모토에서도 늘 산에 둘러싸여 있었던 터라 그게 보호를 받는 듯한 안심감으로 이어졌다. 그러나 도쿄에는 절망적이리만큼 산이 없었다.

나는 무의식중에 방 창문으로 산이 보이는 곳을 찾고 있었던 것이다. 릴리의 집이 가구라자카에 있다는 것을 생각하면 좀 더 도심에 가까운 곳에 살고 싶다는 마음은 있었다. 교통이 편리해 주오선과 이노카시라선을 둘 다 이용할 수 있는 기치조지까지는 무리라도, 그 옆 역인 니시오기쿠보에서 약간 외진 곳으로 가면 그렇게 비싸지 않은 원룸을 빌릴 수 있을 것 같았다. 그러나 나는 역시 산이 보이지 않는 곳에서는 살 수 없으리라는 생각이 들었다. 산이 보이지 않으면 불안하다. 그래서 기치조지에서 조금 더 간 하치오지 근처의 니시고쿠분지에 살기로 했다. 여기라면 시간은 조금 걸려도 릴리가 사는 가구라자카까지 걸어서 갈 수 있는 이다바시와 거의 전철 한 번으로 연결된다.

여담이지만, 신슈 지방 애들은 안에서만 큰소리치고

밖에서는 꼼짝 못하는 성격이라 도쿄로 진학해도 주오 선을 따라 위치한 대학을 선택한다는 말이 있다. 무슨 일이 있으면 바로 꼬리를 말고 고향으로 도망가겠다는 심층 심리인지도 모른다. 주오선은 신슈로 연결되기 때 문이다. 내가 갈 대학도 물론 주오선 역에서 가까웠다. 내 경우는 다른 노선의 대학도 몇 군데 지원했는데 모 조리 떨어지고 남은 대학이 우연히 주오선에 있었을 뿐 이지만.

부동산 중개소 할아버지가 그 방 창문을 드르륵 열었 을 때, 내 눈에는 높직한 산이 확실하게 보였다. 건물은 낡고 그렇게 좋은 물건은 아니었지만, 여기라면 매일 창 문을 열기 즐겁겠다고 생각했다. 근처에 상가와 편의점 이 있는 것도 편리했고 집세도 시세보다 몇천 엔 쌌다.

아버지는 니시고쿠분지에 있는 연립 바로 앞에 크라 운을 세웠다. 연립은 '레모네이드 하이츠'라는 이름이었 다. 남자가 살기에는 다소 달짝지근한 이름이었지만 어 쩔 수 없다.

나는 바닥에 손을 받치고 엄숙하게 바다의 유골이 든 통을 들었다. 역시 속이 비었거나 웨이퍼가 든 게 아닐 까 싶을 만큼 가벼웠다.

내가 살 집은 203호다. 집주인에게서 받아 온 열쇠로 문을 열자, 페인트 냄새가 물씬 풍겼다. 이번이 두 번째인데도 벌써 친숙하게 느껴졌다. 여기가 앞으로 우리가 살 집이야. 나는 재가 된 바다에게 말했다.

이 집을 소개해 준 부동산 중개소 할아버지와 여기 집주인은 먼 친척뻘인 모양이다. 처음에 '레모네이드 하이츠'를 보러 왔을 때, 여기는 건물 자체는 딱히 좋지 않지만 집주인이 인품이 좋고 관리를 잘해서 한번 들어오면 사람들이 잘 나가려 하지 않는다는 이야기를 들었다.

아닌 게 아니라 좀 더 먼지가 쌓인 집을 상상했는데, 기분 좋을 정도로 깨끗이 청소돼 있었다. 마치 내가 도착할 시간에 맞춰 바로 조금 전에 물걸레로 바닥을 싹싹 닦은 것 같았다. 볕이 잘 드는 원룸이었다.

"짐 갖고 올 테니 넌 여기 있다 받아라."

아버지는 콩콩콩콩 소리 내어 계단을 올라오더니, 그렇게 말하고는 다시 서둘러 차로 돌아갔다.

나는 신발을 벗고 새집에 들어섰다. 그러고는 바다의 유골을 책꽂이 한 귀퉁이에 놓았다. 이 집에는 붙박이 책꽂이가 있었다. 페인트 냄새는 거기서 나는 듯, 거기만 유난히 새하얗게 보였다. 책꽂이가 있는 것도 이 집이 마음에 든 또 하나의 이유였을지 모른다.

창문을 열자 흐릿한 봄 냄새가 났다. 멀리 산이 아스라이 보였다. 저 산을 넘어 한참을 더 간 곳에 내가 나고 자란 고향, 신슈가 있다.

아버지 차로 실어 온 짐은 얼마 되지 않았다. 옷은 투명 수납 박스에 넣어 들고 왔기 때문에 통째로 붙박이장에 넣기만 하면 됐고, 코트와 셔츠도 옷걸이에 걸면 끝이었다. 식기며 세제는 수납장에 넣고 신발은 좁은 현관 앞에 늘어놓았다. 마쓰모토에서 가져온 만화책은 전부 책꽂이에 들어갔다. 이사란 좀 더 큰일일 줄 알았으므로 약간 맥이 빠졌다.

나는 청바지 뒷주머니에서 휴대전화를 꺼내 시간을 확인했다. 재수 생활을 시작했을 때 염원하던 휴대전화를 손에 넣었다. 학원에 다니며 붕어빵 가게에서 아르바이트를 했기 때문에 없으면 불편했다. 그 이래로 릴리와는 이따금 휴대전화로 연락을 주고받았다. 일상적인 통신이 남긴 발자취가 지금은 내 보물이었다.

"삼십 분 뒤에 짐이 올 건가 봐요."

나는 말했다. 파르코 무인양품에서 산 가전제품의 배달 시간을 열두 시에서 오후 두 시 사이로 지정했다.

"류, 점심은?"

아버지가 물었다.

"어째 배가 불러서요. 어머니가 아침부터 한 상 가득 차려 줬잖아요."

"호화롭더라."

아버지는 엷게 미소를 지으며 대답했다.

"나머지는 저 혼자 해도 돼요."

나는 말했다. 절반은 본심이었지만 나머지 절반은 얼른 아버지를 마쓰모토로 돌려보내려는 속셈 때문이었다. 이제 몇 시간 뒤면 릴리가 여기 올 것이라 생각하니 보이지 않는 꼬리를 마구 흔들어 대고 싶은 심정이었다.

"그러냐."

아버지는 선선히 말했다.

"정말 저 혼자서도 괜찮아요."

나는 애써 밝은 목소리로 대답했다. 그러고는 현관 앞에서 등을 돌리는 아버지에게 "고맙습니다."라고 했다.

"몸조심해라. 가끔은 엄마한테 전화해 주고."

아버지는 검은 가죽 구두에 발을 쑤셔 넣고 힘들게 구두끈을 매며 말하더니, 나를 한 번도 돌아보지 않고 연립 계단을 내려갔다. 아까처럼 통통통통 하는 위세 좋은 소리는 나지 않았다.

나는 불현듯 생각나 샌들을 꿰고 밖으로 뛰쳐나갔다. 연립 입구 앞까지 갔을 때 마침 아버지의 크라운이 출발했다. 나는 아버지의 정수리에 동그랗게 벗겨진 부분이 원반처럼 날아가는 것을 잠자코 배웅했다. 잠시 후에 무인양품에서 보낸 짐도 도착했다.

그 뒤, 나는 근처 상가에 마실 것 등을 사러 가기로 했다. 니시고쿠분지역 앞을 보고 여기에 비하면 그래도 마쓰모토가 더 도회지겠다 싶어 혼자 주먹을 불끈 쥐었다. 도쿄에도 다양한 표정이 있다는 것을 알았다. 니시고쿠분지는 조금만 걸어가면 넓은 밭과 과수원이 있고 나무도 많아 마쓰모토와 분위기가 그리 다르지 않았다.

나는 소리를 지르며 달려가고 싶은 기분이었다. 두 팔을 비행기처럼 좌우로 뻗고 사방을 뛰어다니고 싶은 충동이 들었다. 길었다. 정말, 정말 길었다. 마침내 릴리와 재회할 순간을 상상하기만 해도 절로 얼굴이 히죽거리는 것을 멈출 수 없었다.

페트병에 든 스포츠 음료와 스낵류, 릴리가 좋아할 성싶은 초콜릿을 잔뜩 사고, 마지막에 문득 생각나 우유와 꿀도 사서 의기양양하게 집으로 돌아왔다. '레모네이드 하이츠'라 쓰인 문패 밑을 지나려니 역시 어쩐지 창피했다.

집에 들어온 나는 짐에서 어머니가 챙겨 준 녹차 티백을 꺼내 아마도 태어나 처음으로 내가 마실 차를 직접 끓였다. 문득 릴리와 마지막으로 펜션 고이지에서 만난 날, 기쿠 할머니가 우리에게 끓여 준 녹차가 생각났다. 얼룩 하나 없이 깨끗한 찻종에서 아름다운 비취색 액체가 빛났다. 마치 손안에 지구를 안고 있는 기분이었다.

차를 마시고 난 뒤 이쯤에서 해야 할 일이 하나 있었다. 바다와의 대면이다. 휴게소에서 아버지가 건네주었을 때부터 줄곧 마음에 걸렸다.

나는 심호흡을 하고 마음을 가라앉힌 뒤, 책꽂이 구석에 두었던 그것을 두 손으로 들어 바닥에 내려놓았다. 매듭은 아니나 다를까 단단히 묶여 있었다. 속에 든 것을 보이기를 거부하는 것 같기도 하고, 누구에게도 속에 든 것을 보여 주지 않겠다는 어떤 의지의 표현 같기도 했다. 손끝에 힘을 주어 천천히 매듭을 풀자 튀김과자를 넣어 두는 깡통이 나타났다.

"바다."

나도 모르게 소리 내어 불렀다.

기다려.

나는 깡통을 옆으로 비켜 놓고 손수건을 정성스럽게 접었다. 그러고는 접은 손수건 위에 깡통을 얹고 조심스럽게 뚜껑을 열었다. 뚜껑이 쑥 올라왔다. 폭, 하고 가벼운 한숨 같은 소리가 났다.

나야.

속으로 조용히 바다에게 말했다.

속을 들여다보니 하얀 모래 같은 것과 산호 같은 뼛조각 몇 개가 보였다. 기분 탓일지도 모르지만 깡통 속에서 탄내 같은 냄새가 풍겼다.

나는 조용히 깡통 속에 손을 넣었다. 종유굴 안처럼 서늘한 공간이었다. 딱딱한 물체에 손끝이 닿았기에 꺼내 보니 마른 뼛조각들 사이에서 바다의 목걸이가 나왔다. 불에 타서 빨간색을 알아보기 힘들었다.

바다는 목이 이렇게 가늘었구나.

멍하니 그런 생각을 했다.

자세히 보니 목걸이에 흰 털 몇 가닥이 붙어 있었다. 일부가 불에 타 숯처럼 그슬렸다.

"얼마나 뜨거웠니. 얼마나 아팠어. 내가 대신해 주지 못해서 미안하다."

나는 소리 내어 말했다.

바다를 만나고 그리고 헤어진 지 어느새 벌써 십 년 가까이 지났다. 그사이에 한시도 바다를 잊은 적이 없었다. 초등학교까지 묵묵히 걸어 다닐 때도, 릴리와 붙어 장난을 칠 때도, 입시 공부를 할 때도, 고등학교 운동장에서 축구공을 차던 때도, 기쿠 할머니의 밭에서 땀 흘리며 일할 때도, 재수생 시절에 붕어빵 가게에서 아르바이트를 할 때도, 바다는 언제나 내 마음속 한가운데에서 보조개를 지으며 웃고 있었다.

"줄곧, 줄곧 보고 싶었어."

눈물이 깡통 바닥으로 빨려 들었다.

"바다, 그때 구해 주지 못해서 정말 미안."

나는 바다의 목걸이를 꽉 쥐고 말했다. 그 말을 꼭 바다에게 하고 싶었다. 바다는 영원히 그날 그대로인데 나는 벌써 스무 살을 눈앞에 두고 있었다. 그저 미안한 마음뿐이었다.

"미안하다."

나는 또다시 사과하고 바닥에 털썩 엎드렸다. 얼굴이 눈물과 콧물과 침으로 흠뻑 젖었다.

신이시여, 이 유골로 바다를 다시 한번 살려 낼 수는

없나요?

어떤 신이라도 상관없었다. 내 소원을 들어주기만 한다면 무릎을 꿇든 뭘 하든 상관없었다. 내 목숨과 맞바꾸라고 한다면 기꺼이 이 목숨을 내놓을 것이다. 지금도 늦지 않았다. 바다는 나 따위보다 릴리를 훨씬 더 행복하게 해 줄 것이다. 그런 생각이 들었다.

그때 딩동 소리가 났다.

"류, 있니? 나야."

어? 당황해서 휴대전화로 시간을 확인하니 아직 오후 네 시 전이었다. 릴리는 아르바이트가 있어서 여섯 시 넘어야 올 수 있다고 했는데. 그러나 그 목소리의 임자는 릴리가 아닌 다른 사람일 수 없었다.

"류?"

어쩔 줄 몰라 하는데 또 손바닥으로 문을 탁탁 치는 메마른 소리가 들렸다.

"잠깐만 기다려. 금방 열어 줄게."

어째 떠들썩한 코미디 같은 재회 장면이 될 듯했다.

나는 눈물과 콧물과 침을 서둘러 티슈로 닦았다. 그리고 바다의 유골을 담은 깡통에 도로 뚜껑을 덮고, 손수건으로 싸지 않은 채 그대로 책꽂이에 되돌려 놓았다.

부엌에 팽개쳐 놓았던 행주로 황급히 얼굴을 쓱쓱 문질 렀다. 이 이상 기다리게 했다가는 릴리가 이상하게 여길 것이다.

"미안, 지금 열게."

나는 밝은 목소리로 그렇게 말하고는 체인을 벗기고 문을 열었다. 그 순간, 여자애 특유의 달콤한 냄새가 풍 겨 머리가 어질어질해졌다. 무려 삼 년 반, 그렇게 보고 싶었던 릴리가 고상한 트렌치코트를 입고 정말 내 눈앞 에 서 있었다.

"릴리."

나는 입을 딱 벌렸다. 릴리는 더욱 매력적으로 변했 다. 이 기쁨을 어떻게 표현하면 좋을지 알 수 없었다. 나 는 폭풍우 몰아치는 날의 자동차 와이퍼처럼 보이지 않 는 꼬리를 세차게 흔들었다.

"자, 얼른 들어와."

나는 애써 냉정하게 그렇게 말하고는 릴리를 안으로 안내했다. 그러고는 황급히 상자를 뒤져 새로 산 슬리퍼 를 꺼냈다. 릴리 전용 슬리퍼다.

릴리는 공주님이 신는 것 같은 새빨간 에나멜 펌프스 를 신고 있었다. 아닌 게 아니라 나와 똑같은 스니커즈로는 이제 미흡하다고 할지, 어울리지 않을 듯했다.

"그새 미인이 다 됐어."

나는 꼭 친척 아저씨 같은 기분으로 릴리를 머리끝부터 발끝까지 뜯어보며 말했다.

"너야말로 성인 남자가 다 됐는걸."

릴리는 매우 고상하게 웃으며 대답했다. 그러더니 "너 지금 내가 너무 보고 싶어서 울었지?"라고 말을 이었다.

나는 당황하는 한편으로 감탄했다. 어쩐지 아주 어렸을 때 릴리가 생각나는 말투였다. 다른 사람 얼굴에 티끌이 붙어 있으면 티끌이 붙었다고 분명히 말하고, 누가 상처에 반창고를 붙였으면 반창고를 떼어 상처를 확인하는 듯한, 그런 릴리가 눈앞에 있는 것 같아 옛날 생각이 났다.

"응, 뭐."

나는 우선 슬쩍 넘겼다.

"집이 참 좁구나. 하지만 어쩐지 반침에서 술래잡기하는 것 같아 마음이 차분해지는 집인걸."

릴리는 트렌치코트의 단추를 끄르며 말했다. 아닌 게 아니라 릴리가 사는 호화로운 아파트에 비하면 내 집은 반침 수준으로 작아 보일 것이다.

릴리는 창가로 가 경치를 내다보았다. 릴리의 눈에도 높직한 푸른 산이 보일 것이다.

"이쪽으로 왔더니 갑자기 꽃가루 알레르기가 생겼나 봐."

나는 아직 콧속에 남아 있던 콧물을 호쾌하게 팽 풀며 변명처럼 말했다.

"괜찮아?"

그녀가 어리둥절한 표정으로 가까이서 나를 살피며 걱정스레 물었다.

사실은 머릿속으로 재회 장면을 다양하게 연출해 봤었다.

현관 앞에서 우선 릴리를 꽉 끌어안을까. '드디어 만났구나.' 같은 멋 부린 대사를 읊어 볼까. 경우에 따라서는 만나자마자 바로 쓰러뜨려 이부자리로 안고 가는 것도 괜찮을지도. 그러나 실제로는 그중 어느 것도 실행에 옮기지 못했다.

"거기 적당히 앉아."

나는 약간 애석하게 생각하며 말했다.

릴리는 방석을 옮겨 내가 바로 몇 분 전까지 엎드려 울던 곳에 앉았다. 검은 타이츠를 신은 다리가 묘하게 요염했다.

"릴리, 차 마실래? 아니면 꿀 넣은 우유도 있는데."

나는 주위를 두리번거리는 릴리에게 말했다.

"따뜻한 차가 좋겠어."

릴리는 말했다. 그 말투는 마치 과거에 자신이 꿀 넣은 우유를 좋아했던 것을 까맣게 잊어버린 듯했다. 나는 주전자에 물을 가득 채웠다.

가스레인지로 물을 끓이는 동안, 릴리가 약간 추워하는 것 같기에 내 오리털 재킷을 무릎담요 대신 빌려주었다. 릴리가 내 집에 있건만 전처럼 끌어안거나 키스를 할 타이밍을 가늠할 수 없었다.

릴리에게는 캐모마일차를 끓여 주었다. 머그잔이 하나밖에 없어서 아까 내가 썼던 것을 가볍게 헹구었다. 뜨거운 캐모마일차를 릴리에게 갖다주자, 그녀는 정좌를 하고 앉아 머그잔을 두 손으로 받았다.

"화아."

산들바람에 날려 가는 듯한 동작을 하면서 릴리가 말했다. 내가 있는 곳까지 캐모마일 향기가 희미하게 풍겼다. 캐모마일은 기쿠 할머니가 밭 구석에서 기른 것이다. '재배'했다기보다는 자연히 나서 자란 것에 가까운 상태였다.

말리면 차가 된다고 해서 나는 조금씩 꽃을 따다가 날씨가 좋을 때 건조시켰다. 잠이 오지 않을 때는 이걸로 밀크티를 끓여 마시면 잠이 잘 온다고 했다. 기쿠 할머니도 가끔 마시는 듯했다.

그나저나 캐모마일차를 마시는 릴리를 보기만 해도 행복했다. 문득 내가 바다가 아닐까 하는 착각이 들었다. 바다도 곧잘 릴리 앞에 예의 바르게 앞발을 모으고 앉아 온화한 표정으로 그녀를 쳐다보곤 했으니까.

나는 바다가 다시 태어난 모습일지도 모른다.

그런 생각이 들었다.

그날 목숨을 잃은 바다의 영혼이 내 몸에 깃들어, 그 이래로 나는 '다치바나 류세이'가 아니라 개 '바다'로서 살고 있는 게 아닐까.

내가 바다라고 생각하니 한없는 안심감이 나를 감쌌다. 그래, 그랬구나. 묘하게 납득이 된 기분이었다.

그때 릴리의 배에서 꼬르륵 소리가 났다.

"배고프다."

릴리가 기쿠 할머니의 말투를 흉내 내서 말했다.

"뭐 먹을래? 엄마가 만든 주먹밥은 많이 있는데."

나는 말했다.

"주먹밥 말고 뭐 단거 없어?"

릴리가 여전히 과자를 좋아한다는 것을 알고 기뻤다.

"아까 초콜릿 사다 놨어."

"초콜릿? 어떤 건지 봐도 돼?"

나는 냉장고에 넣어 두었던 초콜릿을 꺼내 왔다. 꽤 세련되어 보이는 수입 식품점을 발견하고 그곳에서 사 왔다.

"음, 어떻게 할까."

릴리는 약간 난처한 표정으로 중얼거렸다.

"아!"

그때 퍼뜩 떠오른 게 있었다.

"혹시 이게 맘에 들면 먹어도 돼."

아까 위층 사람에게 인사하러 갈 때 들고 갔던 가이운도의 과자였다. 이사 간 뒤라 못 주고 도로 들고 왔다.

"자."

나는 릴리에게 통째로 주었다.

"가이운도가 마쓰모토에 있는 전통과자 가게 아니었던가?"

릴리가 나를 올려다보며 말했다. 눈썹이 가지런했다. 바로 위에서 릴리를 내려다보니, 어쩐지 릴리가 방바닥에서 자란 신기한 튤립처럼 보였다.

"그럼 이걸로 먹을게."

"그래."

나는 손을 뻗어 릴리 옆에 있던 머그잔을 집어 들고 남은 허브티를 입에 머금었다. 달콤하고 봄 같은 맛이 났다.

"이거 분명히······."

릴리는 겉면에 수채화 터치로 백조가 그려진 상자를 보며 말했다.

"'백조의 호수'야. 그 근방에선 꽤 유명한 과자."

뚜껑을 열자 동그란 '백조의 호수'가 얇은 종이에 낱개 포장되어 들어 있었다. 포장지를 벗기면 과자에 백조 마크가 돋을새김으로 찍혀 있다.

"잘 먹겠습니다."

릴리는 조그만 목소리로 그렇게 말하고는 동그란 과자를 입에 쏙 넣었다.

"어째 텁텁하고 목이 메지 않아?"

나는 걱정이 되어 말했다. 어렸을 때부터 나는 이 과자를 먹으면 매번 축축해진 선향을 억지로 입에 문 기분이 들었다. 기쿠 할머니가 종종 불단에 바쳤기 때문에 향내가 뱄던 건지도 모른다.

"류, 혹시 이 과자 싫어하니?"

릴리가 변함없는 느낌으로 불러 줘서 마음이 놓였다.

"뭐랄까, 버석버석하잖아. 릴리, 다 먹어도 돼."

아무리 그래도 릴리가 좋아하며 먹는 것을 습기 찬 선향 같다고 표현할 수는 없었다.

"이거 말이지, 여름 방학에 널 마쓰모토역까지 마중 갈 때 가끔 기쿠 할머니가 사 주곤 했었어. 할머니도 이 과자를 좋아하거든."

나는 문득 생각나 말했다.

"그렇구나. 그래서 어쩐지 친숙한 느낌이 들었구나. 하지만 그때 먹었을 때보다 지금이 천 배는 더 맛있는걸."

릴리는 '백조의 호수' 포장지를 연달아 벗기며 말했다. 내가 있는 곳까지 뭐라 말할 수 없는 향불 같은 냄새가 감돌았다.

"마음에 든다니 잘됐네."

나는 말했다. 릴리와 같이 있는 시간의 감각이 조금씩 되살아났다. 하마터면 잊어버릴 뻔했으나 오늘이 릴리의 생일이라는 것도 생각났다.

원래는 릴리가 오기 전에 생일 케이크를 사다 놓을

생각이었는데, 릴리가 일찍 오는 바람에 그럴 수 없게
됐다. 어떻게 하면 좋을까 궁리하는데 릴리가 말했다.

"류, 나 어쩐지 졸려."

혹시 캐모마일차의 효과인지도 모른다. 릴리는 당장
에라도 바닥에 쓰러져 잘 것처럼 표정이 흐리멍덩했다.
그러더니 정말로 천천히 쓰러졌다.

"릴리, 그런 데서 자면 안 돼. 감기 들어."

나는 황급히 말했다. 릴리의 발치에 놓여 있던 머그잔
이 넘어질 것 같기에 우선 그것부터 싱크대로 치웠다.
휴대전화로 시간을 보니 아직 다섯 시 전이었다.

"류, 추워. 이불 덮을래."

릴리가 반쯤 잠에 빠진 것 같은 목소리로 말했다.

하여튼 참, 하고 생각하며 나는 얼른 자리를 폈다. 내
가 생각해도 무슨 원터치식 도구라도 쓴 양 신속한 동
작이었다. 침구 정돈은 펜션 고이지에서 스바루 아저씨
를 도와 자주 했기 때문에 익숙했다.

"자, 이쪽으로 와."

그러나 릴리는 움직이지 않았다. 하는 수 없이 릴리의
두 팔을 끌어 이부자리 옆까지 간신히 이동시켰다.

"릴리, 잠깐만 일어나서 요 위에 누워."

나는 릴리의 귓가에 대고 말했다. 그러나 엉덩이를 두들겨도 코끝을 간질여도 릴리는 꼼짝도 하지 않았다.

문득 중학교 때 스바루 아저씨가 가르쳐 준 여자애를 다루는 법이 생각났다. 아저씨는 레코드판을 조심스럽게 뒤집으며 류, 여자를 다룰 땐 이렇게 조심조심 소중하게 다루는 거다, 하고 가르쳐 주었다. 그러나 지금은 그런 식으로 주의 깊게 릴리를 다룰 수 있는 상황이 아니었다.

몇 번 시도한 끝에 겨우 릴리를 요 위로 옮겼을 때 내 등과 목덜미는 땀으로 살짝 젖어 있었다.

이거야 원, 하며 나는 릴리에게 이불을 덮어 주었다. 아직 상표도 떼지 않은 이불이었지만 그냥 넘기기로 했다. 일어서자 나도 모르게 후우 하고 크게 한숨이 나왔다.

릴리가 자는 사이에 생일 케이크를 사 와야겠다 싶어서 되도록 소리가 나지 않게 주의하며 나갈 채비를 했다.

"류, 이것 좀 벗겨 줘."

마지막으로 열쇠를 집었을 때, 릴리가 이불 속에서 꼼지락거리며 말했다. 잠이 든 줄로만 알았으므로 깜짝 놀랐다.

나는 이부자리 쪽으로 돌아가 릴리가 입은 베이지색 카디건을 힘들여 벗겼다. 미니스커트를 입은 탓에 릴리의 허벅지가 고스란히 보였다. 릴리는 카디건 안에도 그와 세트인 반소매 니트를 입고 있었다. 질 좋은 게 느껴지는 니트는 감촉이 꼭 산토끼 털 같았다. 목에서는 진주 목걸이가 광채를 발했다.

카디건을 들고 일어서려는데 릴리가 "더 벗을래." 하고 흐리멍덩한 목소리로 말했다.

"다 벗으면 감기 걸려."

날이 풀렸다고는 하나 아직 3월이다. 이런 때 방심하면 금세 병난다. 모르는 척하고 일어서려 하자 이번에는 릴리가 발목을 꽉 잡았다.

나는 하는 수 없이 릴리의 요구에 따랐다. '하는 수 없이'라는 표현에는 약간 어폐가 있을지도 모르지만. 우선 불편할 것 같아서 데님 스커트를 벗겼다. 그리고 망가지면 안 될 것 같아서 진주 목걸이도 끄르기로 했다. 고생해서 목걸이를 풀고 이제 다 됐다고 생각했는데 릴리가 또 "다 벗을 거야."라고 흐물흐물한 목소리로 말했다. 그래서 나는 정말 릴리를 벌거벗겼다.

옷을 입었을 때는 어쩐지 어른스러워 릴리가 조금 먼

존재처럼 느껴졌는데, 이렇게 벗겨 놓으니 릴리는 내가
알던 릴리와 100퍼센트 똑같았다. 허리가 잘록하게 들
어간 만큼 아랫배가 살짝 뽈록 나온 게 또 귀여웠다.

나는 큰일을 하나 끝낸 듯한 기분이 들었다. 이제 드
디어 생일 케이크를 사러 갈 수 있겠다고 소리를 내지
않고 살며시 일어나는데 릴리가 또 발목을 단단히 잡았
다. 하마터면 넘어질 뻔했다.

"너도."

"어?"

"너도 옷 벗고 이리 오라니까."

뭐야, 그런 거였나. 그럼 그렇다고 분명히 말하지.

갑자기 해야 할 일의 우선순위가 명확해졌다. 나는 부
리나케 옷을 벗고 이불 속에 들어갔다. 생일 케이크는
이제 됐다고 생각했다. 이불 속에서 릴리와 포옹하는 편
이 훨씬 중요하다. 이불은 릴리의 체온으로 따스했다.

내 품 안에서 릴리는 갓 태어난 아기 같은 표정을 띠
고 있었다. 그녀가 내 등에 팔을 둘렀다. 릴리와 이러고
있으니 정말 기분 좋았다. 피부가 매끌매끌해서 꼭 찹쌀
떡 같다. 가슴도 보들보들해서 기분 좋았다.

"드디어 만났구나."

릴리가 우물우물 잠꼬대하듯 말했다.

나는 릴리의 입술에 딱 한 번 가볍게 입을 맞추었다. 기분 탓일지도 모르지만 릴리의 입술에서 '백조의 호수' 맛이 났다.

그러나 그 이상은 하지 않았다. 릴리의 팔에 안겨 그녀가 원한 게 이것이었음을 이해했다. 이상하게도 좋아해 마지않는 릴리와 알몸으로 한 이불 속에서 끌어안고 있는데도 야한 생각은 들지 않았다. 성욕이 아닌 더 깊디깊은 부분에서 내가 넘치도록 만족했다는 게 느껴졌다. 가슴과 가슴을 맞붙이니 릴리의 심장 박동이 어렴풋이 느껴졌다. 그건 살아 있는 생물처럼 필사적으로 움직이고 있었다. 릴리의 입술이 살포시 벌어졌다. 귀를 기울이니 색색 숨 쉬는 소리가 들렸다.

아이 러브 유. 아이 러브 릴리.

내 몸에 깃든 세포 하나하나가 그렇게 외쳤다. 릴리를 품에 안고 나도 잠깐 눈을 붙이기로 했다.

다음에 눈을 떴을 때, 순간 내가 어디에 있는지 알 수 없었다. 이내 기억이 나 옆을 보니, 릴리가 내 몫의 이불까지 몸에 둘둘 말고는 옆으로 누워 몸을 웅크린 자세로 자고 있었다. 지금 몇 시인가 싶어 시선을 돌리자 창밖에 검은 어둠이 펼쳐져 있었다. 이쯤 되니 산은 보이지 않는다.

"류, 꽃구경 가자."

자는 줄 알았던 릴리가 말했다.

"그냥 이대로 있고 싶기도 한데."

"하지만 빨가벗고 안아 주기는 언제든지 또 할 수 있잖아."

'빨가벗고 안아 주기'라는 표현이 그럴싸했다.

"류, 나 꽃구경 가고 싶어. 역시 배도 살짝 고프고. 편의점에서 뭐 사 먹자."

"그러게. 모처럼 네 생일인데 아쉽게도 아직 집에 먹을 게 거의 없거든."

우리는 제1회 빨가벗고 안아 주기를 끝내기 전에 한 번 더 키스를 했다. 이번에는 아까처럼 귀여운 게 아니라 눈 감고 하는 진지한 키스였다.

도쿄의 편의점은 마쓰모토보다 환한 것 같다. 상품이 진열된 선반 사이로 릴리와 나란히 맴도는데, 어쩐지 우리가 신혼부부 같다는 생각이 들어 기분이 멋쩍었다. 좋아하는 사람과 같이 살면서 같은 집에서 나와 같은 집으로 돌아간다는 것은 분명 이런 기분이겠지, 하고 멍하니 생각했다.

"그러고 보니 릴리, 오늘 집에 안 가도 돼?"

나는 문득 마음에 걸려 물었다.

"친구네 집에서 생일 파티 한다고 하고 나왔어. 나도 이제 스무 살이고. 게다가 우리 부모는 너랑 사귀는 거 반대하지 않으니까 혹시 들켜도 괜찮아."

릴리는 가슴을 약간 펴고 말했다. 그녀는 귀찮다며 브래지어를 하지 않고 나왔다. 코트를 입었으니 남들이야 모르겠지만 실정을 아는 나는 안절부절못했다. 나는 릴리에게 거짓말하게 시킨 것을 약간 미안하게 생각했다.

낯익은 상품, 처음 보는 상품 등 이것저것 종류가 다양해서 보기만 해도 신이 났다. 새벽 두 시가 조금 넘은 시간이었는데도 편의점에는 사람이 가득했다. 어느새 릴리의 생일은 지나가고 말았다.

호타카에서 편의점이란 일부러 차를 타고 가는 곳이었다. 지금이야 몇 군데 생겼지만 전에는 편의점 자체가 아예 없었다. 마쓰모토에는 아무리 그래도 몇 곳 있었지만 도쿄만큼 많지는 않았던 것 같다. 도쿄에 올라와 나는 우선 편의점의 수에 놀랐다.

"류, 정했어?"

그런 생각을 하는데 릴리가 불렀다. 릴리는 내 팔에 자기 팔을 단단히 감고 있었다. 깨끗한 유리에 비친 우리는 정말 평범한 커플로 보였다. 키도 이제 내가 릴리보다 훨씬 컸다.

"이걸로 할까."

나는 선반에서 컵누들을 집었다.

"무난한 선택이네."

릴리가 가볍게 놀리듯 말했다.

"그래도 역시 이거만 한 게 없다고."

나는 그렇게 대꾸하며 가장 정통파라 할 빨간 라벨 간장 맛으로 집어 바구니에 넣었다.

"넌?"

"글쎄. 파소금돼지갈비 맛도 당기는데."

"뭐야, 그게? 마쓰모토엔 그런 거 없었어."

"갈비 맛인데 레몬 향이 나. 물론 진짜 레몬은 아니지만."

릴리가 가르쳐 주었다.

"포크란 것도 있구나. 처음 알았네."

나는 신기해서 이것저것 자세히 살펴보며 말했다.

"그건 생강돼지고기구이 맛이 나."

릴리가 그런 것을 안다는 사실이 뜻밖이었다.

"릴리, 컵누들 세계에 환하구나."

나는 말했다.

"그게 그럴 만한 게, 우리 아빠는 원래 컵누들이 좋아서 일본에 살고 싶어 일본에 부인을 둘이나 둔 사람인걸. 컵누들은 일본이 세계에 자랑할 수 있는 위대한 음식 문화래."

"그렇구나."

나는 말했다. 화재 직후 가구라자카에서 처음 본 릴리의 아버지가 컵누들 마니아라니 처음 듣는 이야기였다. 아니, 어째 굉장한 이야기다. 컵누들이 한 인간의 인생을 크게 바꿔 놓았다는 말 아닌가.

"난 그럼 카레로 할래. 시푸드도 당기지만."

릴리도 충분히 무난한 선택이다. 그러더니 릴리는 나비처럼 팔랑팔랑하는 걸음걸이로 계산대로 다가갔다.

계산을 하고 뜨거운 물을 부어 밖으로 들고 나왔다. 릴리가 정확히 삼 분을 재야 한다기에 나는 휴대전화를 꺼내 시간을 확인했다.

릴리는 근처 기숙사에 미대 다니는 친구가 살아서 한

번 놀러 온 적이 있는 듯 "이쪽이야, 이쪽."이라며 '레모네이드 하이츠'와는 반대 방향으로 걷기 시작했다. 어디서 부드러운 꽃향기가 났다. 릴리가 즐겁게 콧노래를 흥얼거리기 시작했다.

릴리를 따라가는 사이에 점점 고요한 골목길로 깊숙이 들어섰다. 심야의 주택가다 보니 다니는 사람이 아무도 없다. 손에 든 컵누들 뚜껑 틈새로 뭐라 말할 수 없이 식욕을 자극하는 냄새가 새어 나왔다.

"간장 맛은 일본 사람 입맛에 맞도록 연구를 아주 많이 했대. 맛은 옛날이랑 거의 똑같다나 봐. 그리고 간장 맛이 발매된 그다음 해에 튀김 메밀국수 맛이란 것도 나온 모양이야. 그거 아직까지 우리 집 부엌에 보관돼 있다. 전 세계의 컵누들을 수집하는 게 아빠 취미거든."

"굉장한 취미인데."

그렇게 대답했을 때 마침 삼 분 경과했다. 그리고 그와 거의 동시에 릴리가 "다 왔다!"라고 했다.

눈앞에 커다란 능수벚나무가 우뚝 서 있었다. 거뭇거뭇하고 당당한 줄기에서 겹겹이 뻗어 나간 가지에 벚꽃이 거품처럼 흐드러지게 피어 있었다. 완벽하게 활짝 핀 벚꽃이었다. 하늘이 그곳만 저물녘처럼 어슴푸레 환했다.

우리는 벚나무 줄기에 다가붙듯 섰다.

"잘 먹겠습니다."

그렇게 말하고는 앞니를 이용해 나무젓가락을 쪼갰다. 뚜껑을 열자 김이 벚꽃을 향해 피어올랐다. 젓가락을 쑥 꽂고 전체를 한 번 크게 휘저은 다음 면을 집었다.

후, 하고 입김을 크게 불었다가 단숨에 빨아들였다. 후루루루룩. 옆에 선 릴리 쪽에서도 똑같이 후루루루룩 소리가 들려왔다. 둘 다 정신없이 면을 연신 들이마셨다.

"맛있다."

나도 모르게 신음하듯 말했다. 옆에서 릴리가 먹는 컵누들의 카레 냄새도 흘러왔다. 한입 후루룩 먹을 때마다 기운이 솟았다.

"맛있네."

릴리도 후후 입김을 불며 필사적으로 카레 맛 컵누들을 먹었다. 나도 질세라 먹었다. 꼭 둘이서 빨리 먹기 경쟁을 하는 것 같았다.

등을 둥글게 만 새빨간 새우를 어금니로 씹으니 바다 냄새의 엑기스가 찍 튀어나왔다. 노란 달걀은 폭신폭신하고, 깍둑썰기를 한 고기도 감칠맛이 응축되어 있었다. 파는 하늘에서 흩날리는 녹색 색종이 같았다. 배 속 깊은 곳부터 몸이 후끈 달아오르는 게 느껴졌다.

"이것도 먹어 볼래?"

릴리가 말하기에 우리는 컵을 교환했다.

카레 맛도 맛있었다. 큼직하게 썬 감자가 포슬포슬 부드럽고, 걸쭉한 수프가 면과 잘 어울렸다.

"역시 카레 맛도 맛있는걸."

나는 축구부 연습이 끝나고 친구와 함께 먹었던 기억을 떠올리며 말했다. 주위에 컵누들 냄새가 떠돌았다. 위를 올려다보니 벚꽃이 조용히 우리를 지켜보고 있었다. 그곳만 커다란 나일론 파라솔을 편 것 같았다.

지금까지 호타카에서든 마쓰모토에서든 특별히 벚꽃을 아름답다고 생각한 적이 없었다. 그러나 도쿄에서 보는 벚꽃은 각별했다. 건드리면 훅 꺼질 듯한 아름다움이었다.

"아, 만족스럽다."

"맛있었어."

릴리의 입술 끝에 노란색 카레수프가 살짝 묻었기에 키스하는 척하면서 혀끝으로 그것을 날름 핥아 없앴다.

"둘이서 꽃구경을 하면서 컵누들을 먹을 줄은 몰랐어, 이 기념비적인 재회의 날에."

"그러게 말이야."

나도 말했다. 행복이란 이런 것을 말하는지도 모른다는 생각이 들었다. 구태여 먼 외국으로 여행을 간다든지 호화 여객선을 타지 않아도 우리는 백몇십 엔짜리 컵누들로 이렇게도 몸과 마음이 만족했다. 컵누들 최고! 라고 생각했다. 전 세계의 컵누들을 모으는 게 취미라는 릴리 아버지의 기분을 알 것 같았다.

나는 다시 한번 꽃이 활짝 핀 벚나무를 바로 밑에서 올려다보았다. 사과꽃과 비슷하지만 벚꽃은 고개를 수그리고 꽃을 피운다. 사과꽃은 파란 하늘이 잘 어울리지만 벚꽃은 밤이 어울린다고 생각했다. 아무도 모르게 조용히 꽃을 피운 모습은 어쩐지 나무 자체가 사색에 잠긴 듯 보였다.

"그만 가자."

나는 릴리의 손을 잡아 주머니에 넣었다.

자세히 보니 도쿄의 밤하늘에서도 별을 몇 개 발견할 수 있었다. 꼭 발광 다이오드처럼 창백하다.

"도쿄에서도 별이 보이는구나."

나는 말했다. 비록 빛은 희미할지언정 호타카에서 보던 것과 같은 별이 도쿄에서도 빛난다고 생각하니 어쩐지 무척 마음이 놓였다.

대학에 입학해서 좋았던 점은 우엉을 만났다는 것이다.

오키나와의 작은 낙도 출신인 우엉은 나와 같은 법학부에 입학한 학생이었다. 처음에 아이우에오 순으로 자리가 배정됐을 때 우연히 옆자리에 앉았다. 본인이 우엉이라 불러 달라고 하기에 나도 신경 쓰지 않고 처음부터 그냥 우엉이라고 불렀다. 우엉은 초등학교 때 이미 우엉이라는 애칭으로 불렸다고 한다.

별명의 유래를 듣지 않아도 우엉을 보기만 하면 왜 그렇게 불렸는지 한눈에 알 수 있었다. 우엉은 살빛이 검고 호리호리한 데다, 무슨 생각을 하는지 잘 알 수 없는 표표한 부분이 있었다.

우엉은 현역 입학이라 나이는 나보다 한 살 아래였다. 게다가 나는 입학하고 바로 생일을 맞이해 스무 살이 된 터라 실제로는 두 살이나 차이가 났다. 하지만 우엉과 있으면 그런 것은 조금도 신경 쓰이지 않았다.

우엉과는 처음부터 묘하게 죽이 맞아, 같은 수업을 들을 때는 대개 옆자리에 앉곤 했다. 우엉은 술을 한 방울도 못 마셨는데 그런 점도 우엉과 내가 마음이 맞은 이유 중 하나였을지 모른다.

수업이 끝나면 우리는 곧잘 학교 근처에 있는 과일 디저트 카페에 가서 한참을 이야기하곤 했다. 우엉은 온전히 바다에서 자랐고 나는 온전히 산에서 자랐다. 우엉이 '바다'라는 말을 할 때마다 내 마음의 일부가 꿈틀했다.

그러고 보니 아직 본격적인 바다에 가 본 적이 없다고 내가 말하자, 우엉도 바다를 산으로 바꿔 똑같은 말을 했다. 나는 눈앞에 바다가 무한히 펼쳐져 있는 광경은 상상하는 것조차 쉽지 않았다.

"다음에 우리 본가에 놀러 와."

어느 날 우엉이 말했다. 우리는 과일 디저트 카페에서 딸기롤케이크를 반씩 나눠 먹는 중이었다.

"너도 분명히 맘에 들 거다."

"고맙다. 너도 우리 집에 놀러 와. 호타카는 역시 여름이 좋을 것 같지만. 기본적으로 시원하니까. 한여름에도 에어컨 같은 게 거의 필요 없거든."

"그거 최고잖아. 그럼 여름 방학에 먼저 너희 본가에 놀러 갔다가 겨울 방학이나 봄 방학에 같이 우리 집에 가자. 서로 자고 오기 하는 거야."

우엉이 말했다. '자고 오기'라는 표현이 릴리가 말했

던 '빨가벗고 안아 주기'만큼 쑥스러웠다. '우리 집'이라
고 했을 때 내 뇌리에 떠오른 것은 기쿠 할머니와 스바
루 아저씨가 있는 펜션 고이지였다.

우리는 일단 골든 위크에 같이 디즈니랜드에 가기로
했다. 릴리에게도 말했지만 그녀는 그날 언니 라라 씨의
결혼식에 참석하기 위해 오사카에 가야 했다.

우엉과 나란히 '하늘을 나는 덤보'를 타며 본 석양은
평생 잊지 못할 것이다. 상공이 짙은 감색이고 지상에
가까운 쪽이 분홍색으로 물들어 있었다. 어쩐지 하늘 전
체가 연인들을 사랑에 빠지게 하는 마법의 칵테일 같았
다. 초저녁 첫 별이 반짝 빛났다.

우엉이 버튼을 조작해 조종하자 덤보는 둥실둥실 상
공과 지상 부근을 이동했다. 아이들 탈것이니 그렇게 높
이 올라가지는 않을 텐데도 손이 하늘까지 닿을 것처럼
느껴졌다. 점점 덤보의 등에 올라타 정말 하늘을 나는
듯한, 무척 유쾌한 기분이 들었다.

감동한 나머지 눈물이 글썽했다. 릴리와 바다도 같이
타고 있었다면 훨씬, 훨씬 즐거웠을 텐데. 아래서 어떤
일이 벌어지든 누구에게나 평등하게 이렇게 아름다운
광경을 보여 주다니 하늘은 참 통도 크다고 생각했다.

"오늘 너하고 와서 정말 좋았다."

겨우 일 분 반의 공중 유영을 마치고 지상에 내려선 우엉은 실감 어린 어조로 말했다.

"나도 너하고 같이 디즈니랜드에 와서 진짜 좋았다."

우리는 꼭 사귀기 시작한 지 얼마 안 되는 연인들 같은 대화를 진지하게 주고받았다.

피날레를 장식할 불꽃놀이가 시작되기 전에 나는 우엉을 따라 기념품 매장에 갔다. 정말 엄청나게 많은 종류의 기념품이 질서 정연하게 진열된 가운데, 우엉도 다른 사람들과 마찬가지로 경쟁이라도 하듯 이것저것 사 들였다. 나는 돈이 별로 없었던 터라 릴리에게 줄 선물만 골랐다.

불꽃놀이가 아름다웠던 것은 말할 필요도 없으리라. 완벽한 허구의 세계라는 것을 아는데도 가슴에 뭔가가 서서히 스며들었다. 문득 궁금해져 뒤를 돌아보니, 우리 말고도 많은 사람이 똑같이 밤하늘을 올려다보고 있었다. 할아버지, 할머니 부부도 있었다. 휠체어를 탄 사람도 있었다. 아직 걸음마도 못하는 유모차를 탄 갓난아기도 있었다. 나와 릴리 같은 젊은 커플도 있었다. 그리고 그곳에 있는 모든 사람의 눈동자에 불꽃놀이의 상이 조그렇게 비쳤다. 누구나 어렸을 때 느꼈던 순수한 뭔가가 생각날 것 같은 표정이었다. 다들 행복해 보였다. 그곳에 나와 우엉도 있다는 사실이 그렇게 근사할 수 없었다.

나는 감동한 나머지 또 약간 눈물이 나려 했다.

고맙다, 우엉.

마지막 불꽃놀이를 올려다보며, 나는 이곳에 같이 와 준 우엉에게 다시 한번 마음속으로 정중히 감사 인사를 했다.

"쥐 랜드 데이트는 즐거웠어?"

우엉과 디즈니랜드에 간 다음다음 날, 점심 무렵까지 자는데 릴리에게서 휴대전화에 전화가 왔다. 마쓰모토에 있을 때는 그렇지도 않았으나 내가 도쿄에 올라온 뒤로는 우리 관계에서도 휴대전화가 필수품이 됐다. 나는 릴리의 말투에 약간 울컥하면서도 대답했다.

"아주 재미있었어. 너한테 줄 선물 사 왔는데."

"귀지?"

"뭐?"

"미키마우스 귀처럼 생긴 머리띠 아냐? 너 같으면 분명히 그걸 샀을 것 같은데. 나한테 어울릴 거라고."

"네가 좀 더 좋아할 것 같은 거야."

나는 대답했다. 정말 릴리가 좋아할지 어떨지는 자신 없었지만.

"그럼 가지러 갈게."

"지금?"

"지금 이다바시에 있으니까 한 시간쯤 걸릴 거야."

그러더니 릴리는 일방적으로 전화를 끊었다.

릴리는 정말 한 시간 조금 더 뒤에 '레모네이드 하이 츠'로 왔다. 도중에 장을 봤는지, 양어깨에 멘 장바구니에 식료품이 가득 들어 있었다. 릴리는 솜씨 좋게 점심을 차려 주었다.

나는 릴리가 만든 특제 숙주볶음국수를 굶주린 야수처럼 게걸스럽게 먹어 치우고 그 자리에 벌렁 드러누웠다. 어쩐지 그녀와 정말 결혼한 기분이었다.

릴리가 그제야 알아차리고 말했다.

"소파가 있네?"

"응, 저번에 샀어. 한번 앉아 봐."

나는 누운 채로 말했다. 릴리가 만든 볶음국수라면 좀 더 먹을 수 있을 것 같았다. 그렇지만 이대로 이렇게 행복한 생활을 계속하다가는 순식간에 살찌겠다는 생각도 들었다.

창밖에서 이웃집 아이가 아버지와 캐치볼을 하는 소리가 들려왔다. 활짝 열어젖힌 창문으로 퍽, 퍽, 하고 공이 글러브에 빨려 드는 소리가 규칙적으로 들렸다. '평화'를 그림으로 그린 것처럼 평온한 휴일이었다.

"오사카는 어땠어?"

나는 퍼뜩 생각나 누워서 팔짱을 낀 자세로 천장을 올려다보며 릴리에게 물었다.

"재미있었어. 꼬치튀김이랑 오코노미야키랑 다코야키랑 볶음국수밥이랑 죄다 맛이 똑같긴 해도 맛있더라. 결혼식 사진 볼래?"

"그래."

나는 천천히 일어나 앉으며 말했다.

릴리가 소파에 앉기에 속으로 쾌재를 부르며 즉각 나도 소파로 자리를 옮겼다. 정말 커플이 나란히 앉으면 딱 좋은 사이즈였다. 그냥 평범하게 앉아도 몸과 몸의 어느 부분이 반드시 맞닿는 느낌이다.

"이게 스미요시 대사에 갈 때 건너는 다리."

"아치형이구나. 앞쪽에서 보니까 꽤나 비탈이 가파른데."

"응. 그리고 이게 신사 경내."

"운치가 있는걸."

"그리고 이게 라라 언니랑 남편."

사진을 본 순간 굉장하다는 생각이 들었다.

하오리 하카마를 입은 흑인 남자가 바윗덩어리처럼 서 있고, 그 옆에 어른이 된 라라 씨가 있었다.

"그렇군. 국적은 영국이지만 원래는 자메이카 사람이니 말이지."

"응. 언뜻 보면 무서워 보여도 굉장히 다정하지, 예의 바르지, 아주 좋은 사람이야."

"둘이 비슷하게 생겼다."

"네 생각에도 그래?"

릴리가 말했다. 라라 씨는 순 일본식의 화려한 신부 의상을 입고 조신하게 서 있었지만 어딘지 모르게 옆에 선 신랑과 느낌이 비슷했다. 연인은 이렇게 조금씩 상대에게 영향을 받는지도 모른다.

그 뒤, 릴리는 가족끼리 찍은 단체 사진과 회식 중에 찍은 사진 등을 하나하나 설명하며 보여 주었다. 나까지 행복한 기분이 들어 언젠가 나와 릴리도 이렇게 되면 좋겠다고 생각했다. 그때는 호타카 신사에서 식을 올리고 싶다고 약간 구체적인 상상도 했다. 그러면 기쿠 할머니도 올 수 있을 것이다.

디지털 카메라 화면이 스미요시 대사의 다리 사진으로 돌아온 뒤 릴리가 말했다.

"그리고 말이지."

그녀는 자기 가방을 뒤지기 시작했다. 그러더니 내 손바닥에 조그만 종이 봉지를 올려놓았다.

"선물이야. 열어 봐."

릴리는 말꼬리에 하트 마크를 붙인 것처럼 귀여운 목소리로 말했다.

"고마워."

나는 하얀 종이 봉지 속에 든 것을 꺼내 부스럭부스럭 소리를 내며 포장지를 풀었다.

"아."

"금실 개래."

내가 괴성을 지른 것과 릴리가 말한 것이 거의 동시였다.

"금실 개?"

나는 되뇌었다.

"비슷하지 않아?"

릴리가 조용히 말했다.

"그러네."

나도 부드럽게 대답했다. 눈시울이 붉어졌다.

교미 중인 개 두 마리를 본 딴 조각품이었다. 암컷으로 여겨지는 밑의 개는 갈색 점박이고, 위에 올라탄 수컷 개는 등에 검은 얼룩이 있었다. 두 마리 모두 눈을 감았는데 표정이 참 온화하고 기분 좋아 보였다. 그나저나 표정이 바다와 똑같았다. 바다에게도 이런 기분을 맛보게 해 줄 수 있었다면 얼마나 좋았을까 생각하니 또 눈물이 났다.

"소중히 간직할게."

나는 눈물을 얼버무리듯 말했다.

그러고는 손안에 쏙 들어갈 정도로 조그만 금실 개 조각품을 바다의 유골 옆에 놓았다. 늘 웃는 얼굴이던 다정한 바다 생각이 또 나서 가슴을 쥐어짜는 듯한 아픔에 사로잡혔다. 하지만 동시에 기뻤다. 어른이 되어 짝을 만난 바다와 재회한 것 같은 기분이었다.

릴리가 준 금실 개에 비하면 내가 디즈니랜드에서 사 온 초콜릿 크런치는 대수롭지 않은 선물이었다.

"이런 것밖에 못 찾아서 미안."

"괜찮아, 괜찮아. 다 먹고 나면 깡통도 쓸 수 있고."

릴리는 천연덕스럽게 말했다.

그 뒤 우리는 소파에서 늘어져 보냈다. 그러다가 점점 시시덕거리기 시작해 이내 나도 금실 개 같은 기분이 들었다. 우리는 좁은 소파에서 강아지처럼 들러붙어 장난질을 쳤다.

저녁이 되어 더위가 약간 식은 뒤에 릴리와 산책했다. 우리는 밖을 다닐 때는 당연하다는 듯 손을 잡고 다녔다.

주택가를 걷는데 반대편에서 할머니가 개를 태운 유모차를 밀며 다가왔다. 하얗고 조그만, 다정해 보이는 개였다. 주인 할머니와 마찬가지로 유모차에 탄 개도 꽤 나이가 많다는 것을 바로 알 수 있었다.

그 개를 본 순간 '아, 바다다.' 싶었다.

그렇구나. 바다는 그때 불이 났을 때 혼자 힘으로 달아났구나. 그리고 새 주인을 만나 행복하게 잘 살고 있구나.

그 발상에 잠깐이나마 나는 무척 평안한 기분이 들었다. 그러나 실제로는 물론 그렇지 않았다. 몇 초 뒤 나는 도쿄에 올라올 때 아버지가 준 그것이 생각났다.

"오늘은 바다가 여기저기에 있네."

릴리가 조용히 말했다.

릴리가 밖에서 '바다'의 이름을 입에 올린 것은 아마 화재 이래로 처음이었을 것이다. 내게 시간이 필요했던 것처럼 그녀 또한 바다의 부재를 받아들이는 데 오랜 시간이 필요했는지도 모른다.

"나, 그때 사실은 '성게'라고 했었어. 그 왜, 맨 처음에 묘지에서 이름을 정할 때."

나는 불현듯 생각나 말했다.

"알아." 릴리는 히죽거리며 대답했다. "쓰타코가 나랑 너랑 둘 다 '바다'라 했다고 착각했지?"

"결과적으로는 바다로 정해져서 다행이었지만."

"끝이 좋으면 다 좋은 거야."

릴리는 눈에 보이지 않는 것을 보는 양 온화한 표정으로 그렇게 말했다.

그녀는 멍하니 기억을 떠올리는 듯했다. 향기로운 바람이 어디서 살랑 불어와 나와 릴리를 부드럽게 포옹했다. 가정집 마당에 심은 수국이 꽃을 피우기 시작할 무렵이었다.

"넌 앞으로 어떻게 하고 싶어?"

릴리가 돌연히 물었다. 워낙 갑작스러운 일이라 나는 진지하게도, 장난스럽게도 대답하지 못하고 있는 그대로 고백했다.

"아직 별로 생각해 본 적이 없을걸."

스무 살씩이나 먹어 아직도 그런 소리를 하는 나 자신이 한심했지만 사실이니 어쩔 수 없었다.

"릴리, 넌?"

나는 반대로 릴리에게 물었다.

"난 말이지, 미용 관리 일을 하려고."

이 또한 정말 예상치 못했던 대답이었다.

릴리는 문학부에서 스페인어와 영어를 전공했으므로 번역 같은 일을 하고 싶어 하는 줄로만 알았다.

"미용 관리?"

나는 잠깐 뜸을 들였다가 생각난 것처럼 천천히 말했다.

"그건 또 왜?"

"이유는 여러 가지가 있는데."

릴리는 미간에 가볍게 주름을 잡고 심각한 표정으로 말했다. 내게 어떻게 설명하면 좋을지 궁리하는 듯했다.

"'재능이 있으니까'일까."

"해 본 적 있어?"

"프로로서 돈을 받고 한 적은 아직 없지만 지금 그런 걸 가르치는 학교에도 다니거든."

"전혀 몰랐어."

나는 말했다. 처음 듣는 이야기가 릴리의 입에서 잇따라 튀어나오는 바람에 약간 불만이었다.

"말 안 했던가?"

그녀는 시치미 떼는 투로 말하더니 이번에는 "분명히 바다가 인도해 주었을 거야."라고 확신에 찬 목소리로 중얼거렸다.

"그날…… 왜, 바다를 묘지에서 데리고 왔을 때 말이야. 류, 기억나니?"

릴리는 그날 밤 일을 떠올리는지 노래하듯 즐거운 어조로 말했다.

"그야 물론이지."

나는 즉각 대답했다. 그렇게 가슴이 두근거린 것은 평생 처음이었다고 해도 될 정도였으니 잊을 리가 만무하다. 먼 훗날, 내가 온갖 것을 잊어버리게 되더라도 그것만은 기억하지 않을까.

"그때 나, 바다의 몸에 두 손을 대고 기도했었거든. 바다, 제발 부탁이니까 울지 마, 소란 피우지 마, 하고 좌우지간 필사적으로 부탁했었어. 그랬더니 두 손이 화악 따뜻해지면서 내가 지금 바다의 영혼이랑 교신하고 있다는 걸 알겠지 뭐야. 근거는 전혀 없었지만 아무튼 틀림없다고 생각했어. 순간적인 체험이었지만."

"그래서 미용 관리 일을 하겠다고 생각한 거야?"

나는 물었다.

"물론 그것만은 아니지만 그래도 역시 그때 느꼈던 게 크지 않을까. 인간은 이런 식으로 자기 외의 다른 사람이랑 관계하는구나 생각하니까 엄청 감동되더라고. 힐링이니 치유니 하지만, 사실은 치유를 받고 있는 사람이 기분 좋을 때 치유하는 쪽도 기분 좋거든. 최고의 관리가 가능했을 때 받은 쪽은 물론 행복의 아우라가 충만하지만, 해 준 쪽도 굉장히 행복한 기분이 들고 전혀 피곤하지 않아. 즉 서로가 서로를 치유해 주는 거지."

"그렇구나."

나는 릴리가 하는 말을 막연히 알 듯하면서도 역시 잘 이해가 되지 않았다. 릴리는 내게 그 세계의 매력을 그밖에도 더 전하고 싶은 듯했지만 결국 입을 다물었다.

어느새 우리는 아직 한 번도 발을 들여놓아 본 적이

없는 꽤 좁은 골목을 걷고 있었다. 졸졸 물 흐르는 소리가 들렸다.

"매의 길이라고 한대. 여름이 다가오면 반딧불이가 날아다닌다는데. 와, 물이 정말 맑다. 아즈미노 같아."

릴리가 안내판을 보며 말했다.

"기왕 여기까지 왔는데 샘까지 가 볼까?"

나는 말했다. 그러나 머리 한구석으로는 전혀 다른 생각을 하고 있었다.

바다를 진짜 바다로 돌려보내자.

그때부터 릴리는 이따금 장래에 관한 이야기를 하기 시작했다.

여름 방학에 우리는 셋이서 호타카에 돌아가기로 했다.

셋이란 우엉과 릴리와 나, 이렇게 셋이다. 말을 꺼낸 사람은 릴리였다. 릴리가 거의 모든 계획을 혼자 세웠다.

릴리와 호타카에 가는 데 전혀 주저가 없었느냐 하면 그렇지는 않았다. 다만 나는 작은 세계의 자질구레한 문제에 휘둘리는 데 넌더리가 났다. 나쁜 짓을 하는 것도 아니니 좀 더 당당해지고 싶었다.

그렇게 해서 우리는 사 년 만에 함께 호타카에 갔다.

게다가 이번에는 우엉도 같이 있었던 덕에 정말 평범한 여행 기분을 만끽할 수 있었다. 나는 2박 3일간 우엉에게 호타카를 안내해 준 다음 마쓰모토로 귀성할 예정이었다. 부모님에게는 처음부터 호타카에 들른다는 말을 하지 않았다.

셋이 호타카역 앞 자전거 대여점에 가서 자전거를 빌렸다. 주인은 전동 자전거를 권했지만 약간 비싸기에 릴리만 전동으로 빌리고 나와 우엉은 보통 자전거를 골랐다.

첫날은 셋이서 다이오 고추냉이 농장에 갔다.

중간에 호타카 신사에서 셋이 같이 참배를 드리고, 경내에 생긴 빵집에서 빵을 사 다이오 고추냉이 농장에서 먹기로 했다. 꺄, 야호, 하고 저마다 소리를 내지르며 농장으로 이어지는 곧은 비탈길을 맹속력으로 달려 내려갔다. 나도 스바루 아저씨가 태워 줬던 할리 데이비슨의 사이드카를 떠올리며 핸들을 꽉 잡았다. 몸이 바람에 녹아들 것 같았다. 머리 위에는 물빛 시트를 편 것처럼 여름색 하늘이 끝없이 펼쳐져 있었다.

마침 점심때가 다 됐기에, 고추냉이 농장 옆을 흐르는 다데 천과 요로즈이 천의 합류 지점에서 물방앗간을 바라보며 빵부터 먹기로 했다. 릴리가 이 기회에 마셔 보자며 고추냉이주스 3인분을 사 왔다. 강바닥에 녹색 물풀이 자라 보기만 해도 시원했다.

"우엉 군, 저거 말이지, 구로사와 아키라 감독의 「꿈」에 나오는 물방앗간이야."

릴리는 천연 효모 빵을 행복한 얼굴로 먹으며 말했다.

"릴리 씨, 아즈미노는 좋은 곳이군요."

우엉도 팥빵을 한입 가득 베어 물고는 기분 좋은 듯 눈을 가늘게 뜨고 대답했다.

"고추냉이주스도 맛있는데요."

사실 나는 고추냉이를 싫어했다. 고추냉이가 명물인 호타카에서 나고 자랐는데도. 아직 듬뿍 남은 고추냉이주스를 어떻게 할까 궁리하는데, 릴리가 물밑에서 일렁이는 물풀처럼 머리칼을 나부끼며 말했다.

"나도 아즈미노는 멋진 곳이라고 생각해."

릴리의 옆얼굴이 반짝반짝 빛났다. 고추냉이주스가 마음에 든 듯 우엉이 하나 더 사 오겠다고 하기에, 나는 황급히 붙들어 "한 모금 마셨지만." 하고 덧붙이며 내 주스를 주었다. 우엉은 조금도 의심하지 않고 "고맙다."라며 싱긋 웃고 받아 들었다.

점심을 다 먹은 뒤 고추냉이 농장을 천천히 산책했다. 고추냉이 밭 오솔길을 걸어 친수(親水) 광장에 가니 고추냉이 밭이 끝없이 펼쳐져 있었다.

"고추냉이가 이렇게 만들어지는 줄 몰랐는데."

우엉은 감탄하며 말했다. 그러고는 휴대전화로 비슷비슷한 사진을 여러 장 찍었다. 샘물에 손을 담그니 여름인데도 손이 시렸다. 그 뒤 농장 안에 있는 다이오 신사에 들러 셋이 나란히 합장을 했다.

"우엉 군, 여기엔 말이야." 릴리가 우엉을 보며 말했다. "기시키하치멘 다이오란 신이 모셔져 있어. 여기 수호신."

"기시키하치멘 다이오라고요?"

"응. 사카노우에 다무라마로가 도호쿠를 정복할 때 중간에 신슈 사람들한테 식량을 내놓으라고 강요하고 괴롭힌 모양이야. 기시키하치멘 다이오가 보다 못해 사카노우에 다무라마로랑 싸워서 무찔렀다나 봐."

"저런."

우엉은 릴리가 느닷없이 역사 이야기를 시작하자 어리둥절한 표정이었다. 우리는 길을 따라 나아가 행복의 잔교를 건넜다.

"그런데 또 한 가지 설이 있었단 말이지. 사람들에게 해를 끼쳐 악귀라 불리던 하치멘 다이오를 사카노우에 다무라마로가 토벌해 줬다는."

"정반대네요."

우엉은 즐거워하는 표정으로 말했다.

"그래서 이 농원 주위에 하치멘 다이오의 몸통이 묻혔다는 무덤이 있었거든. 그래서 다이오 고추냉이 농장이란 이름을 지은 거래."

릴리는 하치멘 다이오 전설을 매우 간략하게 설명했다.

그 뒤 우리는 곤들매기 휴게소 앞을 지나 이번에는 산들바람 오솔길을 어슬렁어슬렁 산책했다. 호타카의 여름은 습도가 낮고 공기가 산뜻하다. 정말 밭쪽에서 산들바람이 불어왔다. 죽 늘어선 하쿠바 방면의 산들이 밭 사이로 보였다. 나는 한껏 심호흡을 했다.

농장 안을 한 바퀴 도는 데 한 시간 이상 걸렸다. 우리는 매점 옆에 있는 물 마시는 곳에서 마른 목을 축였다. 명수(名水) 100선에도 뽑혔다는 천연수는 정말 순하고 살짝 단맛이 났다.

"그래서 어때, 산은?"

물을 마시는 우엉에게 물었다.

"어째 굉장한걸. 처음엔 폐쇄 공포증이 생길 것처럼 무서웠지만."

우엉은 웃으며 대답했다. 그러더니 디즈니랜드 때 그랬던 것처럼 다이오 고추냉이 농장에서도 기념품을 잔뜩 사들였다. 우엉을 기다리는 동안 심심풀이 삼아 레스토랑 메뉴를 보러 가니 온통 고추냉이뿐이었다.

"미안, 오래 기다렸지."

여기서 식사하지 않기를 잘했다고 가슴을 쓸어내리는데, 우엉이 흐뭇한 표정으로 커다란 종이 쇼핑백을 들고 부랴부랴 나왔다.

고추냉이 농장에서 돌아오는 길에 우리는 정신없이 페달을 밟았다.

기본적으로는 정말 내내 산길을 자전거로 올라가는 느낌이었다. 중학교, 고등학교 때는 아무렇지도 않았건만 숨이 차고 등이 땀으로 흠뻑 젖었다. 우엉도 나와 거의 비슷한 상태였다.

나는 속으로 나 자신을 고무하며 페달을 밟는 다리에 힘을 주어 앞으로 나아갔다. 릴리가 예약해 놓은 산 중턱의 프티 호텔까지 갈 생각을 하면 우울해질 것 같아, 좌우지간 1미터를 올라가고 또 1미터를 올라가는 식으로 나아갔다. 중간부터 머릿속이 새하얘져 아무 생각도 나지 않았다. 고등학교 때 축구부 아침 연습에서 운동장을 뛰고 또 뛰던 때가 되살아난 것 같았다.

이러다 정말 기절하겠다 싶었을 때 마침내 선두를 달리던 릴리가 불렀다. 혼자만 전동 자전거를 빌린 릴리는 태연한 표정으로 우리를 기다리고 있었다.

"이제 얼마 안 남았어. 저기 간판 보이지?"

그러나 그 얼마 남지 않은 거리의 경사가 가장 가팔랐다. 나는 급기야 자전거에서 내려 핸들을 밀며 터벅터벅 걷기로 했다.

"힘내라, 연약 남자!"

릴리가 오늘과 내일, 셋이서 묵을 예정인 프티 호텔 앞에 멈춰 서서 우리를 내려다보며 응원했다. 그러나 몇 분 뒤 나는 내가 큰 착각을 했다는 것을 알았다. 글쎄, 릴리는 방을 하나만 예약한 것이었다. 게다가 나와 우엉이 프티 호텔에서, 자기는 펜션 고이지에 묵는다고 했다.

"류, 난 바닥에서 자마."

비로소 사태를 파악한 우엉은 그렇게 말했지만 그래도 나는 납득할 수 없었다. 2 대 1로 나뉜다면 우엉이 펜션 고이지에 묵으면 그만이다. 이 세 사람의 조합이면 그렇게 하는 편이 훨씬 자연스럽지 않나. 그러나 릴리는 자기가 펜션 고이지로 가겠다고 고집을 부렸다. 게다가 호텔 측의 착각으로 인해 침대는 더블베드였다. 나와 우엉은 그리 넓지 않은 스위트룸에 둘만 남았다.

이런 상황이 되자 묘하게 의식되는 바람에 나는 우엉이 가까이 다가오거나 갑자기 움직일 때마다 번번이 움찔했다. 그러나 몇 시간 뒤, 그런 나 자신을 하여튼 바보가 따로 없다고 진심으로 한탄했다.

우엉은 유부녀와 열애 중이었던 것이다.

둘이서 촛불을 밝힌 좁은 테이블에 마주 앉아 프랑스 요리를 코스로 먹은 뒤, 우엉은 더블베드 한복판에 벌렁 드러누워 선뜻 고백했다.

"우엉, 그거 불륜이란 소리냐?"

나는 정말 놀라 소리쳤다. 설마 나보다 어리고 아직 십 대인 녀석이 불륜을 할 줄은 상상도 못했다.

"쉿!"

우엉은 오른손 검지를 입술에 갖다 댔다. 누가 듣는다고 알 수 있을 이야기도 아니었지만 그 뒤로는 나도 목소리를 낮추고 말했다. 그러다 보니 둘이 마치 비밀 이야기를 하는 모양새가 됐다.

"어디서 만났는데?"

나도 우엉 옆에 엎드려 물었다. 일이 이렇게 되니 우엉과 둘이 더블베드에서 자는 데도 거부감이 없어졌다.

"인터넷 만남 사이트에서."

우엉은 태연한 표정으로 대답했다.

"언제부터?"

"고등학교 때."

"어이구야."

나는 어이가 없어 말도 나오지 않았다.

"그래 봤자 도쿄에 오기 전까진 메일만 주고받는 사이였지만."

"그것도 사귄다고 하냐?"

"운명의 상대인걸."

우엉은 천연덕스럽게 말했다.

"난 도미코 씨를 만나려고 도쿄에 온 거야. 그래서 도미코 씨네 집에서 가까운 대학에 원서를 넣었더니 한 방에 척 붙더라."

"도미코 씨는 몇 살인데?"

"이제 좀 있으면 마흔세 살이던가?"

"뭐?"

나는 정말로 눈알이 튀어나올 뻔했다.

"저기, 우엉, 나 물어봐도 되냐?" 나는 감정을 추스르며 말했다. "그 말은 즉 너희 어머니하고……."

"그래, 거의 동갑이지."

"그래도 된다고? 우엉, 너 혹시 '아전'?"

무심코 묻고 말았다.

"무슨 그런 실례되는 말을. 난 아줌마 전문 아니다. 그냥 도미코 씨가 좋을 뿐이야. 어쩐지 도미코 씨랑 있으면 안심되거든."

"헉, '아전'이 아니라 마마보이?"

"뭐냐, 그게. 남이 기껏 이야기해 주는데. 게다가 도미코 씨한테도 내 또래의 애가 있어."

"진짜?"

내 목소리는 완전히 뒤집혔다. 우엉도 우엉이지만 도미코도 도미코다.

"이것저것 서로 아니까 이야기도 잘 맞는단 말이지. 류, 내 생각엔 진짜 운명이나 인연 같은 게 있는 것 같아."

우엉은 황홀한 눈초리로 말했다. 그러더니 보여 달라고 한 것도 아닌데 도미코의 사진과 둘이 같이 찍은 사진을 휴대전화로 보여 주었다. 아닌 게 아니라 마흔세 살치고는 차림새가 깔끔했다. 우엉이 반한 것도 조금은 이해할 수 있을 듯했다.

"여기가 어디야?"

집 같은 곳에 둘이 있는 사진이 있기에 아무 생각 없이 물었다.

"도미코 씨네 집."

우엉은 아무렇지도 않게 대답했다.

"어? 너 남편이랑 도미코 씨가 자는 침대에서 한단 말이야?"

"그렇지." 우엉은 선뜻 인정했다. "처음엔 러브호텔을 이용했는데 호텔비가 엔간해야 말이지. 게다가 우리 둘의 미래를 위해 저금하자고 의논했거든. 그래서 가족들이 외출하는 낮에 시간이 나면 도미코 씨가 날 부르기로 한 거야."

"방금 '우리 둘의 미래'라고 그랬냐?"

"응. 지금 당장은 무리여도 아들이 성인이 되면 결혼하면 좋겠지, 그러고 있어."

"아들이라니, 우엉, 넌 그때 몇 살인데?"

"어디 보자, 아직 고등학교 1학년이니까 오 년 뒤면 스물세 살?"

우엉은 느긋하게 말꼬리를 올려 대답했다.

"그럼 상대인 도미코 씨는?"

"마흔여덟 살."

"우엉, 정말 괜찮은 거냐? 반올림하면 쉰⋯⋯."

"류, 너 시야가 좁구나. 우리가 같은 시대에 만난 것만
으로도 기적이라고. 쉰이 됐건 예순이 됐건 우리는 죽을
때까지 한 침대에서 자기로 약속했어. 너도 릴리 씨가 나
이를 먹었다고 싫어진다는 일은 있을 수 없을 거 아냐?"

"그야 그렇지만."

"그거랑 똑같아. 게다가 사람은 반드시 누구나 평등하
게 나이를 먹으니까."

그렇게 말하더니 우엉은 졸리다며 크게 하품을 했다.

나는 졸린 얼굴의 우엉을 보며 아, 그랬구나, 하고 깨
달았다. 디즈니랜드에서 산, 안고 자는 베개 같은 미니
마우스 인형도, 오늘 다이오 고추냉이 농장에서 산 생
(生)고추냉이와 고추냉이절임도, 모두 도미코에게 줄 선
물이었던 것이다.

"잘 자라."

나는 이미 반쯤 잠에 빠진 우엉에게 말했다. 호타카의
밤은 추운지라 어깨까지 깃털 이불을 끌어올려 주었다.

나도 조금 거리를 두고 이불 속으로 기어들었다. 그러나 머리가 맑아 잠을 이루지 못했다.

이튿째도 릴리의 안내로 이번에는 산 위쪽을 자전거로 돌아다니기로 했다. 아즈미노 아트 힐스 미술관도, 북알프스 목장도 나는 존재 자체를 몰랐다. 관광 명소에 관해서는 현지 출신인 나보다 타지 사람인 릴리 쪽이 훨씬 잘 알았다.

지난 몇 년 사이에 늘었는지, 릴리가 좋아할 듯한 그릇 갤러리와 유리 공방, 식물로 염색한 티셔츠며 주머니를 파는 가게 등이 산속에 드문드문 있었다. 호타카 출신이 아니라 호타카의 자연에 매료되어 외지에서 찾아온 사람들 같았다. 보아하니 산 위쪽에는 특색 있는 사람들이 모여든 모양이다.

점심으로 마즙을 얹은 보리밥 정식을 먹고, 오후에는 릴리가 아즈미노 지히로 미술관에 가고 싶다고 해서 다 같이 가기로 했다. 갈 때는 내리막이어서 편했으나, 올 때 이 길을 올라올 생각을 하니 마음이 무거워졌다. 나는 한심하게도 어제 하루 자전거를 탔다고 근육통이 꽤나 심했을 뿐더러 수면 부족도 거들어 머리가 멍했다.

릴리가 열심히 이와사키 지히로가 생전에 그린 수채
화와 그림책 원화 등을 구경하는 동안, 나는 밖에 있던
소파를 독차지하고 꾸벅꾸벅 졸았다. 어제 잠을 설친 영
향이었다. 마치 시원한 바람이 부드럽게 애무해 주는 것
처럼 기분 좋게 느껴졌다. 정신을 차려 보니 내가 코를
골고 있었다. 어느새 우엉도 옆 소파에 누워 있었다.

"그 이야기, 릴리 씨한테는 비밀로 해 주지 않을래?"

내가 돌아눕는 것을 알았는지 우엉이 작은 목소리로
나직이 말했다.

"그야 물론이지."

나는 조용히 말했다. 할 수만 있다면 나는 그 이야기
자체를 듣지 않은 것으로 하고 싶을 지경이었다.

얼마 있다가 릴리가 만족스러운 표정으로 돌아왔다.
밀짚모자가 유난히 잘 어울렸다. 자전거를 탈 때 바람에
날리지 않게 직접 끈을 꿰매 붙인 모양이었다. 우엉과
도미코의 관계를 생각하니 나와 릴리의 교제는 건전함
그 자체 같았다.

"어두워지기 전에 그만 돌아갈까."

몇 시간을 여기 있었는지 어느새 저물녘이 다 되어
있었다.

"저녁은 맛있는 프렌치 레스토랑에 예약해 놨어."

릴리가 명랑한 목소리로 말했다. 또 프랑스 음식? 하고 생각했을 때 우엉이 즉각 끼어들었다.

"릴리 씨, 미안해요. 기껏 예약해 줬는데 난 딴 약속이 있어서요."

그런 말 못 들었는데 싶으면서도 동시에 다행이라고 생각했다. 드디어 릴리와 단둘이 있을 수 있다.

우엉은 고등학교 동창이 아즈미오이와케에 산다고 했다.

"지도를 보니까 가까운 것 같더라고요."

우엉은 태연히 말했다. 오키나와 사람이 왜 아즈미오이와케에 사는지 인과 관계를 통 알 수 없었다. 하지만 우엉이 그렇게 말한다면 그럴 것이라고도 생각했다.

"숙소로 돌아갔다 가는 것보다 여기서 직접 가는 편이 가까울 것 같으니까 그럴게요. 아까 전화했더니 집에 있다고 했거든요."

우엉은 나에게 이야기할 때보다 훨씬 정중한 말씨로 말했다. 두 살 연상이라 긴장하는 건지, 아니면 내 연인이라고 그렇게 해 주는 건지, 우엉은 릴리를 존중해 주는 듯했다. 릴리도 릴리대로 나와 이야기할 때와는 태도가 달랐고 말씨도 묘하게 상냥했다.

"돌아올 때 조심해야 해." 릴리는 걱정스레 말했다.
"길을 모르겠으면 바로 나나 류의 휴대전화에 연락해.
그리고 이쪽에선 차가 쌩쌩 달리니까 밤길에 자전거 타
고 올 때 꼭 주의하고. 자전거 라이트를 슬슬 붙이는 편
이 좋을 거야."

릴리는 우엉에게 잇따라 이것저것 주의를 주었다. 정
말 누나처럼 마음 써 주는 듯했다.

"고맙습니다."

우엉은 그렇게 말하고는 우리와 반대 방향으로 자전
거를 달려갔다.

릴리가 예약해 준 음식점은 정말 프랑스에 온 것 같
은 세련된 곳이었다. 테이블은 다 합쳐서 서너 개밖에
없고 고작해야 열 명 들어가면 꽉 찰 듯했다. 나는 안쪽
자리에 릴리를 앉혔다. 둘만의 디너가 시작됐다.

프로마주 드 테트. 메밀가루와 해초가 든 빵, 소금과
올리브오일. 레몬이 든 호박수프와 여름 채소 푸알레,
태즈메이니아 산 새끼양고기. 수박과 바질소르베. 라즈
베리와 쇼콜라무스, 로사리오 비안코 콩포트, 기네스 맥
주를 섞은 아이스크림.

일본어 이외의 말로 설명된 메뉴는 뭐가 뭔지 도통 알 수 없었지만, 아무튼 모든 게 완벽하게 맛있다는 것만은 분명했다.

　"우엉 군도 같이 올 수 있었으면 좋았을걸."

　릴리는 마지막으로 나온 에스프레소를 맛있게 다 마신 뒤 문득 창밖을 보며 말했다. 나는 그때 허브티를 마시며 우엉이 같이 올 수 없어서 정말 다행이었다고 생각하던 참이었다.

　"그 녀석은 그 녀석대로 이것저것 있으니까."

　나는 우엉과 마찬가지로 술이 전혀 받지 않는 몸이라 그냥 물을 마셨지만, 화이트 와인을 마신 릴리와 식사를 했기 때문인지 어쩐지 거나하게 취한 기분이었다. 바로 옆에 침대가 있으면 벌렁 드러눕고 싶은 기분이었다.

　"스바루 아저씨도 음식 수준을 이 정도까지 완성시켰으면 좋았을 텐데."

　릴리가 자세를 바로잡고 크게 한숨을 내쉬며 말했다.

　"펜션이 잘 안 돼?"

　나는 내내 마음에 걸렸던 일을 릴리에게 물었다.

　"지금 1박 3천 5백 엔에 묵을 수 있는 캠페인이란 걸 하고 있어."

"식사 포함일 거 아냐. 그거 아무리 생각해도 너무 싼
거 아냐?"

"내 말이. 그런데도 방이 다 차질 않는 데다가, 오히려
너무 싸니까 경계하는지 직전에 예약을 취소하는 일도
많대."

"기쿠 할머니는?"

나는 걱정이 되어 물었다.

"할머니는 열심히 펜션 일도 거들고 밭일도 하고 어
떻게든 아저씨의 체면을 살려 주면서 애쓰는 중."

"그렇게 열심히 노력하는데도 잘 안 되다니……."

나는 말했다.

"결국 올림픽이니 뭐니 해서 수선을 피웠지만, 도로
사정이 좋아졌더니 손님이 오기는커녕 다들 당일치기로
하쿠바 같은 데 가게 된 거야."

릴리가 말했다. 그러더니 말을 이었다.

"이대로 가다간 펜션이 위험할지도 몰라. 나도 자세한
사정은 모르지만 은행에서 빌린 돈도 갚아야 하는 모양
이야. 보니까 스바루 아저씨, 대부 업체에서도 돈을 빌
린 것 같지 뭐야."

"그거 엄청 곤란한 거 아냐?"

나도 모르게 목소리가 커졌다. 게다가 거품 경제가 한창일 때 투기 목적으로 온천 딸린 별장을 샀던 사람들이 불황에 하나둘 떠나고 있다는 소문이었다. 대학 교수 별장이 많았다는 학자촌도 지금은 고요했다.

"경기 자체가 나쁘니까."

릴리는 나지막이 말했다.

이런 멋진 공간에서 할 이야기가 아니라고 생각했는지 그녀는 여주인을 불러 계산서를 달라고 했다. 그러고는 내가 지갑을 꺼내려 하자 말했다.

"오늘은 내가 살게. 아르바이트비도 받았으니까."

릴리는 지난달부터 미용 관리 살롱에서 안내 아르바이트를 시작했다. 대학 수업과 미용 공부까지 세 가지씩이나 하느라 바빴다.

"그럼 고맙게 얻어먹을게."

나는 말했다. 그러면서도 기둥서방까지는 아니라 해도 내가 릴리의 비호를 받는 것 같아서 약간 주눅이 들었다.

들어올 때는 아직 하늘이 밝았건만 밖으로 나오니 캄캄했다. 이 주변은 가로등이 전혀 없는 탓에 정말 차에 치일 것 같아서 겁났다.

"위험하니까 펜션까지 데려다줄게."

"들렀다 갈래?"

릴리가 진지한 표정으로 물었다.

"나중에 정식으로 인사하러 갈게."

나는 말했다. 어쩐지 둘이 같이 펜션에 가려니 역시 마음이 내키지 않았다. 내 자전거는 중간의 길가에 두고 가기로 했다.

산길에 들어서니 갑자기 조용해졌다. 차가 없어서 그제야 릴리와 나란히 걸을 수 있었다. 삼나무 숲의 실루엣 저편에 별이 강렬하게 빛났다. 도쿄에서 보는 발광다이오드 같은 창백하고 희미한 빛과는 전혀 딴판이었다.

"역시 도쿄보다 별이 더 많이 보이네."

나는 목을 한껏 꺾어 위를 올려다보며 말했다.

릴리가 조그맣게 콧노래를 흥얼거리는 게 들렸다. 무슨 노래인가 싶어 귀를 쫑긋 세우니 「어크로스 더 유니버스」였다. 나도 따라 부르면서 펜션 고이지로 향했다. 이대로 어디까지고 한없이 걸어갈 수 있을 듯한 밤이었다.

"잘 자."

나는 그렇게 말하고 펜션 고이지 근처에서 릴리와 헤

어졌다. 헤어지기 전에 그녀를 끌어안고 가볍게 키스했다. 입술이 얼음장처럼 차가웠다.

"혼자 갈 수 있겠어?"

릴리가 걱정스레 물었다.

"무슨 소리야? 난 호타카에서 자란 사람이라고. 눈 감고도 갈 수 있어."

"곰한테 잡아먹히지 않게 조심해. 그리고 요새 이 주변에 머리 긴 여자 유령이 나와서 걷고 있는 사람의 발을 땅속에서 잡아당긴다더라. 그 유령, 얼굴이 약간 곱상하고 야리야리하게 생긴 젊은 남자애가 취향이라던데."

릴리가 섬뜩한 목소리로 말했다.

"하지 마."

어차피 릴리의 농담일 게 뻔하다고 생각하면서도 등골이 약간 오싹했다.

"혹시 모르니까 호텔에 도착하면 전화할게."

나는 말했다.

"걱정되니까 우엉 군이 돌아오면 그때도 연락 줄래?"

"그래, 알았어."

서로 잘 자라고 인사하고 헤어졌다.

돌아오는 길에 나는 「어크로스 더 유니버스」를 큰 소

리로 열창했다. 어렸을 때부터 밤길을 걷는 데는 익숙했지만, 그래도 도쿄에 살기 시작한 이래로 어둠이 조금 무서워졌다. 나는 길가에 놓아둔 자전거를 회수한 뒤 프티 호텔까지 마지막 500미터를 전속력으로 달렸다.

마지막 날, 우리는 사이클링을 겸해 일부러 멀리 우회해 호타카역으로 향했다. 우엉이 탄 자전거 바구니에는 또 선물이 한가득 담겨 있었다. 거의 대부분이 불륜 상대인 유부녀, 도미코에게 줄 물건이라 생각하니 우엉의 앞날이 걱정돼서 견딜 수 없었다. 아무리 생각해도 행복한 결말 따위 있을 수 없다고 생각했다.

나와 우엉은 오후 두 시대 오이토선을 타고 호타카를 떠날 계획이었다. 릴리는 그대로 호타카에 남아 펜션 고이지에서 지내며 기쿠 할머니 일을 도울 것이다. 역까지 배웅 나와 준 릴리에게 우엉은 말했다.

"릴리 씨, 나 또 놀러 와도 돼요?"

"물론이지. 뭐하면 꼭 류랑 같이 오지 않아도 돼. 우엉 군 혼자면 묵을 데는 얼마든지 있으니까."

릴리는 만면에 영업적인 미소를 띠고 말했다.

"고맙습니다."

"아즈미노만 해도 안내해 주지 못한 데가 아직 한참 많지만 내년 여름엔 다 같이 다이쇼 못 쪽까지 가 보자."

"다이쇼 못은 뭐죠?"

"다이쇼 4년(1915년)에 야케산이 분화했을 때 생긴 못이야."

나는 간신히 두 사람의 대화에 끼어들 수 있었다.

"가미코치엔 나도 아직 안 가봤으니까 가 보고 싶거든. 그러니까 내년엔 다 같이 하이킹 가자."

"그때 나 데려오고 싶은 사람이 있는데요."

자기가 말하지 말라고 해 놓고 우엉은 스스로 도미코의 존재를 넌지시 알렸다.

"혹시 우엉 군 여자 친구?"

릴리는 서비스 정신을 발휘해 우엉을 놀리듯 말했다.

"뭐, 그런 거죠."

우엉은 쑥스러워하며 대답했다.

"그럼 가루이자와나 오부세에서 더블데이트를 하는 것도 좋을지 모르겠다. 거기 굉장히 좋대. 그리고……."

릴리가 거기까지 말했을 때, 오이토선 상행 열차가 이제 곧 도착한다는 안내 방송이 나왔다.

"그럼 둘 다 조심해서 잘 가."

릴리가 누나라도 된 듯 말했다. 갑자기 열여섯 살 때 여름이 끝날 무렵 이곳에서 릴리와 가슴이 에이는 듯한 심정으로 헤어졌던 게 생각났다. 릴리를 만날 수 없었던 지옥 같은 삼 년 반을 생각하니, 이제 절대로 릴리를 놓아서는 안 된다는 생각이 들었다. 우리가 또다시 호타카에 같이 놀러 올 수 있었다는 게 기적 같았다.

"도쿄에 돌아가면 다음에 넷이 같이 식사라도 하러 가자."

릴리는 눈부시게 빛나는 태양처럼 활기 어린 목소리로 말했다.

나는 반대편 플랫폼으로 이동한 뒤 릴리에게 손을 흔들었다. 사실은 포옹을 하거나 키스하고 싶었지만 우엉이 있으니 어쩔 수 없었다. 그녀의 눈을 물끄러미 바라보며 마음만을 송신했다.

그러나 이듬해 우리가 같이 호타카를 찾는 일은 없었다.

여름 방학이 끝나고 대학으로 돌아오니 사태가 급변했다.

처음에는 우엉과 도미코의 문제인 줄 알았는데 어느

새 나와 릴리까지 이상해졌다. 한번 생겨난 흐름은 간단히 멈출 수 있는 게 아니다.

처음에 우엉이 의논을 해 왔을 때, 나는 꼭 내 일처럼 가슴이 철렁 내려앉았다.

"도미가 임신했어."

우엉은 침착한 목소리로 느닷없이 말했다.

도미? 순간 누구 말인지 알 수 없었다.

"도미코 씨 말이야."

우엉은 답답한 듯 덧붙였다.

그때도 우리는 대학 근처의 늘 가는 과일 디저트 가게에서 창가 자리에 앉아 있었다.

"그래서 어쩔 거야?"

나는 계절 한정 멜론주스를 마시며 빠른 말투로 물었다. 꼭 릴리가 임신했다는 이야기를 들은 것처럼 심장이 시큰거렸다.

"어쩌긴……."

우엉은 계절 한정 수박주스를 마시며 말했다. 나는 뒷말이 궁금했다.

"내년 6월이 예정일이라더라."

"뭐?"

순간적으로 말이 나오지 않았다.

"도미코 씨, 낳으려고?"

"그야 당연하지."

"하지만 우엉, 생활비 같은 건 어쩔 건데?"

"일해야지."

우엉은 단호하게 대답했다.

"학교는?"

"일단 휴학할 거야."

망설임이 전혀 없었다.

"나, 아버지가 되는 거라고. 근데 돈 안 벌면 어쩌냐?"

"그럼 우엉, 도미코 씨하고 그……."

"결혼할 거야."

"뭐? 그럼 도미코 씨는 남편하고?"

"헤어진댔어."

"고등학교 다니는 아들이 있다며? 아들이 성인이 될
때까진……."

"도미코 씨가 아들도 소중하지만 새로 태어날 생명도
소중하다고 했어. 일자리도 벌써 찾았고."

이야기하는 것마다 죄 성급했다.

"그래서 무슨 일을 할 건데?"

"호스트."

"호스트?"

나도 모르게 목소리가 뒤집혔다.

"우엉, 너 네가 지금 무슨 소리를 하는지 알고 있는 거야?"

어이가 없는 정도가 아니다.

"게다가 너 술도 못 마시잖아."

"그건 면접 볼 때 맨 처음으로 의논했는데, 점장이 그래도 된다더라. 따라 주는 술을 죄 받아 마시는 게 아니라던데. 다들 몰래 적당히 처리하는 거야. 안 그러면 일을 못 하니까."

"도미코 씨는 그래도 된대?"

"호스트가 되겠다니까 처음엔 좀 심정이 복잡한 것 같았지만, 매일 집에 꼬박꼬박 들어오면 그래도 된다더라. 날 지명하러 가게에도 오겠다던데."

"그건 네가 번 돈으로 온다는 이야기잖아. 별로 의미가 없는 게……."

그런 내 말도 우엉에게는 통하지 않았다.

"아무튼 그렇게 됐어."

우엉은 딱 잘라 그렇게 말하더니 계산서를 집었다.

"오늘은 내가 사마. 류, 내가 학교를 떠나도 넌 꼭 졸업하는 거야."

우엉은 내 눈을 똑바로 보며 말했다.

"알았어."

나는 잘 알지도 못하면서 일단 건성으로 대꾸했다.

그런데 그로부터 한 달도 채 안 되어 우리는 또 같은 카페 같은 창가 테이블에서 얼굴을 맞대게 되었다. 우엉이 따뜻한 사과주스를 시키기에 나도 따뜻한 자몽주스를 주문했다. 도쿄도 조금씩 선선해졌다.

"난리 났다."

우엉은 그런 말로 시작했다.

"남편이 가게로 쳐들어왔지 뭐냐."

아내를 임신시켰으니 그럴 만도 하다. 그러나 우엉의 얼굴이 새파란 이유는 그것만이 아니었다.

"애를 잃었어."

우엉은 심각한 표정으로 괴로운 듯 말했다.

"도미코 씨, 유산한 거야?"

"그렇다기보다 유산시킨 거지."

"병원에 가서 낙태했다고?"

"그래, 그리고 남편하고 재결합하겠다더라."

어차피 그렇게 될 줄 알기는 했다.

결국 도미코는 우엉을 버린 것이다. 우엉과의 관계는 결국 주부의 불장난에 불과했던 셈이다.

"학교로 돌아올 거지?"

나는 말했다. 도미코와 끝났으니 당연히 복학할 줄 알았다.

"아니, 일할 거야."

나도 모르게 따뜻한 자몽주스를 내뿜을 뻔했다.

"도미하고 다시 만날 수 있을지도 모르는 일이니까. 언제 결혼 자금이 필요할지 모른다고. 그렇잖아, 운명의 상대란 말이야." 우엉은 말했다. "게다가 호스트도 해 보니까 재미있더라."

"진심이야?"

"호스트 클럽은 미남보다 나처럼 좀 못생긴 남자 쪽이 인기가 있단 말이지."

"그래?"

나는 모호하게 대답했다. 아무리 그래도 친한 친구에게 대놓고 못생겼다고 긍정할 수는 없지 않나.

"일이란 게 뭐든 서비스라는 걸 깨닫고 나니까 재미가 생기지 뭐냐. 서비스는 다른 사람을 기쁘게 해 주는 거잖아. 눈앞의 손님이 기뻐하면 나도 행복한 거야. 체력적으로는 힘도 들고 이건 안 하고 싶은데 싶은 일도 있지만."

우엉은 그런데도 즐거워하는 표정으로 말했다.

"그래, 그럼 우엉, 넌 너대로 그 세계에서 열심히 살아라. 기왕 하는 거, 가부키정 최고의 호스트가 돼서 도미코 씨를 후회하게 해 주는 거야."

나는 될 대로 되란 심정으로 성원을 보냈다.

"그래, 그러마."

우엉은 짤막하게 대답하더니 멋지게 사과주스 잔을 비웠다.

한편 릴리는 미용 관리 일에 푹 빠졌다. 주말에 가끔 어떻게든 시간을 맞춰 내 집에서 만나도 계속 일 이야기만 했다. 전부 인간의 몸이 얼마나 심오한지, 몸과 마음이 얼마나 밀접하게 연결되어 있는지, 하는 생명의 신비에 관한 내용이었다. 솔직히 나는 재미없었다. 그러다가 어느 날 판도라의 상자를 내 손으로 열고 말았다. 집주인 부부가 사는 집 앞에 탐스러운 감이 열리기 시작했을 무렵이었다.

"그거, 남자한테도 해 준다는 이야기야?"

반쯤은 식은 홍차를 마시며 그렇게 물었을 때만 해도 내 말투는 아직 온건했다고 생각한다.

"그야 물론, 손님이 원하면."

"그러다 상대가 자극 받고 그러지 않아? 벌거벗고 오일 같은 거 바를 거 아냐."

"옷은 벗어도 종이 팬티를 입으니까."

"독실에서 하는 거 위험하지 않아?"

"일본에 미용 관리가 상륙한 지 얼마 안 됐을 땐 착각하는 남자도 있었다고 하지만, 지금은 인식도 확실히 바뀌었겠다, 그런 걸 기대하는 사람은 그런 가게에 가지 않겠어? 게다가 미용 관리를 하러 오는 사람은 기본적으로 다들 지쳐서 치유를 원하는 사람들이란 말이야. 그런 성적인 자극으로 말하자면 여자 중에도 그런 사람이 있지 않을까?"

"그거 봐, 역시 그렇단 말이잖아. 릴리, 그러다 손님이 덮치면 어쩔 건데?"

"이거 봐, 류." 릴리는 어이없다는 듯 말했다. "미용 관리는 아주아주 중요한 직업이란 말이야. 특히 이런 도회지에선 꼭 필요하다고. 그리고 난 그게 내 천직이라고 생각해."

"하지만 듣자 하니 요컨대 섹스를 하는 것 같잖아."

나는 별 생각 없이 한 말이었다. 그러나 그 한마디가 릴리의 어딘가를 완벽하게 건드린 모양이었다. 판도라의 상자가 열린 순간이었다.

그래도 릴리는 감정을 억누른 듯한 낮은 목소리로 말했다.

"그렇게 걱정되면 한번 가게에 와 보면 되잖아. 요금은 정확하게 다 받을 거지만 내가 관리를 해 줄게."

"됐어."

"그럼 내가 우엉 군한테 해 주는 걸 옆에서 보든지."

"우엉이 여기서 왜 나와! 나하고 네 이야기를 하는데."

"네가 이상한 소리를 하니까 그렇지."

릴리도 서서히 전압이 상승한 듯했다. 그러더니 갓난아기를 어르듯 측은한 표정으로 말했다.

"류, 너도 앞으로 하고 싶은 일을 찾아내면 되잖아."

"시끄러!" 나는 버럭 소리를 질렀다. 그런 식으로 릴리에게 언성을 높인 것은 처음이었다. "장래의 꿈이니 뭐니, 자기가 발견했다고 나한테까지 강요하지 말아 줄래?"

"내가 언제 강요했다는 거니?" 릴리는 반박했다. "하지만 지금의 널 보고 있으면 어쩐지 굉장히 답답하단 말이야. 기껏 손에 넣은 시간이 아깝다는 생각 안 들어?"

"왜 그렇게 남을 낮잡아 보는 투야? 넌 뭐가 그렇게 잘나서?" 나는 정말 울고 싶어져서 거센 어조로 말했다. 그러고는 물었다. "전부터 물어보고 싶었는데 난 너한테 대체 뭐야?"

릴리에게서 확고한 말을 듣고 안심하고 싶었는지도 모른다. 그러나 릴리는 말했다. 릴리도 나처럼 감정의 실이 뚝 끊어진 것을 알 수 있었다.

"오촌 조카야. 난 네 친척 아주머니예요."

강경한 태도였다. 나는 진심으로 릴리가 미워졌다.

"사람을 그렇게 바보 취급할 거면 돌아가. 무슨 엄마라도 되는 것처럼 시끄럽게 잔소리하지 말고."

하지만 설마 릴리가 정말 그대로 내 집에서 나갈 줄은 몰랐다.

"지금까지 고마웠어."

현관 앞에서 펌프스를 신으며 릴리가 말했다. '잠깐만'이라는 말이 혀끝까지 나왔지만 그대로 삼켰다.

이게 우리의 첫 이별이다.

그 이래로 우리는 이런 싸움을 몇 번 되풀이했는지

모른다.

헤어지자고 했다가 다시 만나 화해의 표시로 건성으로 섹스를 했다. 화해를 하려고 기껏 시간을 내서 만났는데도 마지막에 가서는 또 싸워 골만 깊어졌다. 점점 수렁에 빠져드는 기분이었다. 상대방에게 매달리면 둘이 함께 절망의 늪에 더욱 깊이 가라앉았다.

크리스마스 날 밤도 그랬다.

나는 오늘만은 릴리와 싸우지 말고 하룻밤을 즐겁게 보내겠다고 굳게 결심했다. 아르바이트해서 모은 돈으로 릴리에게 줄 크리스마스 선물도 준비했다. 릴리가 전철 선반에 머플러를 놓고 내렸다고 슬퍼하기에 백화점에 가서 질 좋은 빨간색 캐시미어 머플러를 샀다.

그사이 나는 전철을 타고 멀리까지 가는 데도 익숙해졌다. 머플러는 긴자의 프랭탕에서 골랐다. 점원이 머플러와 똑같은 빨간색 리본을 묶어 주었다.

그날 밤, 나는 내가 아르바이트하는 온천 시설 로비에서 파는 특별 주문품 크리스마스 케이크를 준비해 놓고 기다렸다. 그날은 미용 관리 수업이 있는 날이라, 릴리는 '레모네이드 하이츠'에 밤 열 시는 넘어야 도착할 것이라고 했다. 나는 정말 어린애처럼 가슴을 설레며 그녀와 함께 보낼 크리스마스 밤을 고대했다.

그러나 차가운 가랑비 속에 릴리가 하얀 입김을 불며 '레모네이드 하이츠'로 와 둘이 '메리 크리스마스' 하며 건배를 하고 릴리가 사 온 닭다리를 뜯는 사이에 또다시 장래 이야기가 나왔다. 이야기는 어느새 가벼운 말다툼으로 발전했다.

나는 우엉이 학교에 나오지 않게 된 이래로 점점 수업을 땡땡이치기 시작했다. 릴리가 그에 대해 주의를 준 것이었다.

"또 시작이군." 나는 한숨을 쉬며 말했다. "릴리 엄마가 출현하셨어."

"하지만 기껏 부모님이 학비를 대 줘서 도쿄로 올라온 거잖아."

그녀가 하는 말은 하나하나가 다 옳았다. 그러나 나는 될 대로 되라는 심정으로 대꾸했다.

"릴리, 넌 부족한 게 없으니까 모르는 거야. 집에 돈도 많겠다, 어차피 우리 같은 인간의 기분은 이해 못한다니까."

나는 알면서 일부러 릴리의 마음에 상처를 주는 말을 했다. 릴리는 말했다.

"아닌 게 아니라 우리 아빠는 돈이 많을지도 모르지만, 그 나름대로 고생이랑 고민은 있어. 너도 알잖아."

"글쎄, 과연 그럴까."

나는 또다시 내뱉듯 중얼거렸다.

"류……." 릴리는 들고 있던 닭다리 뼈를 접시에 놓고 자세를 바로 했다. "요새 진짜 취직하기 힘들어."

"안다니까. 우리 대학 선배 중에도 졸업하자마자 노숙자가 된 사람이 있다고."

"그럼 좀 더 진지하게……."

"아, 진짜 시끄럽네."

"그렇잖아, 네가 그렇게 정신을 못 차리면 난 네 아기를 낳을 수 없잖아."

릴리는 당장이라도 울음을 터뜨릴 듯한 얼굴이었다. 그러나 거기서 질 수는 없는 노릇이었다.

"어차피 미용 관리 일 하면서 무슨 애를 낳겠어?"

내가 그렇게 말하자 릴리는 정말 슬픈 얼굴로 시선을 떨어뜨렸다. 사상 최악의 크리스마스였다.

"류, 꿈이나 그런 거 정말 없어?"

릴리는 다시 말했다. 그녀가 그렇게 괴로워하는 표정을 처음 봤다. 그 표정을 보니 내가 울고 싶어졌다.

"난 그냥 화재가 없는 세상을 만들고 싶을 뿐이야!"

나는 그렇게 소리쳤다. 그런 말을 해 놓고 스스로도 깜짝 놀랐다. 그 말을 듣고 릴리가 더욱 고통스러운 표정으로 말했다.

"바다가 없어진 뒤로 네가 줄곧 괴로워해 온 건 나도 알아. 내가 해 줄 수 있는 게 아무것도 없어서 나 자신이 정말 얼마나 한심한데. 넌 바다를 아주 많이 사랑했으니까. 하지만 네가 그렇게 바다의 죽음에서 벗어나지 못하면 바다는 언제까지고 하늘 나라로 올라갈 수 없어. 오래오래 잊지 않고 기억해 주는 것도 중요하지만 그만 잊고 놓아 주는 것도 필요해."

릴리는 필사적으로 말을 자아내는 듯했다. 그녀가 한 마지막 말이 내 가슴속에서 두고두고 되풀이됐다.

그 뒤로도 비슷한 말다툼이 여러 번 벌어졌다. 이별과 재결합을 반복하며 우리 둘 다 겁이 나서 결정적인 뭔가를 선택하지 못했다. 나는 릴리를 아주 좋아했지만 동시에 싫어했다. 싫어하는데도 사랑했다. 수라장도 그런 수라장이 없었다. 게다가 가까운 사람 한 명과 잘 안 되자, 건물의 뼈대가 균형을 잃은 것처럼 다른 사람과의 관계까지 삐걱거리기 시작했다.

나는 릴리와는 이제 글렀다고 생각했다. 두 사람의 세계가 너무나도 멀어지고 말았다. 릴리는 내가 아무리 쫓아가도 멀리 달아나는 아지랑이 같았다. 겨우 삼 주 늦게 태어났을 뿐인데도 어느새 나는 릴리로부터 몇 바퀴 뒤처져 달리고 있었다. 따라잡아야 하는데, 따라잡아야 하는데, 하다 보니 조바심만 자꾸 나 신경이 몹시 날카로웠다. 나는 무슨 일을 해도 잘 풀리지 않는 나선에 거꾸로 처박혀 있었다.

우엉에게서 몇 달 만에 전화가 온 것은 릴리와의 관계가 자연스럽게 소멸되기 직전이었다. 우엉은 느닷없이 다음 달에 잠깐 본가로 돌아갈 예정인데 같이 오키나와에 가지 않겠느냐고 했다.

"설에도 일이 바빠서 결국 집에 못 갔거든."

목소리로 보건대 우엉은 잘 지내는 듯했다.

나는 봄 방학인 데다 릴리와 만나는 시간도 줄었던 터라 한가함을 주체하지 못하고 있었다. 게다가 릴리와 데이트를 안 하다 보니 아르바이트로 모은 돈도 어느 정도 있었다.

"갈까."

나는 가벼운 기분으로 말했다. 바다가 없는 나가노현에서 나고 자란 내게 오키나와는 별세계다. 지난 몇 달간 축축한 담요를 머리부터 푹 뒤집어쓰고 사는 기분이었던 터라, 오키나와라는 말을 들으니 마음의 구름이 약간 걷힌 기분이었다. 게다가 나는 완수해야 할 일이 하나 있었다.

"릴리 씨도 같이 가자고 하지?"

"자세한 이야기는 만나서 하기로 하고, 아무튼 릴리는 아마 못 올 거야."

우엉이 가볍게 말하기에 그렇게만 대답했다.

우엉은 나보다 하루 먼저 간다고 해서 이시가키 공항에서 만나기로 했다. 우엉의 본가는 이시가키 섬에서 배를 타고 더 들어가는 정말 작은 낙도에 있었다.

"바다밖에 없으니까 놀라지 마라."

우엉은 웃으며 말했다.

"시골엔 익숙해."

나도 웃으며 대답하고 전화를 끊었다.

결국 릴리에게는 우엉이 같이 가자고 했다는 이야기를 아예 하지 않고 나 혼자 출발했다. 나하 공항에서 다시 작은 비행기로 갈아탔다. 눈 아래 새파란 바다와 하얀 산호초가 펼쳐졌을 때 나는 릴리에게 권하지 않은 것을 크게 후회했다. 우리 관계가 끝나든 아니든, 마지막 이별 여행이라 생각하고 릴리도 데려올 것을 그랬다.

이시가키 공항에 내려 출구로 걸어가자, 비치 샌들에 짧은 바지, 물 빠진 티셔츠 차림의 우엉이 한 손을 들었다. 처음에는 알아보지 못했다. 머리도 갈색으로 염색했고, 귀에서는 귀걸이가 빛났다.

"우엉, 몰라보게 달라졌는데."

나는 머리끝부터 발끝까지 뜯어보며 말했다.

"명색이 호스트 아니냐."

우엉은 조금 겸연쩍은 듯 말했다. 그러나 호스트 같이 변신한 겉모습과는 무관하게, 남국의 이 농밀한 공기가 우엉을 매우 생기 넘치게, 우엉답게 해 준다는 생각이 들었다. 도쿄에서는 수분이 쫙 빠져 시들시들했던 우엉이 오키나와의 습기를 머금어 싱싱하고 꼿꼿한 우엉으로 다시 태어났다.

그나저나 호타카의 숲속 공기도 농밀한 느낌이었지만, 바다 근처에서 마시는 공기도 또 다른 의미에서 농밀했다. 게다가 아직 3월인데도 공기가 한여름처럼 맑은 파란색으로 물들어 있었다.

우리는 버스를 타고 낙도 선창으로 향했다. 야자나무가 무성하고, 버스 운전사가 듣는 라디오에서는 느긋한 섬 민요가 흘러나왔다. 도쿄처럼 차를 쌩쌩 달리는 사람은 아무도 없었다.

낙도 선창에서 배를 탔다. 완전히 해외여행을 온 기분이었다. 우리가 탄 배는 주민들도 이용하는 배라 사람들 말씨도 류큐풍인 게 흡사 외국어를 듣는 느낌이었다.

우엉이 나고 자란 섬은 길 한복판을 소가 태평하게 걷고 있을 듯한, 새하얀 산호 조각을 깐 길이 한없이 계속되는 작은 섬이었다.

"여기야."

그렇게 말하며 우엉이 들어간 곳은 기념품 가게였다.

"어라, 너희 집, 세탁소 아니었던가?"

"세탁소는 작년 가을에 관뒀어. 그리고 지금은 기념품 가게가 된 거지. 어려워 말고 들어와."

어둑어둑한 방 안쪽에 커다란 불단이 보였다. 우엉은 나를 거실로 안내하고 냉장고에서 시원한 산핀차를 꺼내 주었다. 산핀차는 오키나와 사람들이 많이 마신다는 재스민차를 말한다. 설탕을 넣었는지 약간 단맛이 났다. 우엉이 단것을 좋아한다는 게 생각났다.

마당에는 진분홍색 부겐빌레아가 흐드러지게 피어 있었다. 그걸 보니 또 역시 릴리도 같이 오자고 할 것을 그랬다 싶어 가슴이 아팠다.

"좀 쉬었다가 우선 섬을 한 바퀴 돌자."

우엉이 자기 비치 샌들을 빌려 주었다. 양말을 벗고 비치 샌들을 신으니 갑자기 남쪽 섬에 온 기분이 물씬 났다.

"관광객은 자전거를 타지만, 산호를 깐 길에선 타기도 쉽지 않고 자주 넘어져서 위험하니까 우리는 걸어서 가자. 시간은 아직 넉넉하니까."

우엉이 말했다.

길을 걷는데 사방에서 오키나와 민속 악기인 산신의 음색이 들려왔다. 조급하게 연주하는 사람은 아무도 없었다. 머릿속에 꽉 죄어져 있던 나사가 점점 느슨하게 풀어지는 게 느껴졌다. 이 타이밍으로 이 섬에 올 수 있었던 것은 내게 큰 행운이었다.

"외지에서 온 사람도 많아?"

호타카의 산 쪽에 생긴 세련된 가게들과 분위기가 비슷한 곳이 많기에 우엉에게 물어보았다.

"글쎄, 그런 사람도 있긴 한데 오래가진 않는 모양이

더라. 이래 보여도 옛날부터 여기 사는 사람들은 아주 폐쇄적이거든."

"바다니까 개방적일 줄 알았는데."

"웬걸, 엄청 보수적이야."

"그럼 호타카하고 비슷할지도 모르겠다. 물론 받아들이긴 하지만, 원래부터 살던 지역 주민들하고 나중에 온 사람들은 세계가 명확히 구분된다고 할지. 타지 사람 집단은 또 그쪽대로 아주 결속력이 있어서 커뮤니티도 생긴 모양이지만."

릴리에게 얻어들은 지식이었지만 나는 꼭 내가 아는 것처럼 이야기했다.

"어디나 똑같구나."

우엉이 말하더니 "잠깐 쉬지 않을래?" 하고 덧붙였다.

"저기 나 아는 사람이 하는 카페가 있거든."

우엉은 산호를 사박사박 소리 내어 밟으며 말했다. 발바닥으로 허밍을 하는 것 같은 평화로운 소리였다.

"이 섬은 거의 어디에서나 바다가 보이는군."

나는 창가 자리에 앉아 바다를 둘러보며 말했다. 여관 이층에 만든 카페는 하얀 벽에 손수 만든 듯한 유목(流木) 공예품 등이 장식되어 있었다. 주문을 받으러 왔기에 우리는 망고주스 둘과 사타안다기를 주문했다. 설탕을 묻힌 오키나와의 튀김도넛, 사타안다기는 매일 직접 만든다고 쓰여 있었다.

이 카페는 젊은 부부가 둘이서 하는 듯했다. 둘 다 우엉과 같은 중학교의 선후배인데, 여자가 중학교를 졸업하자마자 바로 결혼했다고 했다.

"대단한데."

나는 컵에 든 얼음을 손가락으로 빙빙 휘저으며 말했다.

"이쪽에선 그렇게 드문 일도 아냐. 오락거리도 없겠다, 할 일도 없겠다, 다들 첫 경험이 꽤 이르니까 십 대 때부터 애를 팍팍 낳거든. 저기서 도넛을 튀기는 애도 벌써 두 아이 엄마야."

"뭐?"

나는 놀란 나머지 괴성을 질렀다. 스누피 앞치마를 두르고 튀김 젓가락을 든 여자애는 자칫하면 아직 중학생으로 보일 만큼 앳된 티가 남아 있었다.

"그럼 우엉, 너도 첫 경험이 일렀냐?"

그러고 보니 아직 그런 이야기는 못 들었다고 생각하며 물었다.

"초등학교를 졸업했을 때였나. 동네에 사는 중학생 누나랑. 하지만 그게 꽤 보통이었어."

"초등학교 6학년이 보통이라고?"

나는 또다시 얼이 빠졌다.

"넌? 물론 상대는 릴리 씨였겠지?"

"응, 뭐."

나는 모호하게 대답했다. 그때 내 뇌리에 떠오른 기억은 릴리와의 첫 경험이 아니라 화재 직후 추운 베란다에서 나눈 첫 키스였다.

"너희도 얼른 애를 가지면 되잖아."

우엉이 느닷없이 말했다.

"무슨 소리야."

나는 망고주스가 목에 걸려 콜록콜록 기침했다.

"그게 그렇게 놀랄 일인가? 릴리 씨도 그걸 바라지 않아?"

대체 어디까지 아는 걸까 생각하며 나는 또 "응, 뭐." 하고 모호하게 대답했다.

"하지만 세상도 이 모양이고."

나는 말했다. 이따금 텔레비전 뉴스를 봐도 우울해지는 사건뿐이었다. 이런 세상에 아이를 낳아 봤자 행복해진다는 보장은 전혀 없다.

"세상은 상관없어. 아이는 자기가 알아서 크는 거야. 게다가 난 잠깐이었지만 도미코 씨 배 속에 우리 둘의 아기가 생겼다는 말을 들었을 때 엄청 기쁘더라. 뭐랄까, 만세! 싶은 느낌이었어. 아이가 생긴다는 건 굉장한 일이란 말이야. 자기랑 자기가 사랑하는 사람의 DNA를 반씩 이어받는 거니까. 그야말로 합작이라고. 예술 작품이라고."

우엉은 열변을 토했다.

"그럴까. 돈도 들고, 여간 일이 아니잖아."

나는 말했다. 우엉이 하려는 말을 모르지는 않았다. 그러나 알고 싶지 않았다. 어차피 나에게는 무리라고 포기하고 있었다.

그러자 우엉은 작은 호수 같은, 물기 맺힌 눈동자로 내게 물었다.

"릴리 씨하고 싸우기라도 한 거야?"

"싸웠다고 할지, 싸운 것보다 더 심각할지도."

나는 반쯤 될 대로 되라 싶어 대답했다. 그리고 릴리와의 어색해진 관계를 간략하게 보고했다.

"류, 넌 사람이 너무 착해. 온갖 것에 대해."

말없이 내 이야기를 듣던 우엉이 말했다.

"저번에 릴리도 그러더라. 착한 것과 약한 걸 착각하지 말라고. 지금의 난 그냥 약해 빠진 못난이라더라."

"릴리 씨, 대단한데. 나는 너한테 그렇게까지 딱 부러지게 말 못 한다. 너랑 릴리 씨는 역시 잘 어울리는 커플인걸."

"하지만 릴리하고 있으면 어째 피곤해서."

나는 우엉에게 본심을 털어놓았다.

"그야 릴리 씨는 아주 어른스러우니까 네가 걱정된다고 할지, 그것도 일종의 애정 표현 아닌가?"

"그런 걸 애정이라 해도 말이지. 모르는 건 모르는 거고, 못 하는 건 못 하는 거라고. 릴리처럼 강하게 살진 못해."

"넌 착하고 릴리 씨는 강하구나."

그러나 나는 내가 착한 사람인지 아닌지 알 수 없었다. 릴리가 강한 것은 분명하다. 하지만 나는 아닌 게 아니라 릴리가 지적한 대로 그저 약하기만 한지도 모른다. 약한 것과 착한 것을 착각하고 있을 뿐인.

"잘 될까 몰라."

나는 멀리 볼록하게 부풀어 오른 옅은 물색 바다를

보며 중얼거렸다.

"어떻게든 될 거야."

우엉 또한 바다를 보며 말했다. 역시 호타카의 숲에 부는 바람과 오키나와의 바다에서 불어오는 바람은 맛이 전혀 딴판이었다.

밤에는 우엉의 부모님이 정성껏 상을 차려 주었다. 결코 호화롭지는 않았지만 해초와 조개류가 한 상 그득했다.

우엉의 아버지와 우엉은 완벽하게 붕어빵이었다. 드디어 술을 같이 마셔 줄 상대가 생겼다고 착각한 우엉 아버지는 선반 안쪽에서 아와모리 소주를 꺼내 왔다. 그러나 나도 우엉과 마찬가지로 아버지의 술 상대를 해 드리지는 못했다.

부모님과 우엉은 이야기를 많이 했다. 우리 집 식탁에서는 절대로 볼 수 없는 광경이었다. 술에 취한 우엉 아버지가 산신을 꺼내 노래를 부르고, 어머니가 그에 맞추어 춤을 추기 시작했다. 나도 자리에 앉은 채로나마 두 손을 들어 산신의 리듬에 맞춰 덩실덩실 움직였다.

그러다가 문득, 나는 릴리와 이런 가정을 꾸리고 싶은지도 모른다는 생각이 들었다. 사치는 할 수 없어도 자식이 있고 밝은 식탁이 있는 가정. 그러나 그러기 위한 방법이 보이지 않아 발버둥 치고 있었다.

나는 우엉 어머니가 만들어 준 스치키(오키나와식 소금에 절인 돼지고기) 메밀국수를 먹으며 내가 아직 릴리를 무척 좋아한다는 것을 깨달았다. 억지로 싫어하려고 했을 뿐이었다. 그렇게 생각하니 지금 당장 릴리가 보고 싶어졌다. 도쿄로 돌아가면 다시 시작하자. 그렇게 굳게 결심했다.

낮에는 해변 나무 그늘에서 온종일 멍하니 시간을 보냈다. 우엉이 옆에 있어 같이 이야기를 나눌 때도 있었고, 나 혼자일 때도 있었다. 조그만 가재가 발밑을 종종걸음으로 지나갔다.

밤에는 매일 잔치가 열렸다. 전날 먹다 남은 음식도 나오곤 했지만 나는 오히려 나를 한 식구로 취급해 주는 것 같아 기뻤다. 나는 우엉 부모님이 경영하는 기념품 가게에서 이 지역 소재만을 써서 만들었다는 수공예 목걸이를 릴리 선물로 샀다. 중앙에 커다란 소철 열매를 늘어뜨린 목걸이였다.

마지막 날 아침 일찍, 나는 그새 익숙해진 길을 걸어 혼자 해변으로 갔다. 배낭에는 바다의 유골이 들어 있었다. 모래사장에서 비치샌들을 벗고 맨발로 물에 들어갔다. 역시 아직 찼다. 물이 투명하므로 발치에서 헤엄치는 물고기의 실루엣까지 또렷이 보였다.

나는 주홍색 튀김과자 깡통에 손을 넣어 바다의 유골을 쥐었다. 꾹 소리가 난 것만 같았다. 물결에 솔솔 뿌렸다.

언젠가 다시 태어나면 꼭 우리에게 놀러 와 줘. 나는 마음속으로 그런 말을 중얼거렸다.

바다가 했던 가죽 목걸이만은 남겨 놓기로 했다. 나는 그걸 청바지 주머니에 깊숙이 밀어 넣었다. 내 눈에는 반짝이는 물결 하나하나가 바다의 웃는 얼굴로 보였다.

안녕, 바다.

릴리가 말한 것처럼 이제 바다는 하늘 나라로 올라갈 수 있을까.

하네다 공항에 도착해 휴대전화를 켜니 릴리에게서 전화가 왔다는 기록이 남아 있었다. 지난 몇 주간 서로 연락하기를 꺼렸는데. 오랜만에 기뻐져 무빙워크로 이동하며 바로 전화를 걸었다. 바닥이 움직이는데도 사람들이 그 위를 또 빠른 발걸음으로 걸었다. 오키나와에서

라면 상상도 못할 광경이었다. 통화는 바로 연결됐다.

"나야."

그렇게 좋아서 꼬리를 파닥파닥 흔들었으면서도 막상 릴리의 목소리를 들으니 마음이 경직됐다.

"류, 지금 통화 괜찮아?"

"괜찮으니까 전화했지."

수화기 너머에서 릴리의 한숨 소리가 들리는 듯했다.

"있지, 갑작스러운 이야기라 미안한데 다음 주에 혹시 시간 있어?"

"왜?"

나는 퉁명스러운 투로 말했다.

"기쿠 할머니가 올라오거든."

"어, 할머니가? 그건 또 왜?"

예상치 못한 전개였으므로 나도 모르게 본심에 가까운 목소리가 나왔다.

"벚꽃을 보고 싶대. 그것도 야스쿠니 신사에서."

"야스쿠니 신사? 그것 때문에 일부러 여기까지 온다고?"

"그래, 그것 때문에 일부러 여기까지. 그래서 혹시 가능하면 너도 같이 가면 어떨까 해서."

나는 그리 기분이 내키지 않았다. 하지만 기쿠 할머니

를 만난 지도 오래됐겠다, 릴리까지 만날 수 있다니 같이 가 주자고 생각했다.

전화를 끊고 나서야 깨달았다. 오키나와에 다녀왔다고 보고하는 것을 까맣게 잊었다. 릴리에게 선물을 준다면 기쿠 할머니 줄 것도 뭔가 있어야겠다 싶었다. 몇몇 후보 중에서 고른 끝에 흑당을 주기로 했다. 우엉이 나고 자란 섬에서 만든 진한 흑당이었다. 그곳 사람들은 흑당을 사탕 대신 빨아먹는다고 했다.

며칠 뒤, 기쿠 할머니가 정말 도쿄로 올라왔다.

도쿄는 어디나 벚꽃이 활짝 피어, 풍경이 연분홍으로 물들고 공기에까지 벚꽃 향기가 희미하게 섞여 있는 듯했다. 벚꽃의 분홍색을 볼 때마다 내 뇌리에 물을 마시는 바다의 영상이 되살아났다. 바다의 분홍색 혀를 나는 도저히 못 잊을 것 같았다.

도쿄에 온 기쿠 할머니는 등이 굽어 전에 봤을 때보다 한층 더 작아졌다. 릴리는 고속버스가 도착하는 신주쿠 터미널까지 할머니를 마중 나갔던 모양이다. 나와는 구단자카에 있는 야스쿠니 신사 대(大)도리이 밑에서 만났다.

기쿠 할머니는 나일론 배낭을 등에 메고, 안감이 꽃무

늬고 튤립 모자처럼 생긴 모자를 쓰고, 목에는 스카프를 맸다. 블라우스는 광택이 있는 소재였다. 할머니가 한껏 모양을 냈다는 것을 알 수 있었다.

지요다구에서 주최하는 '벚꽃 축제' 중이라 대도리이 밑을 사람들이 쉴 새 없이 지났다. 길가에 늘어선 노점에서 우스터소스 냄새가 풍기고, 벚나무 밑은 낮부터 이미 술판을 벌인 사람들로 북적거렸다. 주인이 신슈 사람인지, 나가노식 메밀떡을 파는 노점도 있었다.

내 기억에, 기쿠 할머니가 지금까지 가장 멀리까지 가본 곳은 내 증조할아버지인지, 릴리의 할아버지인지 분명치는 않지만 아무튼 신혼여행으로 갔던 고후였을 것이다. 그런 할머니가 도쿄에 혼자 오다니 대체 무슨 바람이 불었기에 싶었다. 할머니에게는 천지가 뒤집히는 듯한 엄청난 모험이 아닐까.

"오랜만이에요."

나는 할머니의 머리를 내려다보며 말했다.

"류세이, 그동안 잘 지냈냐? 코빼기도 비치지 않으니 걱정했잖냐."

웬 시골 할머니냐고 다들 호기심 어린 시선으로 돌아보았다. 나는 갑자기 창피한 기분이 들어 할머니와 약간 거리를 두고 걸었다.

"할머니, 오늘 새벽 세 시에 일어났대."

"밭을 보러 갔다가 버스를 탔지."

"스바루 아저씨가 마쓰모토까지 차로 데려다줬죠?"

릴리는 기쿠 할머니가 알아듣기 쉽게 일부러 큰 목소리로 천천히 말하는 듯했다. 천천히 걷는 우리를 인파가 자꾸자꾸 앞질러 갔다.

"할머니, 아직도 그 오토바이 타요?"

나는 문득 생각나 물었다.

"그야 물론이지."

그때 벚꽃이 보였는지, 기쿠 할머니는 굽은 허리를 반대쪽으로 쭈욱 젖히듯 하고 얼굴을 들었다. 우리 머리 위에 정말 활짝 핀 벚꽃이 흐드러지게 피어 있었다. 한쪽에는 매년 기상청에서 도쿄의 벚꽃 개화 선언을 하는 표본목도 있는 듯했다.

"아름답네요."

릴리가 할머니의 허리를 살며시 받쳐 주며 부드럽게 말했다.

"짐 제가 들게요."

나는 그제야 아까부터 하고 싶었던 말을 할머니에게

했다.

"무거워."

그런 말을 들으며 어깨에 멘 할머니의 배낭은 안에 뭐가 들었는지 정말 묵직했다.

"괜찮아요."

하지만 나는 그렇게 말하고 또 두 사람과 조금 떨어져 걷기 시작했다.

배례전에서 참배를 드린 뒤 나오다가 우리는 야스쿠니 신사 문 앞에서 기념 촬영을 하기로 했다. 처음에는 내 휴대전화로 찍으려 했는데 기쿠 할머니가 셋이 같이 찍고 싶다고 하기에, 그곳에 있던 카메라맨에게 부탁해 폴라로이드 사진을 찍었다. 한 장에 천 엔인 요금은 할머니가 냈다.

우리는 문에 붙은 문장을 배경으로 기쿠 할머니를 가운데 세우고 셋이 나란히 사진을 찍었다. 완성된 폴라로이드 사진에는 배경에 벚꽃이 희미하게 찍혀 있었다. 할머니는 갓 완성되어 아직 온기가 남아 있는 폴라로이드 사진을 받아 들더니 어깨에 메고 있던 작은 숄더백에 소중히 챙겼다. 낯익은 숄더백이다 싶었더니 초등학생 때 릴리가 호타카에 올 때 종종 들고 오던 가방이었다.

우리는 야스쿠니 신사에서 나와 천천히 비탈길을 내려갔다. 꽃구경을 하기에 좋은 날씨라 지하철 입구에서 사람들이 속속 나왔다. 도로 반대편에 부도칸이 보였다. 부도칸을 직접 보는 것은 처음이었다. 사십 년 전 이곳에 정말 비틀스가 왔다. 그리고 그 공연을 보러 스바루 아저씨와 아키오 씨가 멀리 호타카에서부터 올라왔다.

우리는 신호등을 건너 구단자카에 있는 스타벅스에 들어갔다. 할머니가 도쿄에서 우리가 평소 가는 곳에 가보고 싶다고 했기 때문이다. 마침 운 좋게 이층 소파 좌석이 비었기에 나와 기쿠 할머니가 앉아 자리를 맡았다. 눈앞에 수도 고속도로가 보였다. 릴리는 계절 한정 벚꽃 시폰케이크와 라테 쇼트를, 나는 아이스코코아 그란데를, 할머니는 릴리가 대신 고른 초콜릿소스를 토핑한 스트로베리프라푸치노를 주문했다. 다이쇼 시대에 태어난 기쿠 할머니가 우리와 같이 스타벅스에 있다는 게 어쩐지 신선하고 신기했다.

그 뒤, 릴리와 할머니는 택시를 타고 가구라자카로 갔다. 나는 이치가야까지 걸어가 소부 선으로 요쓰야까지 가서는 주오선으로 갈아타고 집으로 돌아갔다. 전철도 지하철도 이제는 거의 틀리지 않고 탈 수 있었다. 이제 혼자 전철을 타도 처음 올라왔을 무렵처럼 불안하지 않았다.

그래도 '레모네이드 하이츠'에 돌아오니 갑자기 피로가 몰려와 소파에 몸을 던졌다. 기껏 오키나와에서 기력을 충전했건만 그게 모조리 바닥난 정도가 아니라 마이너스가 된 기분이었다. 야스쿠니 신사에서 뭔가 나쁜 것을 붙여 갖고 왔나 하고 생각했을 때, 기쿠 할머니의 짐을 내내 들고 다녔기 때문이라는 것을 깨달았다. 나는 도쿄에 올라온 뒤로 꽤나 허약한 인간으로 전락했다.

그렇게 활짝 폈던 벚꽃도 며칠 뒤에는 지기 시작했다. 나는 내심 작년의 재현을 기대했다. 릴리와 그 벚나무 밑에서 다시 시작하고 싶었다. 그러나 결국 릴리의 생일은 나 혼자 보냈다. 릴리는 올해 드디어 대학 4학년이 되어 본격적인 구직 활동을 앞두고 있었다. 학기가 시작되기 전에 해야 할 일이 수두룩한 모양이었다.

'같이 지내지 못해서 미안해.'라는 릴리의 메일을 나는 냉랭한 기분으로 읽었다. 어중간한 생활을 하는 나를 비꼬는 것만 같았다. 남쪽 섬에서 느꼈던 것은 전부 덧없는 환영이었나. 오키나와에 간 것 자체가 어쩐지 꿈만 같았다.

대학 2학년이 되어 나는 더더욱 학교에 나가지 않았다. 수업 내용도 시시했고 교수의 시시껄렁한 농담도 웃기지 않았다. 헤실헤실 즐거워 보이는 학생들도 짜증났다. 나는 방에 틀어박혀 본가에서 가져온 만화책만 들입다 읽었다. 혼자 요란하게 웃고 배가 고프면 도시락을 사러 동네 편의점으로 뛰어갔다.

봄이 되어 또다시 기쿠 할머니가 밭에서 거둔 채소를 보내 주기 시작했다. 그러나 나는 그걸 스스로 요리해 먹을 기력이 없었다. 채소에게 질 것 같았다. 그런 때는 통째로 집주인에게 갖다주었다. 집주인은 늘 야단스럽게 기뻐해 주어 다행이었다.

골든 위크에 본가로 돌아가니 아버지가 가발을 쓰고 있기에 놀랐다. 가발을 썼다고 할지, 머리칼 비슷하게 만든 베레모를 머리에 얹어 놓은 것처럼 보였다. 나도 모르게 웃음을 터뜨릴 뻔했지만, 아버지가 내가 못 알아차렸다고 생각하는지 시치미를 떼는 바람에 결국 가발에 관해서는 한마디도 언급되지 않았다.

또 하나 놀란 것은 쓰타코가 나에게 항공 우편을 보낸 것이었다. 내 방은 내가 집을 떠났을 때 그대로 보존되어 있었다. 사실은 그러지 않기를 원했지만 정리하기도 귀찮아서 일단 그대로 두었다. 공부용 책상 위에 편지가 놓여 있었다. 솔직히 쓰타코를 마지막으로 만난 게 언제인지도 기억나지 않았다. 가족은 이렇게 조금씩 뿔뿔이 흩어지는구나 싶었다.

편지는 '미안해.'라는 말로 시작되었다.

편지를 읽어 내려가며 나는 그렇게 된 일이었나, 하고 납득했다. 고등학교 때 나와 릴리가 사귄다는 게 주위에 들통났을 때 일이었다. '범인은 나야.'라고 쓰여 있었다. 편지를 쓰면서 울었는지 얇은 편지지에 눈물이 뚝뚝 떨어진 자국이 몇 군데 있었다. 그곳만 잉크가 번졌다.

쓰타코는 나와 릴리를 질투했다고 말했다. 셋이 줄곧 같이 있었는데 갑자기 자기만 따돌림 당한 것 같아 충격이었다고 쓰여 있었다. 그러나 지금은 자기에게도 무척 소중한 사람이 생겨 그 사람과 같이 지내다 보니, 자기가 얼마나 몹쓸 일을 했는지 알겠더라고 했다.

나는 편지지를 구깃구깃 뭉쳐 냅다 던졌다. 그리고 구겨진 편지지를 도로 펴서 다시 읽었다. 몇 번이고, 몇 번이고, 되풀이해서 읽었다.

우리가 얼마나 힘들었는지 아느냐고 쓰타코의 멱살을 잡고 호통치고 싶은 마음도 없지는 않았다. 그러나 그것도 지금의 나에게는 좋은 추억이었다. 그 일이 있었던 덕에 우리는 더욱 유대를 굳힐 수 있었다. 오히려 문제는 기껏 굳게 맺어졌던 나와 릴리의 마음이 어쩔 수 없을 만큼 멀어져 버린 것이었다.

봄이 끝나고, 장마가 시작되고, 여름이 오고, 가을이 되었다.

그동안 나에게는 밝은 전망이 아무것도 없었으려니와 변화도 없었다. 릴리와는 이제 만나지도 않았고 정신 상태는 최악이었다. 마치 지렁이가 된 기분이었다.

누가 위에서 소금 좀 뿌려 달라고 늘 생각하며 살았다. 편하게 죽을 수만 있다면 나는 기꺼이 이 세상에 작별을 고하고 싶었다. 미련 따위 아무것도 없었다.

텔레비전을 틀면 매일처럼 화재 뉴스가 나왔다. 시청자가 찍은 듯한 현장 영상을 볼 때마다 온몸의 털이 곤두섰다. 나처럼 후회와 슬픔을 지고 살아가야 하는 사람이 또 늘어났나 생각하니 넌더리가 났다. 뉴스는 늘 희생자의 숫자에만 중점을 둔다. 그게 짜증났다. 내 마음이 닫혀 가는 게 느껴졌다.

좌우지간 눈에 보이는 모든 것에 짜증이 났고, 내가

살아 있는 게 문제라는 결론으로 이어졌다. 내가 없어져도 곤란한 사람은 아무도 없다. 나는 이 세상에 쓸모가 전혀 없는 인간이다. 그렇게 생각하니 정말 살아 있다는 게 허무해졌다. 누가 좀 죽여 달라고 나는 반쯤은 진심으로 생각했다.

나는 그저 외로웠다. 다른 사람과의 교류를 기피하면서 한편으로는 다른 사람의 온기에 굶주려 있었다.

그러던 어느 날, 손쉽고 빠른 방법으로 아르바이트하는 곳의 동료와 관계를 가졌다. 상대는 나보다 연상인 이십대 후반에, 이미 한 번 결혼했다 이혼한 여자였다. 우연히 집에 가는 시간과 방향이 같아서 나란히 걷던 중에 어쩌다 보니 기분이 고조됐다. 정신을 차려 보니 택시를 타고 호텔로 가는 중이었다. 택시 안에서 키스를 했다. 릴리가 아닌 다른 여자와 키스를 하는 것조차 처음이었다. 그래, 타락할 대로 타락해라. 나는 나 자신에게 그렇게 욕설을 퍼부었다.

그러나 호텔에서 나와 혼자가 되고 나니 더욱 허무한 기분이 들었다. 비가 오기 시작했다. 내가 우는 건지, 비가 얼굴을 적시는 건지 분간이 되지 않았다. 이미 심야를 지나 막차도 없었다. 나는 우산도 쓰지 않고 간선 도로를 터벅터벅 걸었다.

나도 모르는 새에 릴리의 휴대전화 단축 번호를 눌렀다. 그저 자동 응답 메시지를 안내하는 릴리의 목소리가 듣고 싶었던 것뿐이었다. 릴리는 잘 때 꼭 전원을 끄기 때문에 이 시간이면 그 목소리를 들을 수 있다. 그러나 예상과는 달리 진짜 릴리 목소리가 들려왔다.

철교 밑에서 비를 피하며 코만 훌쩍거린 채 잠자코 있자 릴리가 물었다.

"류, 무슨 일 있어?"

"리, 릴리." 나는 떨리는 목소리로 말했다. "미, 미, 미, 안." 울먹거리느라 말이 띄엄띄엄 나왔다.

"리, 리, 릴, 리, 아닌, 다, 른, 사람, 하고, 섹스, 해, 했어."

정말 토막토막이었다. 꼭 낡은 팩스에서 감열지가 조금씩 배출되는 것 같은 어조였다.

나는 릴리가 미친 듯이 화를 내지 않을까 싶어 긴장했다. 내심 그걸 기대했는지도 모른다. 하지만 그렇게 되지 않았다. 릴리는 그 말을 듣고도 얼마 동안 아무 말하지 않았다.

"류가 나 아닌 다른 사람이랑 섹스 했구나."

긴 침묵이 흐른 뒤, 릴리가 마치 해설하듯 냉정한 어

조로 말했다.

"도, 도, 도와, 줘."

나는 말했다. 그때가 되니 내가 터무니없는 과오를 저질렀다는 것을 알 수 있었다. 한심했지만 릴리 외에 이야기할 수 있는 사람이 없었다. 내 몸이 성기 끝에서부터 썩어 들 것만 같았다. 할 수만 있다면 내 더러워진 성기를 환관처럼 썩둑 잘라 버리고 싶었다.

"지금 밖에 있니? 넌 아무튼 레모네이드 하이츠로 돌아가 있어."

"꽤 가까운 데까지 왔으니까 이제 택시를 탈 수 있을 거야."

릴리가 감정을 억누른 평탄한 목소리로 말하기에 나도 눈물을 꾹 참고 대답했다.

나는 계단을 네 발로 엉금엉금 기듯 올라가 이럭저럭 집에 이르렀다. 일단 쫄딱 젖은 옷부터 갈아입었다. 몸이 꽁꽁 언 상태였다.

"류."

릴리의 목소리에 눈을 떴다. 비는 더욱 세차게 쏟아지고 밖은 아직 어두웠다. 나는 서둘러 현관문을 열었다. 설마 릴리가 올 줄은 몰랐다. 기쿠 할머니와 셋이 야스쿠니 신사에 벚꽃을 보러 간 이래로 처음 만나는 것이었다.

"어떻게 왔어?"

"첫차 타고."

불을 켤 마음은 나지 않았으므로 어둠 속에 릴리와 마주 보며 서 있었다.

나는 도저히 릴리의 얼굴을 똑바로 쳐다볼 수 없었다. 릴리는 그런 내 마음을 짐작했는지 담담히 안으로 들어왔다. 나는 어둠 속에서 주전자에 물을 넣었다.

"차를……."

"류, 그런 건 됐으니까 이리 와서 앉아."

내 말을 가로막고 릴리가 말했다.

"미안."

나는 사과했다. 그런 달랑 두 글자로는 전혀 충분치 않았지만 그 말밖에 생각나지 않았다.

"나한테 미안하다고 해도 곤란해. 네가 스스로 선택한 일이잖아. 좋았을 거 아냐?"

릴리는 말했다.

"미안."

"사과하지 말라니까!"

내가 또 사과한 순간 릴리가 주먹을 치켜들어 허벅지를 탁 때렸다.

"됐으니까 당장 입은 옷 다 벗고 여기 누워."

나는 릴리가 시키는 대로 따랐다. 무슨 일을 당해도 상관없었다.

내가 요 위에 엎드리자 릴리는 내 등에 두 손을 올려놓고 중얼거렸다.

"나, 이렇게라도 하지 않으면 널 죽일지도 몰라."

그러더니 작은 병에서 액체 같은 것을 손에 덜더니 그것을 내 상반신에 발랐다. 그 순간 상쾌한 향기가 퍼지기에, 이게 전에 릴리가 열심히 이야기했던 에센스 오일이구나 생각했다. 릴리의 손바닥은 따끈따끈했다. 그녀가 손을 대면 그 부분의 피부가 열에 녹아, 릴리의 손가락이 내 뼈와 살을 부드럽게 어루만지는 듯한 기분이 들었다.

릴리는 손바닥을 부드럽게 놀리며 말했다.

"류, 그 사람을 좋아하게 된 거야?"

오싹하리만큼 침착한 목소리였다.

"아냐."

나는 즉각 대답했다.

"그럼 왜 좋아하지도 않는 사람이랑……."

"외로워서 견딜 수 없었어."

나는 솔직하게 대답했다. 이제 거짓말의 갑옷으로 자신을 방어하기는 싫었다.

뜻밖에도 릴리는 울고 있었다. 참을성이 많아 어렸을 때 넘어져 뼈가 부러졌을 때조차 눈물을 꾹 참았던 릴리가, 내가 바람피운 것 때문에 울고 있었다. 릴리의 눈물이 내 등에 뚝뚝 떨어졌다. 그래도 릴리는 말을 이었다.

"넌 섹스가 뭐라고 생각해? 그냥 배설?"

"아냐."

부정은 했지만 릴리가 납득할 수 있게 설명할 수 있을 성싶지 않았다. 그러자 릴리가 말했다.

"난 말이지, 자기는 절대 손이 닿지 않는 부분을 좋아하는 사람만 만질 수 있게 해 주는 행위라고 생각해."

그 뒤로는 릴리의 깊은 숨소리만이 들렸다. 그사이에도 그녀는 두 손을 정성스럽게 움직였다. 그렇게 해서 고조된 감정을 필사적으로 진정시키려는 듯했다.

"기분 좋다."

나도 모르게 숨을 내쉬듯 중얼거렸다. 릴리의 손길을 받는 사이에, 점점 내가 그저 둥근 젤리 덩어리가 되어 흐늘흐늘하게 누워 있는 듯한 기분이 들었다.

"좀 더 빨리 너한테 해 주면 좋았을걸."

릴리는 코를 훌쩍거리며 말했다.

"고마워."

나는 모호하게 대답했다. 그때 릴리의 두 손은 내 허벅지 언저리를 문지르고 있었다. 나는 의식이 몽롱해질 정도로 기분 좋은 물결에 몸을 내맡기고 둥둥 떠 있었다.

"어때?"

얼마 있다가 릴리가 물었다.

"뭐가?"

나는 잠꼬대처럼 불분명한 목소리로 되물었다.

"야한 생각이 들어?" 릴리가 말했다. "전에 네가 그랬잖아. 미용 관리는 섹스랑 똑같다고."

그러더니 그녀는 또다시 목이 메는 듯했다. 내가 생각했던 이상으로 그 일이 마음에 걸렸던 것이다. 나는 그걸 그제야 알아차렸다.

"그런 소리를 하다니 내가 정말 잘못했어."

내가 진심으로 사과하자 허벅지에 또 릴리의 눈물이 뚝뚝 떨어졌다. 눈물은 내 몸에 서서히 스며드는 듯했다.

어느새 잠이 들었다. 눈을 떠 보니 릴리가 없었다. 순

간, 꿈속에서 릴리를 만난 줄 알았다. 그러나 몸에서 꽃
이나 식물을 농축시킨 듯한 좋은 향기가 났으므로 릴리
가 와 준 게 꿈이 아니라는 것을 알 수 있었다.

머리맡에 쪽지가 놓여 있었다.

'오늘은 물을 많이 마셔. 쌓여 있던 독이 소변으로 배
출될 거야.'

릴리. 나는 속으로 불렀다.

제발 지금까지 나와 함께 보낸 시간을 잊지 말아 줘.
나는 이제 외야석에서 네 활약을 지켜보는 것만으로도
만족할 테니까.

나는 커튼을 활짝 열었다. 멀리 어렴풋이나마 산의 능
선이 보였다. 아침 해가 눈부셔 눈앞이 어질어질했다.

그로부터 몇 주 뒤 아침이었다.

공중전화에서 전화가 걸려 왔다. 바로 받지는 않고 나
중에 녹음된 메시지를 들어 보니 스바루 아저씨였다.

"류, 얼마 안 돼도 좋으니까 돈 좀 빌려줄래?"

급박한 목소리로 느닷없이 그렇게 말했다.

펜션이 어렵다는 이야기는 릴리에게 들어 알고 있었
다. 그러나 대학생인 나에게까지 돈을 빌려 달라고 할

만큼 사태가 심각한 줄은 몰랐다. 순간 릴리에게 전화해 볼까 했지만 내가 먼저 걸기는 역시 껄끄러웠다. 그래서 문득 생각나 우엉의 휴대전화에 걸어 봤다. 자동 응답 메시지가 나오기에 시간이 있으면 전화를 달라고 녹음했다. 대략 한 시간 뒤에 우엉이 전화했다.

"미안."

나는 자는데 깨웠나 싶어서 사과했다. 생각해 보니 아직 오전 중, 호스트라면 당연히 자고 있을 시간이었다.

"아냐, 딱 좋았어." 우엉은 말했다. "방금 아침 청소가 끝났거든."

"청소? 우엉, 너한테 가게 청소까지 시켜?"

"아냐, 아냐. 가부키정을 일요일 아침마다 청소하거든. 엄청 지저분하니 말이지."

"그건 또 왜?"

나는 소박한 질문을 던졌다.

"음, 이야기하자면 긴데, 류, 듣고 싶어?"

내가 고개를 끄덕이자 우엉은 "내가 일하는 호스트 클럽 점장님이 시작한 일인데." 하고 운을 떼더니 이야기를 해 주었다.

우엉이 다닌다는 가게에서는 어디서 자연재해 등이

발생하면 다 같이 돈을 모아 전달하러 가는 게 관례라고 한다. 그래서 지지난달에 도호쿠 지방에서 큰 지진이 났을 때 우엉도 처음으로 성금을 전하러 갔다.

"원래는 가게 홍보였대. 하지만 점점 호스트도 사회에 공헌할 수 있다는 게 기뻐진 모양이야. 나도 처음엔 어쩌면 좋을지 몰라서 쩔쩔맸지만 전달하고 돌아오는데 묘하게 기분이 개운한 거야. 광고란 말을 들어도 안 하는 것보다는 낫지 않나 싶더라. 눈앞에 곤경에 처한 사람들이 있는데 실제로 그 사람들한테 돈이 도움이 될 테니까.

그래서 그때 그런 생각이 들었어. 다른 사람을 위해 뭔가 한다는 게 단순히 기분 좋은 일이구나. 호스트란 게 결국 손님한테서 어떻게 하면 돈을 뜯어낼까 하는 일이고, 서로 속고 속이고 하는 허구의 세계이기도 하지만, 그런 일을 하면서도 어디선가 땅에 발을 단단히 디디고 살고 싶단 말이지. 난 호스트란 일에 좀 더 자부심을 갖고 싶거든. 역시 서비스의 프로이기도 하잖아, 우리가. 그래서 우선 가까운 일부터 좀 더 해 보자 싶어서 생각해 낸 게 청소야. 그거 내가 말 꺼낸 거다."

"대단한데."

나는 말했다.

"다음에 너도 와라. 청소하면 기분이 진짜 그렇게 상쾌할 수 없어." 우엉은 말했다. "그보다 뭐 할 말 있었던 거야? 심각한 목소리로 메시지가 들어 있던데. 릴리 씨하고 또 싸우기라도 한 거야?"

"아니, 우리 친척 때문에."

나는 머릿속으로 용건을 기억해 내며 대답했다. 우엉의 이야기를 듣다 보니 본래의 문제를 잊어버릴 뻔했다.

"아저씨라고 할지, 엄밀히 말하면 나한테는 종조할아버지인데, 돈을 좀 빌려 달라고 해서."

나는 내용을 짤막하게 정리해 우엉에게 전했다.

"그거 힘들겠구나." 우엉은 말했다. "하지만 돈은 빌려 준다고 생각하면 안 돼. 아예 준다고 생각하고 줘야지."

"그런가."

나는 멍하니 중얼거렸다.

"그래. 돈 때문에 관계가 틀어지는 일이, 특히 내가 지금 있는 세계에선 워낙 많거든. 난 그래서 돈은 절대로 남한테 안 빌려줘."

우엉은 딱 잘라 말했다. 원래는 분위기를 봐서 내가 우엉에게 돈을 꿔서 스바루 아저씨에게 빌려줄 생각이었다. 그러나 우엉의 그 말로 허튼 기대였다는 것을 알았다.

"빚이 얼마나 되는데?"

그래도 우엉은 물었다.

"나도 자세히는 모르지만 아마 몇 백만은 되지 않을까. 어쩌면 1천만도 넘을지 몰라."

'1천만'이라고 말해 놓고 스스로 등골이 오싹했다.

"그런 큰돈은 어차피 네가 어떻게 할 수 있는 액수가 아니야. 네가 지갑을 탈탈 털어 줘도 밑 빠진 독에 물 붓기라고 생각하는데."

"그렇겠지." 나는 말했다. "우엉, 고맙다. 너하고 의논하길 잘했어."

"아냐, 도움이 못 돼서 나야말로 미안하다. 그보다 진짜로 청소 캠페인에 참가하는 거 한번 생각해 봐. 매주가 아니어도 돼. 학교 다닐 때처럼 또 널 가끔 만날 수 있다고 생각하면 나도 즐겁고. 마음이 내키면 언제든 참가할 수 있게 해 둘 테니까."

그로부터 며칠 뒤에 또 공중전화에서 전화가 걸려왔다.

나는 벨소리를 들으며 망설이다가 결국 전화를 받았

다. 역시 스바루 아저씨였다.

"류, 잘 지내냐?"

아저씨는 지친 목소리로 말했다.

"네, 이럭저럭. 아저씨는요?"

"글쎄다, 잘 지낸다고 할 수 있으면 좋겠다만. 그보다 저번에 메시지 남겼는데." 스바루 아저씨는 단도직입으로 말을 꺼냈다. "얼마 안 돼도 되니까 빌려줄 수 없겠냐? 금방 갚을 테니까."

애걸하는 듯한 목소리였다.

"죄송해요." 나는 마음이 흔들리기 전에 단호하게 내 뜻을 표시했다. "저도 아저씨 빌려드릴 만한 돈은 없어서요."

"1, 2만 엔만이라도 돼."

"죄송해요."

"그래……."

스바루 아저씨의 축축한 한숨이 수화기 구멍을 통해 이쪽까지 불어 나올 듯했다.

"수업이 곧 시작되니까 그만 끊을게요."

나는 거짓말을 하고 전화를 끊었다. 나는 그때 여태 잠옷 차림이었고 학교에 갈 마음 따위 눈곱만큼도 없었다.

전화를 끊고 나니 내가 너무나도 비겁한 인간처럼 느껴졌다. 어렸을 때 스바루 아저씨가 우리를 여기저기 데리고 가 줬던 생각을 하니 눈물이 쏟아졌다. 할리 데이비슨의 사이드카에 탔을 때 기분이 어땠는지 생각났다.

며칠 뒤, 또 공중전화에서 전화가 왔기에 이번에는 아예 전화를 받지 않았다. 나는 휴대전화의 전원 자체를 꺼버렸다. 이제 아무와도 얽히고 싶지 않았다.

전보가 도착한 것은 그로부터 며칠 뒤 저물녘이었다.

곰돌이 푸 축전이라 처음에는 잘못 배달된 줄 알았다. 그러나 발신인은 릴리였다.

이상하게 여기면서 전보문을 읽었다가 심장이 멎을 뻔했다. '스바루 아저씨가 실종됐대.'라고 쓰여 있었다. 내가 돈을 빌려주지 않았기 때문이라고 생각했다.

나는 황급히 휴대전화 전원을 켜고 메시지를 확인했다. 공중전화에서 걸려 온 전화가 여덟 통이나 있었다. 여덟 번째 메시지에 처음 스바루 아저씨의 목소리가 녹음되어 있었다.

"류, 지금까지 고마웠다. 어머니하고 펜션을 잘 부탁한다."

어디 혼잡한 길거리에서 거는지, 뒤쪽에서 요란한 자

동차 경적 소리가 들렸다.

스바루 아저씨, 대체 어딜 간 거예요!

지금 어디서 뭘 하고 있어요!

죽으면 죄다 끝장이라고요!

죽을 각오가 있으면 못 할 일이 뭐가 있느냐고요!

나는 분해서 축전에 딸려 온 곰돌이 푸 인형으로 바닥을 퍽퍽 내리쳤다. 그래도 마음이 진정되지 않아 이번에는 텔레비전을 향해 냅다 집어던졌다. 텔레비전 위에 장식해 둔 금실 개가 바닥에 달칵 떨어졌다. 그래도 두 마리는 떨어지지 않고 바닥에 누운 채 기분 좋은 표정으로 사랑을 나누었다.

그 뒤 일어난 일은 전부 릴리에게 전화로 들었다.

기쿠 할머니는 자기 명의로 되어 있던 펜션 고이지의 토지 및 건물을 팔았다. 불황 탓에 살 때 가격의 몇 분의 일밖에 받지 못했다는데, 어쨌든 그 돈으로 빚을 갚았다. 그리고 당신은 조상님에게서 물려받은 밭뙈기 한구석에 있는 헛간 같은 판잣집으로 옮겨, 그곳에서 논밭을 일구며 근근이 꾸려 나가기로 한 모양이었다.

봄에 기쿠 할머니가 야스쿠니 신사에 벚꽃을 보러 왔을 때도, 물론 벚꽃을 본다는 목적도 있었지만 릴리의 어머니, 즉 딸인 미도리 씨에게 돈을 변통해 줄 수 없느냐고 부탁하기 위해 온 듯했다. 그래서 미도리 씨가 돈을 빌려주었는지 아닌지는 알 수 없었다.

"기쿠 할머니가 그러더라." 수화기 저편에서 릴리가 말했다. "내가 어머니한테 빚을 떠넘기고 자기는 줄행랑을 치다니 나쁜 아들이라고 그랬더니, 어떤 애가 됐든 자식은 자식이래. 자기가 낳은 자식이니까 귀엽대. 우리 엄마에 관해서도 같은 말을 했어. 어머니란 정말 대단해."

이 일이 있고 우리는 차츰 다시 둘이서만 만나기 시작했다. 그러나 이제 전처럼 연인 관계라는 분위기는 없었다. 우리 주위에는 밀월의 끝이라고도 할 수 있을 나른한 공기만 고요히 흘렀다. 큰 의미에서는 여름의 끝이었을지도 모른다. 우리는 연인이라는 존재를 지나 인생의 쓴맛 단맛을 모두 같이 경험한 동지 같은 존재였다. 한층 깊은 곳에서 맺어진 것 같은 실감이 있었다. 그렇기에 만약 릴리에게 좋아하는 사람이 생긴다면 나는 기꺼이 내 자리를 그 사람에게 양보할 각오가 되어 있었다. 그녀가 행복해질 수만 있다면 상관없었다. 다만 우

리는 너무나도 긴 시간을 공유한 탓에 떨어지기가 쉽지
않았다. 나에게는 그저 한없이 투명하고 아름답고 달콤
하기만 한, 완벽하게 순수한 감정이 싹트고 있었다. 구
태여 말로 표현하자면 정이었다.

　이듬해 5월에 기쿠 할머니가 조용히 숨을 거두었다.
여든여섯 살이었다.

　나는 야스쿠니 신사에서 벚꽃을 본 이래로 할머니를
본 적이 없었다. 발견한 사람은 릴리였다. 그녀는 만년
의 기쿠 할머니와 곧잘 시간을 함께 보내곤 했다.

　처음에 어머니에게서 할머니가 세상을 떠났다는 연락
을 받았을 때 솔직히 별로 실감이 나지 않았다. 그러나
'아즈사'가 하치오지를 지나 고개를 넘고 고후로 접근할
수록 가슴에 뭐라 형언할 길 없는 감정이 치밀었다. 기
쿠 할머니가 기껏 도쿄까지 올라왔는데도 나는 슬그머
니 할머니를 피했다. 추하게 일그러진 자신의 마음을 주
먹으로 박살 내고 싶었다.

　그새 여러 가지 준비를 마치고 상복을 사러 마쓰모토
에 나와 있던 릴리와 역 플랫폼에서 합류했다. 이곳에
둘이 서 있으려니 기쿠 할머니가 '잘 있었나?'라고 하며

마중 나올 것만 같았다. 릴리는 전에 보았을 때보다 훨씬 더 수척했다. 눈도 움푹 들어가고 뺨도 홀쭉했다.

오이토선에 올라타 창가 자리에 마주 보고 앉았다. 이런 기분으로 오이토선을 탄 것은 처음이었다. 이 근방에서는 어린이날이 지나도 잉어 깃발을 여전히 내다 놓기 때문에, 바람을 품은 잉어 깃발이 파란 하늘을 유유히 헤엄치고 있었다.

"할머니, 아주 편안하게 가셨어."

열차가 출발하기를 기다렸다는 듯, 릴리가 띄엄띄엄 기쿠 할머니의 마지막 모습을 가르쳐 주었다.

"진짜 마지막까지 정정하게 사시다가 훌쩍 떠나신 거야. 할머니가 쓰던 그릇도 깨끗하게 씻겨 있고 모든 게 깨끗하게 정리돼 있더라. 얘, 류, 작년 봄에 셋이서 야스쿠니 신사에 갔었잖아? 그 뒤에 스타벅스에 갔던 거 기억나?"

"그야 물론이지."

나는 당장이라도 울 듯한 목소리로 대답했다. 풍경이 주마등처럼 눈앞을 스쳤다.

"그때 할머니가 스트로베리프라푸치노를 마셨잖아?"

"응."

"메뉴를 잘 모르겠다고 해서 내가 맘대로 주문해서 갖고 갔는데, 할머니, 굉장히 조심조심 빨대에 입을 대더니 어린애 같은 얼굴로 생긋 웃었어. 맛있다고."

아닌 게 아니라 기쿠 할머니는 그때 우리와 같은 세대인 것처럼 젊고 귀여웠다.

"그래서 다 마시고 나서 네가 일회용 컵을 모아 버리려고 했잖아? 그랬더니 이렇게 예쁜데 아깝다고 할머니가 스트로베리프라푸치노 컵을 집으로 갖고 갔지. 그때류, 네가 약간 언짢아했었어."

"기억나."

"할머니, 돌아온 이래로 그 컵에 늘 꽃을 꽂아 놨거든. 진짜 그냥 평범한 들꽃이었지만 할머니가 꽂으면 참 예뻐 보였어. 다른 사람들이 모두 쓰고 그냥 버리는 컵이 꼭 특별하게 아름다운 그릇 같았지 뭐야. 그래서 그날 아침도 말이지, 내가 할머니, 안녕히 주무셨어요, 하면서 들어갔더니 그 스트로베리프라푸치노 컵이 테이블에, 테이블이라고 해 봤자 상자에 천을 덮었을 뿐이지만, 그 위에 동그마니 놓여 있고 뱀딸기 꽃이 꽂혀 있는 거야. 할머니는 정말로 아무한테도 폐를 끼치지 않고 떠났어."

나는 이미 릴리의 말에 대답할 수 있는 상태가 아니

었다. 처음에는 창문이 흠뻑 젖은 줄 알았다. 그러나 시야를 적시는 것은 창문이 아니라 나였다.

눈물이 그저 하염없이 쏟아졌다. 같은 차량에 탄 고등학생들이 나를 힐끔거리는 것을 알 수 있었지만 얼버무릴 수 있는 단계가 아니었다. 릴리는 내 맞은편 자리에서 옆자리로 옮겨 앉더니 내 등에 손을 대고 부드럽게 쓸어 주었다. 릴리의 손이 닿은 부분만 다리미를 갖다 댄 것처럼 따끈따끈했다.

"나, 자주 할머니한테 오일을 발라 마사지를 해 드렸거든. 할머니도 다이쇼 시대에 태어난 사람이니까 처음엔 몸에 직접 닿는 데 거부감이 좀 있는 것 같았지만, 점점 기분 좋다면서 좋아해 줬어. 마사지를 하면서 여러 가지 이야기를 했어. 할머니의 첫 경험 이야기라든지 말이지. 죄 처음 듣는 이야기들이라 깜짝 놀랐지만."

릴리는 거기까지 이야기하더니 숨을 후 내쉬며 창밖을 내다보았다. 선로 변에 핀 유채꽃이 눈이 시리도록 환했다. 갓 떨어진 벚꽃 꽃잎이 지면을 분홍색으로 물들였다. 나는 옆에 앉은 릴리의 팔에 폭 안긴 모양새가 되었다.

"어느 날 할머니가 사과나무 이야기를 해 주더라. 할

머니 밭에 커다란 사과나무가 있는 거 알아?"

나는 고개를 들지 못한 채 끄덕끄덕했다. 콧물이 허벅지 있는 데까지 가느다란 실처럼 늘어졌다. 릴리가 가방에서 티슈를 꺼내 주었다.

"할머니가 그 나무 밑에 자기한테 소중한 게 묻혀 있다고 하는 거야. 그게 뭐냐고 물었더니 죽은 두 아들이래. 난 깜짝 놀라서 무슨 뜻이냐고 물었거든. 할머니는 말이지, 거기에 두 아들의 영혼을 묻었다고 했어. 중요한 건 영혼이라고."

거기까지 말하더니 릴리는 주머니에서 손수건을 꺼내 눈 밑을 찍었다. 꼭 투명한 눈물을 훔치는 듯한 모습이었다.

"류, 알고 있었니?"

릴리가 느닷없이 나에게 묻기에 나는 영문도 모르고 고개를 좌우로 흔들었다.

"할머니는 전쟁이 끝나고 온 나라가 흥청망청 들뜬 분위기에 휩싸였을 때 어쩐지 굉장히 우울했던 시기가 있었대. 밭을 갈고 벼를 가꿀 기력도 없어서 논밭은 황폐해질 대로 황폐해졌던 모양이야.

하지만 어린애들을 데리고 있었잖아. 그 왜, 우리 할

아버지도 병에 걸려 요양 중이었고. 그래서 어느 날 밤 불현듯 생각나서 사과나무를 보러 갔대. 어쩐지 사과나무가 자기를 부르는 것 같더래. 그때 문득 밤하늘을 올려다봤더니 굉장히 커다란 별똥별이 슥 떨어지더라는 거야. 할머니는 그때 오랜만에 기분이 밝아졌다고 했어. 그래서 아주 나중에 네가 태어났을 때 이 애 이름은 류세이(流星)다 싶었대. 별똥별을 보고 기분이 나빠지는 사람은 없다고. 별똥별은 사람의 마음에 희망을 주니까, 네가 그런 사람이 되길 바란 모양이야."

"완전히 이름에 사람이 못 따라가는걸."

나는 눈물을 뚝뚝 흘리며 말했다.

"그렇지 않아."

릴리가 부드럽게 속삭이며 내 등을 통통 두들겨 주었다.

"할머니는 늘 네 걱정을 했어." 릴리는 말했다. "화재의 원인은 정말 끝까지 알 수 없었고 어쩌면 방화였을 가능성도 있다고 했지만, 그래도 할머니는 줄곧 자기가 불을 냈을지도 모른다고 생각했던 모양이야. 게다가 바다를 풀어놓고 키우기만 했으면 제힘으로 도망칠 수 있었을 텐데 자기 때문에 바다가 사슬에 묶여서 그런 변을 당했다고, 류세이한테 미안하다고. 그 이야기를 할 때마다 눈물짓곤 했어."

눈물이 그칠 줄 모르고 홍수처럼 쏟아졌다.

"그리고 말이지……."

릴리가 불현듯 생각난 것처럼 밝은 목소리로 말했다.

그녀는 어제 충분히 울었는지, 물이 고갈된 사막처럼 이제 기쿠 할머니의 추억을 이야기해도 눈물이 나지 않는 듯했다.

"난 이제 정말 빈털터리다, 남겨 줄 수 있는 게 아무것도 없다. 하지만 가족이 내 재산이다. 할머니는 그런 말을 했어. 그 가족이 우리인 거야. 류, 네가 오키나와에서 사다 드린 흑당 있잖아? 할머니는 그걸 늘 신줏단지 모시듯 했어. 그리고 야스쿠니 신사 문 앞에서 셋이 찍은 폴라로이드 사진. 그걸 한시도 떼 놓지 않고 지니고 다녔어.

할머니는 또, 어린애는 애정이 없으면 태어나지 않는다는 말도 했어. 아이는 제가 태어날 부모를 고른다고. 인류는 지금까지 여러 번 위기에 직면했지만, 사십억 년간 생명의 행위가 한 번도 중단되지 않았던 덕에 지금 여기에 우리가 있는 거라고 가르쳐 줬어. 난 사실 엄마에 대해 자식한테 폭력을 휘두른 몹쓸 부모라고 내내 생각하고 있었는데, 그 말을 듣고 났더니 그래도 어떤 면에선 애정을 갖고 길러 준 것도 사실이고, 엄마는 엄마대로 첩이란 입장에서 최선을 다했구나, 하는 생각이 드는 거야. 아빠랑 엄마가 만났으니까 내가 태어난 거잖아? 그런 일이 아주, 아주 먼 옛날부터 내내 계속돼 온 거야. 그게 얼마나 엄청난 일이야? 그렇게 생각하면 살다 보면 힘든 일, 괴로운 일도 있지만 즐거운 일이라든지 기쁜 일도 가끔은 있잖아? 그 모든 게 부모님이라고 할지, 조상님들 모두가 주는 선물이란 생각이 들었어. 그리고 말이지……."

릴리는 거기까지 이야기하더니 갑자기 머뭇거렸다.

"응?"

나는 뒷말을 재촉했다.

"역시 아직은 안 가르쳐 줄래."

얼굴을 들어 보니 릴리는 퍼그처럼 얼굴을 구깃구깃 구기고 필사적으로 눈물을 참고 있었다.

"아무튼 나나 너나 기쿠 할머니의 자손이라 다행이란 생각이 들었어."

릴리가 말했다.

열차는 이윽고 호타카역에 도착했다.

기쿠 할머니는 정말 지금 당장이라도 일어나 괭이를 들고 밭을 갈 듯한 얼굴로 잠들어 있었다. 무척 평안해 보여서 처음으로 죽은 시신을 보는데도 조금도 무섭지 않았다. 할머니의 마지막 거처가 된 헛간은 어찌나 깨끗하게 정리되어 있는지 꼭 영화 세트 같았다. 제단처럼 마련된 코너에는 릴리 말대로 내가 우엉의 본가에 놀러 갔을 때 사 온 흑당이 봉투도 뜯지 않은 채로 장식되어 있었다.

릴리가 할머니에게 풀꽃으로 관을 만들어 마지막으로 선물하고 싶다 해서 나도 같이 밖으로 나갔다. 어쩐지 할머니가 이 계절을 골라 죽었다는 생각이 들었다. 가련한 들꽃이 밭 한가득 흐드러지게 피어 있었다.

릴리는 꽃을 따며 조금씩 줄기 부분을 엮어 둥글게 모양을 잡았다. 나는 만드는 법을 모르기 때문에 꽃을 따는 데 전념했다. 줄기가 너무 굵은 것은 적합지 않다고 해서 민들레와 토끼풀을 중심으로 모았다. 어렸을 때 어느 해 여름에 이런 식으로 릴리와 시간을 보냈던 기억이 어렴풋이 났다.

꽃으로 엮은 관을 머리에 쓴 기쿠 할머니는 허연 빛깔 원피스를 입어서 그런지 어딘지 모르게 천사 같았다. 가슴에는 들꽃을 모아 만든 부케를 장식했다. 자세히 보니 부케에 작은 벌레가 붙어 있었지만, 벌레가 있는 편이 오히려 할머니답다는 생각이 들었다.

오후부터 사람들이 속속 모여들어 우리끼리 할머니와 대면할 시간이 적어졌다. 새로 산 상복으로 갈아입은 릴리는 능숙한 태도로 장례를 준비했다.

헛간에 사람들이 다 들어올 수 없었으므로 장례식은 할머니가 남긴 밭에서 거행하기로 했다. 사과나무에 흰 꽃이 활짝 피어 있었다.

우리 부모님도, 릴리의 부모님도 달려왔다. 캐나다에서 돌아온 쓰타코도 도중부터 장례식에 참가했다. 그제야 알았는데 쓰타코는 임신한 모양이었다. 아키오 씨도 있었다. 이미 이름도 생각나지 않지만 과거에 고이지 여관 주방 일을 거들어 주었던 사람들도 보였다. 머리가 허옇게 세서 처음에는 누군지 알아보지 못했으나, 해마다 알프스 산들의 사진을 찍으러 와 고이지 여관에 머물던 아마추어 사진작가 요코타 씨도 와 주었다. 불이 났을 때 아직 초등학생이던 나를 데리고 같이 대피했던 생명의 은인이다. 이웃 사람들도 많이 참석해 다 함께 기쿠 할머니의 죽음을 성대하게 추모했다. 파란 하늘 아래 들판 같은 밭 가운데서 거행된 장례식은 정말 할머니답고 멋있었다.

나는 친척 일동을 대표해 모인 사람들에게 인사했다. 연소자가 하는 것이라 해서 처음에는 릴리의 어린 남동생, 레오가 거론됐다. 그러나 레오는 기쿠 할머니를 만난 적이 한 번밖에 없었던 터라 내 쪽이 더 적합하다는 결론이 내려졌다. 장의사 직원이 나에게 마이크를 주었다. 그러나 "할머니." 하고 부르고 나니 목이 메어 그 이상 말이 나오지 않았다.

"기쿠 할머니……."

또다시 용기를 쥐어짜 목소리를 냈다. 그 순간 마이크에서 삑 소리가 났다.

기쿠 할머니와 지낸 날들이 주마등처럼 뇌리를 스쳤다. 매년 여름이면 마쓰모토까지 릴리를 마중 나갔던 일. 매일 릴리와 나와 쓰타코, 셋에게 도시락을 싸 주었던 일. 수제 크로켓과 카레라이스. 쓰타코의 초경 때 먹은 팥밥. 중학교 때는 침식을 거의 같이 했다. 함께 텔레비전으로 나가노 올림픽 개회식을 봤다. 릴리와 사귀는 게 발각됐을 때는 셋이 같이 노천탕에 들어갔다. 몸이 좋지 않았던 나를 흙 속에 파묻었다. 자연의 신비를 여럿 가르쳐 주었다. 도쿄로 올라온 뒤로는 채소와 쌀을 다 먹지도 못할 만큼 보내 주었다. 그리고 같이 야스쿠니 신사에 가서 벚꽃을 올려다봤다.

"죄송해요."

한참 웅크리고 운 뒤 나는 목소리를 쥐어짜 말했다. 또 마이크에서 삑 소리가 났지만 이제 신경 쓰지 않았다.

스무 살 넘은 사내의 인사가 이런 것인가 생각하니 한심하기 짝이 없었다. 나는 마지막으로 있는 힘껏 부르 짖었다. 그 말만은 꼭 전하고 싶었다.

"기쿠 할머니, 고맙습니다!"

마이크를 쓰지 않고 육성으로 말했다. 사람들이 띄엄 띄엄 박수를 쳤다.

어쩌면 스바루 아저씨가 오지 않을까 싶어 장례식이 끝날 때까지 계속 기다렸다. 릴리가 휴대전화에 여러 번 전화를 걸어 메시지를 남겼다고 했다. 그러나 아저씨는 끝내 나타나지 않았다. 장례식이 끝나고 사람들이 삼삼 오오 돌아갔다.

내일이면 기쿠 할머니의 몸은 재가 된다. 그래서 우리

는 마지막으로 할머니와 같이 자기로 했다. 쓰타코도 몸이 무거운데도 여기서 같이 자겠다고 했다. 그래서 우리는 비좁은 헛간에서 다닥다닥 붙어 셋이서 할머니와 마지막 밤을 보냈다. 드림에서 보냈던 여름 방학이 생각났다. 할머니는 그저 평온한 표정을 띠고 잠들어 있었다.

마쓰모토에 있는 화장장에서 시신을 화장한 뒤, 나와 릴리는 유골 단지에 든 기쿠 할머니를 호타카 산속에 있는 할머니의 밭으로 데리고 돌아왔다. 부모님들은 이제 나와 릴리가 같이 있어도 뭐라 하지 않았다.

"이렇게 돼 버렸네."

릴리는 가볍게 웃으며 말했다. 따스함 어린 목소리였다.

이미 저물녘이었다. 하쿠바 연봉(連峰)의 정상 부근에는 아직 하얀 눈이 남아 있어 그곳만 연분홍색으로 물든 듯 보였다. 호타카의 가장 아름다운 광경이었다. 우리는 우리끼리 할머니의 유언을 실행하기로 했다.

생전에 할머니는 릴리에게 아로마 마사지를 받으며 당신이 죽으면 유골 중 절반은 조상님과 같은 묘에, 그리고 나머지 절반은 아들들의 영혼이 잠든 사과나무 밑에 같이 묻어 달라고 한 모양이다.

그리고 일 년에 한 번이어도 되니까 가을에 사과가 열

리면 우리에게 이곳에 와 달라고 했다 한다. 사과를 수
확해 그냥 먹어도 되고 애플파이를 굽건 잼을 만들건 해
서 먹어 달라고. 그러다 세월이 흘러 나무가 말라 죽거
든 줄기를 태워 난방에 써 달라 했다고 한다. 죽은 뒤로
도 누군가에게 도움이 된다면 당신은 그것만으로도 행
복하겠다고. 기쿠 할머니는 릴리에게 그런 말을 남겼다.

우리는 사과나무 밑에 구멍을 팠다. 릴리가 두 손으로
재를 퍼 구멍에 담았다.

"이 정도?"

릴리가 유골 단지와 구멍 속을 번갈아 보며 말했다.

"좀 더 넣어야 하지 않을까?"

나는 사과나무 밑에 묻을 분량을 더 늘렸다. 기쿠 할
머니가 사과나무로 다시 태어나 주면 좋겠다고 생각했
다. 흙을 덮고 손으로 꽉꽉 눌러 땅을 다졌다. 손에 묻은
흙을 털며 일어서 하늘을 올려다보니 사과나무가 기뻐
하는 게 느껴졌다. 그것을 전하는 사인처럼 어디선가 보
드라운 고급 비단 같은 바람이 불어왔다.

"할머니, 곧잘 이 나무에 말을 걸곤 했는데." 나는 문
득 생각나 말했다. "식물뿐만이 아니라 물건에도 늘 고
맙다, 수고했다, 하고 말을 걸곤 했어."

"물건한테도?"

"그래, 국자라든지 플라스틱 간장 병, 밥공기에도. 그리고 내 휴대전화한테도 종종, 넌 참 부지런하구나, 기특하기도 하지, 하고 칭찬해 주곤 했어."

"할머니다운걸."

"물건을 아주 소중히 여기는 사람이었으니까. 사과나무도 벌레도 풀도 사람이랑 똑같이 똑똑하고 귀엽다고 했었어."

"나한테도 자주 그랬어. 자기가 풀이나 벌레보다 더 잘났다고 생각하지 말라고."

그 뒤로 우리는 밭을 어슬렁어슬렁 돌아다녔다. 해가 거의 져 주위가 어둑어둑했다.

"나 말이야."

릴리는 나란히 걸으며 말했다. 쑥갓처럼 생긴 채소에 잎이 무성했다. 줄기와 줄기 사이에서 기쿠 할머니가 훌쩍 나올 것 같았다.

"언제가 될지는 모르지만 언젠가 아즈미노에서 기쿠 할머니가 가르쳐 준 세계를 실현할 수 있으면 좋겠어."

놀라 릴리를 돌아보자 그녀는 말을 이었다.

"내 손으로 채소를 재배하고, 몸과 지구에 모두 친절

한 생활 방식을 제안하는 거야. 그리고 난 찾아온 사람한테 아로마 테라피를 해 줘서, 힘들다든지 괴롭다든지 하는 감정을 세상에서 조금이라도 줄이기 위해 노력하는 거지."

"그래."

나는 고개를 끄덕였다. 릴리라면 분명히 그것을 실현할 수 있으리라고 생각했다.

어떤 말이 목구멍까지 나왔지만 나는 그 말을 릴리에게 소리 내어 전하지 않았다. 가족이라는 존재를 내내 성가시게 생각하며 살아 왔으면서, 또 그 가족을 만들기를 원하다니 나는 참 이기적인 인간이다.

"류, 그만 가 봐야 하지 않아?"

릴리는 하늘을 올려다보며 물었다. 나는 그날 밤에 마쓰모토에 있는 본가로 돌아가게 되어 있었다. 할머니의 장례식에서 남보다 갑절은 많이 울던 아버지를 보고 나는 마음이 흔들렸다. 어렸을 때 잇따라 부모를 여의고 형제도 없는 아버지는 결혼하기 전까지 기쿠 할머니가 유일한 가족이었다. 그 옆에서 어머니도 입술을 바르르 떨며 울었다. 내가 모르는 데서 아버지도 어머니도 각각 할머니와의 인연을 키우고 있었던 것이다. 아버지가 내

앞에서 눈물을 보인 것은 화재 이래로 처음이었다. 그런 생각을 하니 가만히 있을 수 없었다. 모처럼 쓰타코도 집에 와 있겠다, 아버지, 어머니, 쓰타코와 오랜만에 같이 있고 싶었다.

"걸어갈 거야?"

릴리가 묻기에 그렇다고 대답했다.

"릴리, 너야말로 이런 산속에서 혼자 괜찮겠어?"

"괜찮아. 벌써 익숙해졌으니까. 게다가 혼자가 아닌걸. 할머니가 있잖아."

릴리는 명랑하게 말했다.

"그것도 그러네."

나는 대답했다. 아닌 게 아니라 기쿠 할머니의 몸뚱이는 소멸했지만, 그렇다고 할머니가 이 세상에 살았던 일, 가르쳐 준 것, 남긴 말이 사라지는 것은 결코 아니다. 오히려 할머니의 몸이 투명해진 만큼 윤곽은 오히려 더 뚜렷해져 밤하늘의 별처럼 빛나기 시작했다. 게다가, 하고 나는 생각했다. 기쿠 할머니의 영혼은 나와 릴리가 분명히 이어받았다.

"그러고 보니까 장례식 때 너한테 이걸 줬어야 했는

데 깜박했지 뭐야."

릴리는 기쿠 할머니가 직접 만든 선반에서 두꺼운 앨범 같은 케이스를 꺼내며 말했다. 장례를 치르고 삼 개월이 지났다. 이날은 기쿠 할머니의 첫 백중이었다. 우리는 둘이 할머니의 영혼을 맞이하려고 호타카의 헛간에 와 있었다. 계절은 이미 여름이었다.

"그동안은 아키오 씨가 맡아 줬어." 릴리가 말했다. "스바루 아저씨가 실종된 날 아침에, 펜션 고이지 식당 테이블에 이게 놓여 있었대. 메모지에 '류세이에게'라고 쓰여 있었나 봐. 메모지도 상자에 같이 들어 있었다고 아키오 씨가 그랬어."

존 레넌의 앨범이었다. 나도 이야기만 듣고 보는 것은 이번이 처음이었다. 원래는 새하얬을 케이스가 세월을 거치며 주위가 연갈색으로 변색됐다. 검은 글씨로 「WEDDING ALBUM」이라고 썼고 그 밑에 흰 옷을 입은 커플이 나란히 서 있었다.

"존과 요코야."

나는 옆에서 같이 케이스를 구경하는 릴리에게 말했다.

이걸 왜 나한테 주지?

그게 아까부터 내 머릿속을 맴도는 소박한 의문이었다.

줄 거면 비틀스의 화이트 앨범이어도 되지 않나. 스바루 아저씨와의 추억은 오히려 그쪽이 농밀한데.

속에는 종이에 싼 레코드 두 장과 두 사람의 포스터, 레이스 손수건, 'The Press'라는 제목으로 존과 요코에 관해 보도한 각국의 신문 기사를 모아 놓은 책자 같은 게 들어 있었다. 그 밖에 연속해서 찍은 두 사람의 증명사진 같은 것과 두 사람이 침대에 누워 찍은 사진도 있었다. 사진에 찍힌 두 사람의 뒤쪽 창유리에는 'HAIR PEACE' 'BED PEACE'라고 자기들이 직접 쓴 듯한 포스터 두 장이 덕지덕지 붙어 있었다. 요새 말하는 16 대 9쯤 되는 사이즈의 흑백 사진이다. 침대 속의 두 사람은 잠옷 차림으로 각각 튤립을 들었다.

갈색 종이에 싼 레코드에는 'Two Virgins'라고 작은 글씨로 새겨져 있고, 안에는 두 사람의 누드 사진이 들어 있었다. 정말 실오라기 하나 걸치지 않은 모습으로 찍은 사진은 흡사 그들 몸의 증명사진 같았다. 앞에서도 찍고 뒤에서도 찍은 사진에는 존과 요코의 성기가 조금도 얼버무리지 않고 분명하게 나와 있었다.

"이거 아마 일본에선 발매되지 않았을걸." 나는 기억을 더듬어 중학교 때 스바루 아저씨가 해 준 이야기를 떠올리며 릴리에게 말했다. "아저씨는 이걸 미군 캠프에서 일하던 아는 사람한테 부탁해서 손에 넣었다는 것 같아."

사실은 지금 당장이라도 축음기에 걸어 들어 보고 싶었다. 그러나 아키오 씨가 스바루 아저씨에게 선물했다는 축음기도 펜션 고이지의 건물과 함께 어디론가 사라져 버렸다. 이걸 내게 남긴 스바루 아저씨의 메시지를 어쩐지 알 것 같았다. 비틀스는 해산했지만 존은 요코와 함께 또 멋진 음악을 여럿 낳았다. 나는「WEDDING ALBUM」이라고 쓴 뚜껑을 도로 살며시 덮었다.

내가 앨범을 원 상태로 되돌리기를 기다렸는지, 뚜껑을 덮자 릴리가 말했다.

"그러고 보니 스바루 아저씨랑 아키오 씨가 사귀었나?"

느닷없이 무슨 소리를 하나 싶어 놀랐다.

"릴리, 농담은 그만둬, 이런 때." 나는 말했다. "뭣보다도 아키오 씨는 결혼한 적이 있다고. 지바였나, 사이타마였나에 전 부인하고 딸이……."

"하지만." 릴리는 그래도 납득할 수 없다는 듯 말했다. "내가 그때 봤단 말이야. 레코드를 들으면서 둘이 끌어안고 식당에서 춤추는 걸."

그러더니 릴리는 라라라라, 라라라, 라라라, 라라라, 하고 어떤 멜로디를 흥얼거리기 시작했다. 비틀스의 마지막 앨범 「렛 잇 비」에 네 번째로 수록된 「아이 미 마인」이라는 곡이었다.

"굉장히 친밀한 분위기였어. 그러니까 스바루 아저씨가 실종돼서 아키오 씨가 무척 힘들지 않을까 싶거든. 자기들 진짜 관계를 아무한테도 말할 수 없을 테니 말이야."

나는 어떻게 대답해야 할지 알 수 없었다. 지금까지 내내 벽이라고 생각했던 곳에 실은 문이 있었고, 그 너머에는 예상도 하지 못했던 총천연색의 생기 넘치는 세계가 존재한다는 것을 깨달은 기분이었다.

"뭐, 어느 쪽이든 상관없지만. 건강하게 살아 있어만 주면."

릴리가 내가 생각했던 것과 똑같은 말을 했다.

그 뒤로 릴리는 부엌에서 음식을 만들기 시작했다. 부엌이라 해 봤자 내가 사는 원룸의 부엌보다도 작은 데다 있는 것은 휴대용 가스레인지뿐이었다. 물은 바깥의 수도를 쓴 모양이었다. 릴리는 번번이 바깥까지 물을 길러 갔다.

나는 부엌에서 일하는 릴리의 옆얼굴과 뒷모습을 그리운 풍경을 보듯 멍하니 바라봤다.

저녁에 상자로 만든 테이블 한가득 음식이 차려졌다.

"이거 말이지, 전부 기쿠 할머니가 산에서 캔 걸 보존해 뒀던 거야."

릴리가 충실감과 활기에 찬 표정으로 말했다.

"그럼 이제 마중 나갈까."

나는 그렇게 말하며 일어섰다.

기쿠 할머니가 했던 것처럼 똑같이 영혼을 맞이하고 배웅하는 것은 무리여도 되도록 충실하게 해내고 싶었다. 기쿠 할머니의 유골은 절반은 산 아래 있는 무덤에 잠들어 있다. 정식으로 무덤까지 맞이하러 가는 것도 생각해 봤지만 우리는 결국 사과나무 밑으로 맞이하러 가기로 했다. 우리가 할 수 있는 범위 안에서 하는 편이 기쿠 할머니도 기뻐하리라고 판단했다.

우리는 사스래나무 껍질을 찾지 못해 자작나무 껍질로 대신하기로 했다. 이 지역에 오래전부터 전해져 내려오는 전통에 따라, 릴리는 우선 헛간 입구에서, 이어서 사과나무 밑에서 자작나무 껍질을 태웠다.

"기쿠 할머니, 할머니 모시러 왔어요."

나는 소리 내어 그렇게 말했다. 그러고는 나무줄기에 등을 돌리고 그 자리에 쭈그리고 앉았다. 숲속에서 뭔지 알 수 없는 동물의 울음소리가 들려왔다. 호타카에는 이제 시원한 바람이 불기 시작했다.

갑자기 등이 묵직해졌다. 나는 할머니가 떨어지지 않게 되도록 등을 평평하게 낮추고 일어섰다.

할머니도 나처럼 등을 평평하게 하고 걸었던 게 생각났다. 그 등에 대체 얼마나 많은 사람들이 업혀 있었을까. 얼마나 무거웠을까.

'난 모두의 유골을 주웠지.'

언젠가 밭에서 들은 할머니의 말이 되살아났다.

기쿠 할머니는 첫 남편, 그 동생인 두 번째 남편, 큰아들, 둘째 아들 등 가족을 여럿 떠나보내고 애도했다. 그 사람들도 기쿠 할머니 위에 겹겹이 포개져 있다는 생각이 들었다. 등이 차츰 따스해졌다. 생명이 연면히 이어져 마지막에는 신에게까지 이어지는 것을 실감했다. 나는 여러 생명의 행위가 뒤섞인 결과 지금 이곳에 있구나 싶었다. 그때 발치에 하얀 그림자가 다가왔다.

"바다."

나는 놀라 말했다.

"릴리, 내 발치에 바다가 있는데."

나는 조용히 옆을 걷는 릴리에게 말했다.

"진짜네."

"릴리, 안아 달라는 얼굴을 하고 있어."

"여전히 어리광쟁이구나. 좋아, 안아 줄게. 잘 돌아왔어."

릴리는 그렇게 말하며 내 발치를 빙빙 도는 하얀 덩어리를 두 팔로 무거운 듯 안아 올리고는 품에 껴안았다.

우리는 다시 헛간을 향해 천천히 행진하듯 걷기 시작했다. 그리고 입구에서 다시 한번 자작나무 껍질을 태운 뒤, 이번에는 다 함께 안으로 들어갔다. 헛간이 갑자기 와글와글 북적북적해졌다.

제등이 없었으므로 릴리가 가져온 아로마 캔들에 불을 밝혔다. 촛불이 가물거리는 가운데 우리는 같이 릴리가 만든 음식을 먹기 시작했다. 릴리가 즉석에서 바다를 위해 한 가지를 더 준비했다. 물냉이수프였다. 근처 시내에 자생하는 물냉이를 뜯어 와 먹기 좋게 수프를 끓였다. 물냉이는 바다가 무척 좋아하던 음식이었다.

식탁에는 다양한 향토 음식이 한 상 가득 차려져 있었다. 죽순조림, 매실설탕조림, 살구모과설탕절임, 머위조림, 말린 제비꽃, 고추냉이잎조림, 껍질을 벗겨 삶은 오징어소금절임, 고비조림, 오이조림, 껍질째 조린 밤, 머위된장, 구운 찰떡, 소금에 절인 죽순.

이 모든 게 기쿠 할머니가 남긴 재료로 만든 음식이라니 믿기지 않았다. 하룻밤 만에 전부 먹을 수 있을 성싶지 않았다.

"할머니한테 향토 요리를 만드는 법을 좀 더 배워 둘걸 그랬어."

릴리가 숙연하게 말했다.

"이 정도로 만들 수 있으면 충분하지 않아?"

나는 말했다.

"아냐, 난 아직 할머니 발치에도 못 따라가는걸. 할머니랑 똑같이 만들었는데도 같은 맛이 전혀 안 나지 뭐야."

"할머니는 워낙 요리를 잘했으니까 말이지."

"맞아. 늘 부엌에서 요리를 하곤 했어."

"릴리는 어렸을 때 할머니가 만들어 준 음식 중에 뭐가 제일 좋았어?"

"크로켓."

"그러게. 하지만 오므라이스도 맛있었는데."

나는 기쿠 할머니의 맛을 떠올리며 중얼거렸다.

마지막에 우리는 얼음떡을 먹기로 했다. 겨울에 릴리

가 기쿠 할머니에게 배우면서 같이 만들었다고 한다. 찹쌀을 쪄 떡을 찐 다음 네모나게 잘라 재래식 종이나 신문지에 싸서 끈으로 묶고 밖에 매달아 놓는다. 그러면 말랑말랑했던 떡이 건조되면서 이삼일 지나면 딱딱해진다. 그걸 뜨거운 물로 녹여 도로 말랑말랑하게 해서 먹는다. 이 근방에서는 오래전부터 전해져 내려온 보존 식품으로, 나도 어렸을 때 한두 번 먹은 기억이 있었다.

릴리는 얼음떡에 뜨거운 물을 붓고 설탕과 간장을 쳐서 주었다.

"할머니는 이렇게 먹는 걸 좋아했거든."

그녀는 눈물이 맺힌 눈으로 말했다.

"옛날엔 이게 맛있는 음식이었겠지."

나는 그렇게 말하며 얼음떡을 덥석 베어 물었다. 말랑말랑한 떡은 무척 소박하면서 친숙한 맛이 났다.

"할머니, 맛있어요."

나는 할머니가 있으리라 생각되는 언저리를 보며 말했다.

물냉이수프를 깨끗이 먹어 치운 바다가 나에게 다가와 꼬리를 파닥파닥 흔들었다.

"자, 안아 줄 테니까 이리 와."

나는 내 허벅지를 두 손으로 팡팡 쳐 바다에게 신호를 보냈다. 이렇게 하면 바다가 내 무릎 위에 깡충 뛰어오르곤 했다. 이건 아버지가 바다에게 가르친 재주였다. 허벅지를 팡팡 치자 갑자기 허벅지가 무거워지고 바다의 온기가 느껴졌다. 나는 바다를 꽉 끌어안았다.

이렇게 해서 우리는 비록 우리 나름으로 해석한 형식일지언정 기쿠 할머니의 첫 백중을 무사히 치렀다.

이튿날 낮에는 둘이 밭일을 했다. 언젠가 할머니가 나를 밀어 넣었던 구멍도 풀숲에서 발견했다. 그때는 꽤 깊게 느껴졌는데 지금 다시 보니 그리 깊지는 않았다. 나는 릴리를 불러 이런 일이 있었다고 구멍에 얽힌 에피소드를 들려주었다. 그러자 릴리가 자기도 들어가 보고 싶다고 하기에 내가 가볍게 흙을 끼얹어 주었다.

"기분이 어때?"

나는 구멍에 폭 파묻힌 릴리에게 물었다.

"최고야. 지구의 품에 꼭 끌어안긴 것 같아."

"땅속이 꽤 따끈따끈하지 않아?"

"그러게. 나, 밤까지 내내 여기 이러고 있을래."

릴리는 기분 좋은 듯 눈을 가느스름하게 뜨고 중얼거렸다.

영혼을 다시 떠나보내는 16일까지는 릴리가 만든 많은 음식도 거의 전부 없어졌다. 마지막으로 릴리는 된장국을 끓여 주었다. 양손에 공기를 들고 상자 테이블로 나르며 릴리가 말했다.

"역시 할머니는 당신이 돌아가실 걸 막연히 예감했을지도."

"왜?"

나는 물었다.

"된장이 이걸로 완전히 끝인걸. 할머니, 종종 자기 된장(일본어로 '자화자찬'이란 뜻도 있다), 자기 된장, 하고 자랑하곤 했잖아. 자기가 담근 게 아니면 몸에 맞질 않아서 먹을 수 없다고.

매년 할머니가 직접 재배한 콩에 소금이랑 누룩을 넣고 일 년 이상 묵혀서 담그곤 했거든. 그런데도 작년 겨울엔 왜 그런지 담그지 않은 거야. 이제 필요 없다는 걸 몸이 알고 있었는지도 몰라."

"대단한데. 야생 동물 같잖아."

나는 웃으며 말했다.

기쿠 할머니가 담근 마지막 된장으로 끓인 된장국에는 밭에서 거둔 노란 옥수수 알갱이가 들어 있었다. 된

장국을 끝까지 마시니 할머니가 내 배 속에 들어온 것 같아 기운이 솟았다.

나는 할머니를 기억할 유품으로 할머니가 마지막까지 꽃을 장식했다는 스타벅스 컵을 갖기로 했다. 정말 기쿠 할머니다운 유품이었다. 일회용 컵을 이렇게 소중하게 여겼던 인물이 있다고 스타벅스 사장에게 가르쳐 주고 싶은 기분이었다. 그러면 스타벅스에서 기쿠 할머니에게 표창장을 줄지도 모른다. 그러나 그것을 받을 할머니의 몸은 이미 이 세상에 존재하지 않는다.

날이 저물어 갈 무렵, 나는 또 등에 할머니를 업고 사과나무 밑까지 데려다 주었다. 바다는 제 발로 우리 뒤를 종종 따라왔다.

"혼령님, 혼령님, 이 불빛을 따라 돌아가세요."

문득 지금껏 잊고 살던 말이 하늘에서 뚝 떨어진 것처럼 내 입에서 튀어나왔다. 과거에 할머니도 그렇게 노래하듯 중얼거리며 조상님의 영혼을 배웅했다. 마치 등에 업힌 할머니가 귓가에서 소곤소곤 가르쳐 준 것 같았다.

"내년에 또 봬요, 할머니."

나는 그렇게 말하며 사과나무 줄기에 등을 돌리고 할

머니를 내려놓았다.

"우리를 늘 지켜봐 주세요."

릴리도 말했다. 그러고는 마지막 하나 남은 자작나무 껍질에 불을 붙였다.

자작나무 껍질은 화르르 불타오르더니 눈 깜짝할 새에 작아졌다. 어느새 바다도 모습을 감추었다. 나는 또 릴리와 둘만 남았다.

"만날 수 있어서 다행이었어."

헛간으로 돌아와 사용했던 식기를 깨끗이 씻고 정리하며 릴리가 말했다.

"그러게, 바다도 만났고. 그리고 릴리, 너도."

나는 말했다.

우리는 불꽃놀이를 보며 그날 밤을 조용히 지냈다. 이 시기에 호타카에서는 강가 곳곳에서 불꽃놀이 축제가 개최된다. 산 위에서는 그 모습이 한눈에 보인다.

멀리서 작은 소리와 빛을 즐기며 릴리는 말했다.

"할머니, 천국에도 가족이 많으니까 외롭지 않겠지?"

"그쪽에선 바다하고도 사이좋게 잘 지낼 거야."

나도 작은 불꽃을 보며 대답했다.

"난 기일이란 게 그 사람이 죽은 날이라고 내내 생각

했는데……."

얼마 있다가 릴리가 말했다. 릴리의 눈동자 표면에도 불꽃의 상이 어렴풋이 비쳤다. 그녀가 말을 이었다.

"사실은 천국에서의 생일인 거야. 그러니까 전혀 슬픈 날이 아니야."

아닌 게 아니라 그럴지도 모른다.

릴리는 마쓰모토에서 하룻밤 더 묵고 간다고 했다. 나는 바로 '슈퍼 아즈사'를 타고 도쿄로 돌아갈 예정이었다.

"같이 마쓰모토를 관광하지 않을래?"

웬일인지 릴리가 먼저 말을 꺼냈다.

"그럴까."

하루 먼저 도쿄로 돌아가는 일이 그렇게 중요하지 않다는 것은 나도 알고 있었다. 게다가 솔직히 릴리와 좀 더 같이 있고 싶었다. 결국 릴리가 예약한 마쓰모토시 중심부에 있는 오래된 여관에 방 하나를 더 예약했다. 백중 중에 내내 릴리와 단둘이서 있었는데도 나는 그녀에게 손가락 하나 건드리지 않았다.

우리는 마쓰모토역에서 걸어 숙소로 향했다. 파르코

뒤쪽은 그동안 조금도 빛바래지 않고 여전히 달콤한 시간을 보내는 고등학생 커플들로 북적거렸다.

"옛날 생각난다."

릴리는 그 광경에 눈을 가느스름하게 떴다.

가이운도 본점에서 릴리는 '백조의 호수'를 대량으로 사들였다. 우엉이 선물 사던 게 생각나 웃음이 났다.

"내일 또 지나갈 텐데."

나는 일단 말해 봤다.

"다 팔렸으면 분하잖아."

릴리는 그렇게 말하며 신나서 선물을 사들였다. 어디까지가 진짜 선물이고 어디까지가 자기 것인지 알 수 없었다. 나도 기왕 온 김에 우엉에게 '백조의 호수'를 사다 주기로 했다.

"여기가 고등학교 때 카레를 먹으러 자주 왔던 집이야. 인도카레를 7백 엔에 먹을 수 있거든."

살던 시절에는 애착 따위 조금도 없었는데, 릴리와 이렇게 걸으니 마쓰모토의 거리가 매우 사랑스럽게 느껴졌다. 릴리는 고등학교 때 내가 거들떠보지도 않던 민예품이나 생활 잡화를 취급하는 가게에 무척 흥미를 보였다.

나카마치 거리는 과거에 성 밑 마을로서 번성했던 지역으로, 벽에 흙을 바른 건물들이 양옆으로 늘어서 있다. 릴리가 예약한 숙소는 그런 나카마치 거리에서 모퉁이를 하나 돌면 있는 고색창연한 정취가 있는 여관이었다.

일단 짐을 맡기려고 신을 벗고 안으로 들어갔을 때 문득 기시감을 느꼈다. 냉정하게 생각하면 위치도 다르고 여관의 이름도 다른데도, 로비가 조그만 안마당에 면한 탓에 고이지 여관과 인상이 겹쳤는지도 모른다. 릴리도 옛날 생각이 나는 듯 천장과 책꽂이를 바라봤다. 로비에는 나지막이 클래식 음악이 흘렀다.

"비슷하지."

릴리가 조그만 목소리로 소곤거렸다. 우리는 고이지 여관에 관해 기억나는 것을 잇따라 말했다.

"새까만 업라이트 피아노가 있었지."

"굉장히 아름다운 샹들리에도 있었는데."

"욕조가 엄청 컸어."

"계단에 삐걱거리는 부분이 있었잖아?"

"여관 중심에 조그만 마당이 있고."

"거기 바다가 있었어."

마치 우리가 지금 고이지 여관에 있는 것처럼 느껴졌

다. 그런 식으로 이야기를 하다 보니, 비록 모습은 보이지 않게 될지언정 한번 이 세상에 존재했던 것은 모두 영원하다는 생각이 들었다.

우리는 바로 방으로 안내됐다. 아직 체크인 시간 전이었지만 방이 이미 준비됐다고 여관에서 들어갈 수 있게 해 주었다. 내 방은 릴리 옆방이었다.

짐만 놓고 바로 밑으로 내려갔다. 여관과 같은 건물 안에 찻집이 있는데, 릴리는 보아하니 그곳 때문에 이 여관을 예약한 모양이었다.

곳곳에 민예품이 놓여 있고 분위기가 차분한 찻집이었다. 메토바 천이 바로 옆을 흘렀다. 고등학교 때 자주 이 앞을 자전거로 지나다녔는데도 이런 곳에 이런 찻집이 있는 줄 전혀 몰랐다. 팸플릿에는 여관이 게이오 2년 (1866년)에 창업됐다고 쓰여 있었다. 고이지 여관보다 훨씬 오래된 곳이었다. 메이지 21년(1887년)에 발생한 마쓰모토 대화재로 소실됐다가 그 뒤 재건된 건물인 모양이었다. 찻집은 쇼와 31년(1956년)에 영업을 시작했다고 했다.

릴리는 카페오레와 사과타르트를, 나는 오렌지주스와 치즈케이크를 시켰다. 마실 것과 케이크가 나오기를 기다리는 동안, 릴리는 가방에서 공책과 펜을 꺼냈다. 그리고 기쿠 할머니를 정점으로 다치바나 가의 가계도를 그리기 시작했다.

"이게 너희 증조할아버지고, 그 사이에서 아들이 둘 태어났고, 그 뒤에 우리 할아버지랑 재혼해서 스바루 아저씨랑 우리 엄마가 태어났고……."

꼭 크리스마스트리 같았다. 점점 밑으로 넓게 퍼지며 이어졌다. 끄트머리에 나와 릴리의 이름도 적혔다.

"다 됐다."

릴리는 공책을 만족스레 바라보며 펜을 내려놓았다.

"이런 거였구나."

나는 말했다. 지금까지 대충은 알고 있었어도 실제로 누가 어디에 있고 어떤 관계에 해당되는지 확실하게 파악하지는 못했다.

문득 이 별에 태어나 서로 사랑하는 남녀는 모두 아담과 이브라는 생각이 들었다. 신의 세계로부터 연면히 이어지는 후손이요, 동시에 앞으로 이어질 자손들의 시조이기도 하다.

"어째 트리처럼 생겼는걸."

나는 중얼거렸다.

"응, 꼭대기에 있는 기쿠 할머니가 크리스마스트리의 별님처럼 빛나고 있어."

릴리는 눈을 되록되록 굴리며 말했다. 창문으로 비쳐 드는 햇살이 눈부셨다.

"그러게, 남자건 여자건, 낳는 사람은 전부 여자니까. 그러니 어떻게 당하겠어."

내가 그렇게 말했을 때 주문한 것이 나왔다. 릴리는 가계도를 그린 공책을 가방에 잘 챙겼다.

릴리가 먹고 싶어 하는 것 같기에 치즈케이크를 포크 로 반 잘라 릴리의 사과타르트 옆에 놓아주었다. 릴리도 자기 사과타르트를 약간 내 접시에 덜어 주었다. 치즈케 이크와 사과타르트 둘 다 직접 구운 듯한데 맛있었다.

찻집에서 나와 동네를 산책하기로 했다. 우리는 메토 바 천에 놓인 다리 위에서 멈춰 섰다.

"어째 기분이 차분해진다."

릴리가 수면을 보며 말했다.

"도쿄의 강은 전부 호안 공사를 해서 양옆이 콘크리 트잖아."

"그렇구나, 이 강은 그걸 안 했구나. 풀이 무성하게 자란 사이로 물이 졸졸 흘러가는 걸 자연이 지켜보는 거야."

릴리는 말했다.

"예전엔 겨울이면 이 강에서 곧잘 할머니들이 수건으로 머리를 싸매고 노자와 순무를 씻었다던데."

"겨울엔 물이 정말 찰 텐데. 하지만 얼음같이 찬물로 씻어야 맛있는 장아찌를 담글 수 있다고 전에 기쿠 할머니가 그랬어."

신슈에서는 노자와 순무로 장아찌를 담근다. 어느 집에서나 만드는 법이 비슷한데도 다른 집들과 서로 맞바꿔 먹는 관습이 있었다.

"도쿄엔 제대로 된 강이 있나?"

얼마 동안 수면을 바라보던 릴리가 문득 얼굴을 들고 말했다.

"개천은 많을 것 같지만. 별로 강이란 느낌이 안 들지."

그때 할리 데이비슨 한 대가 맹속력으로 우리를 추월해 지나갔다. 그 옆에는 사이드카가 붙어 있었다. 혹시 싶었지만 탄 사람을 확인하기는 이미 불가능했다. 릴리도 똑같은 생각을 했는지 내 눈을 보며 미소 지었다. 우리는 다시 천천히 걷기 시작했다.

나와테 거리에는 예전에 내가 아르바이트를 했던 붕

어빵 가게가 있었다. 지금도 있을까 싶어 두근거리며 앞을 지나쳤는데 셔터가 내려져 있었다. 어쩌면 백중이라 쉬는지도 모른다. 그 뒤로 우리는 마쓰모토 성까지 슬렁슬렁 걸어갔다. 마쓰모토에 사 년이나 살았는데도 마쓰모토 성 안에 그때 처음 들어가 봤다.

저녁은 여관 근처에 새로 생겼다는 레스토랑에 테이블을 예약했다. 우리는 일단 숙소로 돌아갔다가 옷을 갈아입고 다시 나왔다.

우리에게는 너무 사치스러운 레스토랑이었다. 농원에서 직접 재배한다는 무농약 채소만 쓰고 건강 식사법 마크로비오틱을 도입한 자연파 일본 요리라고 쓰여 있었다.

"하지만 기쿠 할머니 쪽이 요리는 훨씬 잘하는 것 같아. 게다가 할머니는 구태여 그런 걸 강조하지 않아도 훨씬 전부터 무농약에 마크로비오틱이었는걸."

"그러게 말이야."

나는 말했다. 할머니 같으면 같은 재료로 더 대담한 요리를 만들어 낼 듯했다.

천천히 식사를 하며 릴리는 결국 대형 미용 관리 업체에 취직하지 않았다는 이야기 등을 해 주었다.

디저트까지 먹고 밖으로 나온 뒤 나는 문득 생각나
릴리에게 제안했다.

"저 말이야, 혹시 지금부터 고보산에 가 보지 않을래?"

"고보산?"

"응, 밑이 고분인 곳이 있거든. 그러고 보니까 아직 널
거기로 안내한 적이 없는 것 같아서. 야경이 아주 아름
다워."

"갈래!"

릴리는 즉각 동의했다.

걸어서 갈 수 있는 거리는 아닌 터라 나는 손을 들어
택시를 세우고 운전사에게 고보산의 위치를 설명했다.
그리고 곧 돌아오겠다고 하고 릴리와 둘이서만 고보산
정상으로 향했다. 몇 년 전과 마찬가지로 가로등이 없어
캄캄했다.

"아름답다!"

정상에 도착하자마자 릴리가 소리쳤다. 크래커를 팡
터뜨린 것처럼 들뜬 목소리였다.

"이걸 꼭 보여 주고 싶었어."

그 당시의 감정이 단숨에 되살아났다.

"뭐랄까, 호화로운 보석을 박은 것 같지 않아?"

"그러네. 불빛에 실감이 담겨 있어." 릴리는 말했다. 그러더니 "데려와 줘서 고마워."라고 덧붙였다.

사실은 더 오래 있고 싶었지만 밑에서 택시가 기다리고 있어서 우리는 일찌감치 내려왔다.

"여기, 벚꽃 철에도 아름다워."

나는 자연스럽게 릴리와 손을 잡고 어둠 속을 걸으며 말했다. 오랜만에 릴리와 접촉하니 온몸의 세포가 낑낑거렸다. 하지만 정말로 릴리가 넘어지면 위험하다고 생각해 손을 잡은 것이었다. 릴리는 그때 굽이 약간 높은 구두를 신고 있었다.

"할머니한테도 이 야경을 보여 주면 좋았을걸."

택시를 타고 나서 릴리가 고보산을 돌아보며 말했다.

바로 여관으로 돌아와 릴리가 먼저 목욕을 했다. 그녀가 나온 뒤에 나도 목욕을 하고, 여느 때보다 이른 시간이었지만 달리 할 일도 없고 텔레비전도 재미가 없어서 불 끄고 자기로 했다.

"류, 잘 자."

그렇게 말하는 릴리의 목소리가 벽을 통해 내 귀에 들렸다.

"잘 자."

나도 벽을 향해 대답했다.

그러나 눈을 감아도 잠이 오지 않았다. 한 시간, 두 시간, 시간만 흘러갔다. 그때 내 머릿속은 릴리 생각으로 가득했다. 나는 자리에 홀로 누운 채 릴리와 섹스를 하고 싶어 안달이 났다. 그녀에게 욕정을 느끼고 있었다. 지금까지 경험해 본 적이 없을 만큼 강한 욕망이었다. 그 밖에 다른 어떤 여자도 안 되고 오로지 릴리뿐, 그녀가 아니면 의미가 없었다.

나는 벌떡 일어나 앉았다. 그러고는 방에서 나와 릴리가 자는 옆방 장지문을 노크했다. 대답이 없기에 살그머니 문을 열자 문이 잠겨 있지 않아 스르르 열렸다. 안으로 들어가니 릴리가 눈을 뜨고 나를 꼼짝 않고 쳐다보고 있었다.

나는 이불 끝을 들치고 릴리 위에 몸을 포갰다. 그러고 조금 난폭하게 그녀의 입술 사이로 내 혀를 밀어 넣었다. 그녀가 견딜 수 없이 사랑스러웠다. 나는 그녀의 피부를 모두 기억하듯 손바닥으로 온몸을 구석구석 애무했다. 그녀의 유카타가 차츰 흐트러졌다. 릴리의 성기에 손가락을 넣으니 이미 촉촉하게 젖어 있었다. 그녀도 나처럼 욕정을 느끼고 있었다는 게 기뻤다. 나는 바로 릴리와 몸을 섞었다. 무아지경으로 허리를 움직였다.

릴리와 마지막으로 정식으로 섹스를 한 게 언제였는지도 기억나지 않았다. 나는 그녀가 자기 손가락으로는 닿을 수 없는 깊은 곳에 성기 끝을 비벼 댔다. 최대한 깊이 성기를 삽입했다.

땀범벅이 되어 몸을 움직이며 나는 한순간 지구 자체와 몸을 섞는 듯한 신비한 기분을 맛봤다. 지구 저 속까지 내 몸을 깊이, 더 깊이 찔러 넣고 싶은 욕망이 치밀었다. 눈 깜짝할 새에 릴리 안에서 사정했다.

"고마워."

릴리의 몸 위에서 숨을 고르는데 그녀가 코 멘 소리로 말했다. 그녀가 섹스 뒤에 그런 말을 하는 것은 처음이었다. 내 품 안에서 그녀는 눈물을 글썽이고 있었다.

"왜 울어?"

나는 릴리의 눈물을 혀끝으로 훔치며 물었다. 눈물은 짭짤한 것 같기도 하고 달콤한 것 같기도 한, 릴리 그 자체의 맛이 났다.

"너무너무 행복한걸. 지금 1억 개의 네 분신이 내 몸 속에서 헤엄치고 있어."

릴리는 코맹맹이 소리로 다시 말했다. 나도 정말로, 정말로 행복해서 소리 내어 엉엉 울고 싶은 기분이었다. 이 행복감을 말로 어떻게 표현하면 좋을지 알 수 없었다.

우리는 유카타를 벗어 버리고 오랜만에 빨가벗고 안아 주기의 감촉을 맛보았다.

"사람은 혼자선 살아갈 수 없구나. 릴리, 너랑 멀어지고 나서 그걸 잘 알았어."

나는 말했다.

"사람이 한 사람한테서 태어날 수 없는 거랑 마찬가지일지도 몰라."

릴리는 그렇게 말하고 천천히 눈을 감았다.

나는 릴리가 잠이 들 때까지 내내 품에 안고 있었다.

10월의 어느 일요일 이른 아침이었다. 나는 가부키정 가두에 서 있었다.

우엉이 제안해 시작했다는 청소 캠페인에 나는 이번에 네 번째로 참가했다. 나는 우엉을 비롯한 호스트들 틈에 섞여 거리에 버려진 담배꽁초와 빈 캔을 하나씩 주워 모았다. 거리는 쓰레기로 차고 넘쳤다. 개중에는 우리가 청소를 하는 바로 그 앞에서 꽁초를 버리고 껌을 뱉는 인간도 있었다. 나는 그때마다 울컥했지만, 끈기 있게 쓰레기를 주워 모으다 보니 차츰 기분이 개운해졌다.

솔직히 처음에는 우엉이 권해서 마지못해 참가했다. 그러나 몇 번 참가하는 사이에 점점 중독이 됐다. 단 하나라도 사회와의 접점이 있으니 마음이 무척 편안했다.

어느새 청소 캠페인에 참가할 때면 머릿속에 「어크로스 더 유니버스」가 배경 음악으로 흐르기 시작했다. 나는 그 곡을 끝도 없이 흥얼거렸다. 그 때문에 그때도 머릿속에 「어크로스 더 유니버스」를 틀어 놓고 길바닥에 들러붙은 껌을 떼려고 기를 쓰고 있었다. 그런데 맞은편에서 이곳에 어울리지 않는 사람이 다가왔다.

"릴리."

내가 여기 있는 것을 어떻게 알았을까. 이상하게 생각하며 일어섰을 때, 조금 떨어진 곳에서 우엉이 우리 둘을 번갈아 보며 히죽거리는 것을 알 수 있었다. 그렇게 된 일이로군, 하고 납득했다.

"안녕."

릴리가 갓 태어난 태양처럼 빛나는 미소를 지으며 말했다.

나도 똑같이 "안녕." 하고 답했다. 비가 갠 아침의 햇빛에 길바닥이 촉촉하게 빛났다. 신주쿠 가부키정에도 이렇게 상쾌하고 개운한 아침이 찾아온다는 것을, 나는 청소 캠페인에 참가하기 전까지 생각지도 못했다.

"있지, 류."

바로 앞까지 다가온 릴리가 내 눈을 똑바로 보며 말했다.

"무슨 일 있어?"

나는 목장갑을 낀 손에 버터나이프처럼 생긴, 껌 떼는 전용 도구를 든 채 물었다. 그러자 릴리는 매우 온화하고 부드러운 표정을 띠고 말했다.

"나 말이야, 아기가 생겼어."

그 순간 세상이 부쩍부쩍 환해져 빛의 띠에 싸였다. 꼭 마법을 보는 기분이었다. 귀마개가 쏙 빠진 것처럼 온갖 소리가 들려왔다. 세상이 이렇게 아름다웠구나. 이렇게 반짝반짝 빛났구나.

뒤를 돌아보자 우엉이 우리에게 V자를 그려 보였다.

패밀리 트리

1판 1쇄 **인쇄** 2023년 6월 14일
1판 1쇄 **발행** 2023년 6월 28일

지은이 오가와 이토
옮긴이 권영주

발행인 양원석 **편집장** 김건희 **책임편집** 이혜인
디자인 최승원, 김미선 **일러스트** 반지수
영업마케팅 조아라, 정다은, 이지원, 박윤하

펴낸 곳 ㈜알에이치코리아
주소 서울시 금천구 가산디지털2로 53, 20층 (가산동, 한라시그마밸리)
편집문의 02-6443-8868   **도서문의** 02-6443-8800
홈페이지 http://rhk.co.kr
등록 2004년 1월 15일 제2-3726호

ISBN 978-89-255-7645-9 (03830)